敦煌不了情

SPM
南方出版传媒
广东人民出版社
·广州·

图书在版编目（CIP）数据

敦煌不了情 / 王庆才，杜进明著．—广州：广东人民出版社，2018.8
ISBN 978-7-218-12803-0

Ⅰ．①敦…　Ⅱ．①王…　②杜…　Ⅲ．①长篇小说—中国—当代　Ⅳ．①I247.5

中国版本图书馆CIP数据核字（2018）第100438号

DUNHUANG BULIAOQING
敦煌不了情　王庆才　杜进明　著

出 版 人：肖风华

策划编辑：汪　泉
责任编辑：汪　泉
装帧设计：八　牛
责任技编：周　杰

出版发行：广东人民出版社
地　　址：广州市大沙头四马路10号（邮政编码：510102）
电　　话：（020）83798714（总编室）
传　　真：（020）83780199
网　　址：http://www.gdpph.com
印　　刷：佛山市浩文彩色印刷有限公司
开　　本：889毫米×1230毫米　1/32
印　　张：9.75　　**字　　数**：219千
版　　次：2018年8月第1版　2018年8月第1次印刷
定　　价：38.00元

如发现印装质量问题，影响阅读，请与出版社（020-83795749）联系调换。
售书热线：（020）83795240

目录

根据郭宜林、黄诚同名电影文学剧本改编

上部

一

那杯酒，猛然泼出去，如一簇红色的箭镞，黏稠的液体蒙蔽了马淳。

事情完全由那个叫阿尤的女孩引起。

马淳很少来这种地方，他不喜欢夜场的喧闹。

灯光有些刺眼，那是各种不同色彩的集聚——惊艳、晦涩、厚实、轻薄……声音更是凌乱，喧哗，轻柔，锐利，滞重……多种复杂的因素搅和紊乱了所有的情绪。

他找了个相对安静的位置坐下。服务员问他要点什么。

他说："红酒！哦，当然，得是莫高酒庄的红酒。"

服务员离开时间不大，很快端着托盘过来了。

他看了下标识，是他要的那一款。酒被缓缓倒入杯中，凝止的色彩很诱人。有如夕阳下的彩虹，令人心动。马淳优雅地端起酒杯，他闻到了成熟果实的香气，入口中的那一刻，感觉很亲切：质感平衡，结构均匀，后味长，单宁柔和。没错，是正宗的莫高酒庄的酒。

马淳慢慢品味杯中佳酿的时候，忽然，周围的灯光弱了下来。如夕阳陡然消失，更多的光线和色彩瞬间凝聚到了舞池中央。

阿尤在流溢的光影下走进了舞池。

更多的灯光亮了起来。快捷的一束光线滑过，擦亮了舞池中那根耸直的钢管。那孤独而锐利呈现，暗示了它即将演绎的精湛。

激烈煽情的的士高音乐骤起，在色彩迷幻的交织中，致幻的节奏像水的渗透，无处不在，整个舞厅都活跃了起来。

阿尤的登场引发了一阵喧嚣，就像无数的鸽子在湛蓝的天空下掠过，触动人心。这是夜场中必不可少的一个环节。

黑色的性感内衣，高跟鞋，狐媚而又自信的笑容……那对银色的、耸拔向上的锥体，不可一世地闪现在色彩烘托的中央。

乐曲的畅想已完成了最后的铺垫。

光感色彩对比如此强烈，阿尤背依钢管摆动起柔软的身姿，光影交错中，像振翅而起的欲望。

捉住钢管的手臂扯着身子，有了一个慢的旋转，在乐曲的感召下，肢体柔和的跨度让人产生非理性的意念。你能看到那内在倔强的柔和隐藏。

音乐的快感总是落后于纱幔的遮掩，依助两腿上下伸展的平衡拉力，阿尤的身体有了一个跨度更大的腾越。

那狂躁的律动，迸发着跌宕的高潮；那极尽的舒展，并非单纯的肢体运动，其蕴意是青春的光彩绽放。

手臂与腿的交合舞动，有如琴曲的个性张扬，柔韧的灵性衔接，大跨度的肢体舒展，鱼跃般轻巧跳跃……那被牵扯的肢体并非欲望的裸露，那固定的钢管更不是某种迎合的道具：那横卧于钢管上的肢体，自如、灵动，那是力度和柔韧的组合，是倒垂姿态下的轻盈漫步，那妖娆的诱惑，竭尽所能的攀援，是某种意志极限攀升的表达……退场时谦让的肢体展示，躬身退步双臂的舒缓呈现。一切都是那么完美，令人遐想。

这是马淳第一次看阿尤的表演，他内心有一种难耐的冲动。

换了装的阿尤，走过来坐在了马淳的对面。

卸了装的阿尤要比之前舞池里的那个性感张扬的美女沉静许多。阿尤带有狐媚的表情，看上去很能俘获人。

阿尤说："想不到，你真的来了，我也就那么一说，让你来捧捧场。"因为马淳的到来，阿尤显得很激动。

马淳说："你凌空飞跃的样子很迷人！"

阿尤有些动容："你可从没有当面夸过我！我学舞的时间不长，还不太自信。"

马淳说："你已经是一个专业的舞者了。"

马淳和阿尤的相识是在一次酒会上。他推销莫高酒庄的酒，阿尤是礼仪小姐。其实阿尤不是马淳喜欢的那类女孩，倒不是她的身份和学历太低，风尘味太重，她身上有一种不受制约的执拗和玩世不恭的放任。

马淳则较为沉稳，内心平和，不喜张扬，遇事波澜不惊。两人在个性上有着很大的出入。

但阿尤却喜欢马淳，总是创造机会，想着要俘获马淳的心。但她知道这很难。

马淳这次来夜场也是准备看看酒的销售情况，摸摸底，或者说是私访吧。莫高酒庄和夜场有签约，夜场销售莫高酒庄的酒，有利润提成。一举两得的事。

阿尤望着马淳，目光中带着迷恋，一副沉醉的样子。

马淳同阿尤碰了一下杯说："祝贺你，舞跳得这么好！"

阿尤全干了，一边把空杯翻转过来。她望着马淳的目光带着某种挑衅。

马淳不加犹豫地干了杯中的酒。

阿尤再次斟酒，说："要敬你一杯的，能来看我跳舞。"

马淳欣然接受，也干了。喝着莫高酒庄酿的酒，马淳心里很畅快。

舞曲依然是那种触动人心的节奏，气氛因乐曲的渲染喧哗肆意。

阿尤饮酒太过豪放，马淳有些力不从心。

马淳告饶说："之前陪一个客户，已经喝了不少，不敢再这样喝了。"

阿尤说："酒色，酒色！你好像哪一样都不占啊！"阿尤似乎放得很开。

马淳不善饮酒，他虽然是莫高酒庄的老板，却不胜酒力，他相信以阿尤的酒量他这样的两个人都难以招架。

那个寸头就在那一刻出现。他并不理会马淳，不客气地给自己倒了一杯酒，极尽讨好地对阿尤说："妹子今天跳得不错啊！"

寸头要和阿尤喝交杯酒，被阿尤断然拒绝了。

寸头被驳了面子，有些不悦，说："你今晚得跟我走。"

阿尤提高了声音说："你谁呀？为什么要跟你走？"

寸头遭到拒绝很没面子，说："你必须得跟我走。"

寸头看阿尤根本不予理睬，便伸手上来拉扯阿尤。

马淳一直保持着沉默。他觉得寸头真是没有一点素质。

马淳望着寸头说："你不可胡来。"马淳的话说得很绵软。

寸头拿起酒瓶往面前的空杯里倒酒，倒得太满，酒溢出了杯沿。寸头依然试图要拉阿尤的手。

马淳又说："你不可以胡来。"

寸头朝马淳吼了一声："闭嘴，没你的事。"寸头的身后不知什么时候冒出两个人来，虎视眈眈地望着马淳。

气氛变得有些紧张。阿尤望着马淳，目光中明显露出担忧。

马淳品了一口酒说："最好不要胡来。"

寸头睥睨的目光扫了一眼马淳，晃了晃手中的酒杯，这杯酒就这么泼到了马淳的脸上。液体顺着脸颊下来，白色的衣领瞬间变成了酱红色。马淳想到了现在流行的一种叫葡萄浴的美容方式。他想，今天是赚了。

寸头站起时，马淳知道他要干什么，但马淳没有给他机会。马淳快速地捉住寸头的一只胳膊，手腕用力转了下，寸头的身子便整个拧了过来。那张因痛苦而扭曲的脸与马淳的脸几乎贴在了一起。马淳说："我说过的，你不可以胡来！"说着话，马淳朝他的大腿猛踹了一脚，他前倾的身体便扑在了桌子上。一只被弹起的酒杯落下来时，杯中的酒全洒在了他的脸上。

寸头身后的两个人冲了上来，马淳的速度更快，他挡开挥来的拳头，捉住一个的肩头，膝盖向上猛地一击，那个嚣张的家伙便瘫软在了桌下。而另一个不待靠近，马淳跃身飞起一脚，那小子便以侧卧的姿势扑在了身边的廊柱上。

灯光依然闪烁，马淳看到桌上的一瓶红酒倒了，洞开的瓶口还在欢快地流淌。正是莫高酒庄的纯酿。马淳很优雅地接了一杯，酒色很纯净，像大漠中初升的骄阳，生动，炙热。他稍倾了下酒杯，全干了。

舞曲在继续，那撼动人心的旋律使整个空间都沸腾起来。

马淳走出大厅，来到街上，被风一吹，忽感一阵晕眩，马淳感觉自己是醉了。

阿尤搀着马淳，说："哥，你太棒了，想不到你这么厉害。怎么从来都没见你露过呢？"阿尤并不知道马淳在部队当过几年特种兵。

马淳身体摇晃得厉害，他掏出电话，给酒庄经理范林打电话。刚打通了电话，就忍不住要吐，阿尤忙把电话接了过去。

范林说要开车过来接，阿尤说马淳喝多了，让他别管了，她已经安排住下了。说完就挂了电话。

起风了，大漠的风撼动天地。

马淳彻底醉了。

阿尤把马淳带回了自己的家。

马淳身上黏滞着许多污渍。阿尤把他安顿睡下，把他的脏衣服全脱了下来。

那一晚，马淳有些失忆，迷糊中，他感觉到有个身子靠了过来，将自己抱得很紧，一切如在梦中，随着冥想的意识游走。

肌肤的相拥中，他感觉到了一种灼热，似乎要将自己焚烧，其间有些微的凉意，让他感觉到了某种焦灼的缠绵。

那柔软而又亲密的簇拥，让他有些心悸，让他挣脱而又极尽地渴望。灯光很暗，让他无法辨识是在现实还是在虚拟中。那份温暖或灼热却实实在在。那是一只手在缓慢游走，在他的肩胛和胸前缓慢地行进，就像一条纱巾的撩拨令他有些瘙痒。他感觉到一种力量，那是依偎和簇拥，是亲近而又近于胆怯的呵护。那执著的热情在不断地烘染自己，让自身变得迫切难耐，以至于让他有了一种急切的冲动，急切地捕捉来自一种空灵的意念无法施与的热忱，他积极地进取似乎是最充实的给予……

显然那热切的付出是最好的回馈——思绪的冥想，肢体的游弋，意念的沉沦，渴望的拥有，一切都在潜移默化的意识中得到向往的提升……

风声越来越大了，沙尘打在窗子上沙啦啦地响。窗幔好像鼓动了起来，像网一样张开，把浓郁的夜色全抛了进来。黑影仓皇，让他无法分辨内心涌动的渴求是否真实。那进入抑或说给予似乎并没有阻挡，那持续近似于永恒的律动，在不断索取的激情下，显得激进而又忘乎所以。在情感渴求的畅想中，驾驭的本能让他放任了自我。那无端的兴奋让他不能自持。他听到了一声呻吟，很柔弱，像夜间的虫鸣，遥远而又真切……那断裂的震颤止息了所有的轰鸣，就像划过夜色的一颗流星，像水中抛掷的一颗石子，激越而又声息悄然……

早晨醒来，马淳不知身在何处，环境很陌生，昨天的事情一点都想不起来了，头有些痛，只记得自己是喝了很多酒，后来好像还有打斗？再后来就什么也想不起来了。这是什么地方？一无所知。

他喊了一声。

阿尤进来了，说：“你醒了，昨天喝那么多，你应该多睡一会儿的。”

马淳有些惊慌，说：“这是什么地方？我怎么会在这里？”

阿尤很淡定地微笑：“这是我家。”

马淳脑子很乱，他怎么也想不起昨夜自己为何睡在了阿尤的家里。

阿尤说：“昨晚你吐得一塌糊涂，还是我帮你洗的衣服。”

马淳这才发现自己光着身子，显然，衣服是阿尤给他脱光的，这让马淳很是尴尬。

阿尤说：“我什么也没看见，你吐了那么多，都把人熏死了。”

马淳一阵慌张，说：“我……昨天晚上……没什么事吧？”

阿尤目光幽幽地望着他说：“你想什么事？能发生什么事？”

阿尤窃笑了声说：“放心，在我家里不会发生任何事的！”

马淳努力去想昨天发生的事，却怎么也想不起来。

二

马淳驾车从市区出来，急速行进，汽车很快拐向了通往酒庄的道路。在一处平坦的沙丘上，他将车停了下来。下了车，他背靠着车门点着了一支烟。目光撒开去，旷野的苍凉博大瞬间扑面而来。那一望无际的金黄的沙丘，绵延拓展，涌浪般起伏着，有如奔跑的驼队，竭尽全力地朝着更加遥远的天边汇聚，那单一而又完整的个体层层递进，生动簇拥而又整齐划一。苍穹下，那刻意的排列并非沉寂、生涩，那粗旷的袒露是有着鲜活的内在情绪——博大，深邃，浩荡，苍凉，丰满，厚重。空寂中，大漠以它强悍的坚韧静默地厮守着这难耐的沉寂——迁移，流动，堆积……那一次次的塑造完善了沙丘自身飘逸和柔韧的缠绵。

在沙丘的臂弯处，是一片蓬勃的绿色，很招摇，那绿意的渲染显得如此弥足珍贵，就像镶嵌在沙盘上的一块祖母绿，瀚海中的一叶轻舟，瞬间带给人一阵凉爽。那些精心培育的葡萄藤在快意的绽放中诉说着某种不可掩饰的美好。那是莫高酒庄的葡萄园。

马淳的表情有些凝重，内心对那片绿色有着无法释怀的依偎和留恋，在他看来，那葱茏而浓郁的色泽圣洁得不可侵犯。他的目光越过葡萄藤的绿色，越过远处的沙丘，越过遥远的地平线，茫然凝神很久，目光中的那丝温和，渐渐变得有些沁凉。继而就像这无法黏合的松软沙土，内心营造的强硬瞬间散乱了。握着方向盘的手有些麻木，十个指头有些不太听使唤。他握了几下空拳，听到指关节咔咔作响，就像风折断红柳时发出的那种脆裂的声音。

他给了一脚油门，皮卡车轰鸣而起，急速地沿着葡萄园的道路奔驰起来，扬起的黄沙像飞扬的旗云，那撼动的画面很是鼓舞人。很快，车驶入马可葡萄酒厂。

厂区里，一辆银行的货车停在库房门口。不断有工作人员从里面搬酒出来，身体瘦小的经理范林正站在旁边一脸无奈地和银行工作人员理论着。范林想让搬酒的人停下来，显然，他的努力徒劳，白费口舌，工作人员并没有停下手中的活。

马淳熄了火，从车上跳下来，脱下手套，弯腰轻轻敲打着裤腿上的尘土。

看到马淳，范林像看到了救星。快步上前，说："老板你可回来了，真是一点情面都不讲，这可是趁火打劫啊！"因为慌乱，范林和一个搬酒出来的银行员工撞在了一起。包装箱散开了，酒瓶滚落了一地。碰撞中发出滞重而又清脆的响声。还好，瓶子没有碎。

马淳没有去扶摔倒的人，而是将倒地的一个酒瓶扶了起来，酒瓶有些凉，对着阳光他看了看，瓶中的液体在茶色玻璃下，显露出一道深色的划痕。就像两种不同物质强加在一起却无法相融的分界线。他放下酒瓶，一边对搬酒的工作人员说："慢点，要轻装轻放，这一款陈酿可值不少钱！"

旁边一位银行主管面无表情地递给他张单子，说："这些酒抵上个月的利息，你签个字。"主管不作任何多余的解释。

马淳接过单子签了，他有些心疼地看着车上码放整齐的酒箱，忽然想到窖藏的那些尘封岁月；他甚至想到葡萄成熟后那硕果累累的诱人色彩。他的眼睛有些涩，可能是开车时落进了沙土。他抹了一把，依然很涩，再抹，居然有些温湿的东西沾上了手指。

银行的货车已经走了，范林一脸苦相地候在一边，不知如何是好，他看也懒得看他一眼。一整天什么也没做，却感到身心疲惫。这几天马淳明显感到自己消瘦了。早上洗脸时，他在镜中留意了下自己，脸颊有些微微的凹陷，这样一来，眉骨显得更加突出了，这反倒更显出了些英气，目光也较以往显得有些暗淡。眉眼是一个男人精气神的表现，马淳从来都不怀疑自己的帅气，对自己冷峻的外表向来充满自信。可是，最近的一些烦心事的确让他有些颓废。银行催贷款，酒庄做抵押，想起来就闹心。马淳就近坐在了身边的花坛上，望着花坛里那一枝憔悴了的花朵发呆。原本挺拔的身躯那一刻变得极其委顿。

忽然一记拐棍敲在他的腿上，惊得他跳了起来。正要发火，表情立马又变得绵软下来，叫了声："姑奶奶。"满头银发的马可儿，用拐杖一边敲他，一边颤颤巍巍地冲他大发雷霆。

"兔崽子，你这是要败家啊！"

马淳说："姑奶奶，您怎么来了！"在瘦弱的姑奶奶面前马淳就像一个乖巧的受了委屈的孩子。

马可儿说："我是赶来看你败家的。"

马淳说："您说什么啊，哪里会？"

马可儿说："你已经做了。"马可儿声音不大，却极具威严。

马淳一时不知如何向姑奶奶解释。

马可儿说："听别人说你把酒庄抵押出去借债，我还不信，看来是真的。酒庄要毁在你手里了。几代人的努力经营，你就这么不负责任地抵押出去了，你对得起谁？"

马可儿拄着拐杖的手有些抖，她举着拐杖指了指天，又用拐杖敲了敲地，接着又用拐杖指了指马淳，伤心地摇了摇头。马淳知道姑奶奶是在责问他对得起天地，对得起自己的良心吗。

气氛有些沉闷，空气焦躁得能擦出火花。马淳望了望天，此时他渴望天空能落些雨下来。天空澄澈明朗，不像要下雨的样子。当然，他知道，在敦煌，在这漫漫黄沙的焦渴地域盼一场雨，差不多就是痴人说梦。记忆中的那场落雨还是两年前的事。却并不透彻，只是洇湿了一些沙土，人们还没有来得及庆贺，老天就收了手。仿佛做了多少功德无量的事，坦然地敞露心胸，只把容颜上的一丝讥讽给了因焦渴而骚动的土地。马淳望了一眼姑奶奶，这会儿用姑奶奶的表情来形容此刻的情景是再恰当不过了。

马淳赔着小心说："姑奶奶，我这么做也是为了酒庄的未来。"他还想解释什么，可看到马可儿怒气难消的样子，只得住了嘴。

马可儿原本严厉的目光显得有些空茫，说："你啊，让我说你什么好啊……"

马淳说："姑奶奶您消消气，有话我们慢慢说。"说着话，小心地扶着姑奶奶进了屋。

三

马家祖屋有些年代了，但依然不失风采，高筑的台基，大门两侧威武的石狮，正门前的照壁，门楣上巨幅的红木横匾，朱红色的门窗，耸拔的歇山顶，绿色的琉璃瓦和屋脊上的镇兽，雕梁画栋，梁枋斗拱，所有这些都预示着它曾经的辉煌。

马淳小时候曾用石子打碎过屋顶垂脊上的吻兽，那是檐角最前面的一个叫“骑凤仙人”。屋檐上，一个怪模怪样的老翁骑一只展翅的大鸟欲腾空而去。马淳很是不能理解，它欲往何处？没人能够告诉他大鸟要去往哪里。鸟首所指的方向是遥远的天际。而到了夜晚，月亮升起来的时候，它所面对的方向正是冷寂的月宫。月圆之时，水一般的月光清澈地越过屋脊，大鸟优美的身姿就被柔和地邀入了月宫。那是一方剪影，刻画有序，曲线分明。随着大鸟洒脱的形象在月影中出现，马淳的内心就变得不太安分。马淳有点讨厌大鸟的清高，他想看到大鸟在自家的屋脊展翅起飞的样子，便抛掷石子将它击碎了。正是一个月圆之夜，一朵云的闪现使天空的色彩出现了戏剧性的转机。云影遮蔽，月宫一片朦胧，抛出的石子击中了大鸟，那对展开的翅羽在阴郁的夜影中瞬间化为乌有，如同飞逝。马淳的心里有一种无法言说的畅快。

那一次他惹怒了姑奶奶，差一点要对他动用家法。后来姑奶奶总算息怒，并为他讲述了“骑凤仙人”的典故。传说齐国国君在一次作战中失败，来到一条大河岸边，走投无路；后边追兵就要赶到，危急之中，突然，一只大鸟飞到眼前，他急忙骑上大鸟，渡过大河，逢凶化吉。后来人把它放在建筑脊端，也表示骑凤飞行，逢凶化吉。难怪姑奶奶要发那么大的火，的确，这样的吉祥物件是不可以随便破坏的。

那时候，马淳还很天真，很多次，马淳遇到困难的时候，都在想那只大鸟来帮助自己，但那只大鸟却一次也没有出现。马淳常常想到那个月圆之夜，大鸟振翅欲飞之时，被自己掷石击中，那碎裂同时带走的是他童年追逐幻想的完整。

或许是光线太暗的原因，屋里的陈设看上去有些陈旧，感觉与现实有着遥远的距离。宽大的八仙桌，官帽太师椅，绢丝的屏风，雕花的床面都用了镂空花板。图案由盘常、方胜、如意、古钱、瓶、八宝、祥云等图文及花鸟虫草、人物故事组成，构思巧妙，雕刻精细，结构精巧，惟妙惟肖，栩栩如生。

时间的恍惚中，人仿佛被带到了久远的过去。

房间里，马可儿坐在木椅上，凝视着桌上一个黑色的瓷瓶不知在想什么，马淳小心地陪在一边。

马可儿说：“你已接手酒庄多年，从最初的不景气，到后来的行将倒闭，我们经过了多少的艰难困苦，后来经过多方努力，酒庄好不容易有了起色，你却又把它抵押了出去，你这是要干什么？”

马淳仰起头，望着马可儿说："姑奶奶，我们家的杂交葡萄独一无二，品质无可比拟，酿酒的工艺，及酒的成色都是一流的，我们没有理由不把产业做大做强。"

马淳的情绪忽然变得很投入，他说："不是每一种色泽都衬托出优雅、高贵，不是每一种格调都会令人痴迷，但有一种来自敦煌的柔和醇香，必将令人终生难忘。"

马可儿说："你是在做广告吗？"

马淳说："我们酿的酒确实很好，但在世界上，没有人知道，销路一直没能打开，所以我要贷款扩大生产，多打广告，将来出口到欧洲和世界，才能赚更多的钱啊！"

马可儿说："可你怎么能拿这份家业去抵押？！你对得起谁？怎么告慰我们的列祖列宗？"

马淳忽然有些委屈和伤心，自己的行为除了不被理解还不被信任。但他相信自己一定会把事情做好的，酒庄会因自己的努力变得更加辉煌。这一切列祖列宗们必将会看到的。

马淳说："姑奶奶，我不会辜负您的，我们正在变得越来越好。下周在欧洲举行的葡萄酒大赛，就邀请我们参加了，莫高酒庄要是能获奖，不但有奖金，还能吸引酒商，签一些出口的订单，银行的债务就不是问题了。"

马可儿轻叹了一声，望着马淳的目光不无爱怜，他愿意相信马淳的选择是正确的，她更希望酒庄能尽快摆脱困境走出低谷。

马淳好像看懂了马可儿的意思，说："姑奶奶，您放心吧，等这次参展回来，我们的酒知名度会变得更高的。放心，一切都会好起来的。"

马可儿问："大赛在哪个国家举办？"

马淳说："意大利。"

马可儿听到"意大利"这几个字，忽然一惊，表情很是复杂。她轻轻地念叨着："意大利，意大利！"她神情有些恍惚，像是有什么心事。

马淳说："姑奶奶，您怎么了？"

马可儿若有所思，看马淳正用探询的目光望着自己，忙掩饰了自己的情绪说："没事，没事……"

马淳的样子有些狐疑，他有些担心地说："姑奶奶，不会是想不开吧？"

马可儿说："意大利，那么遥远的地方……"

马淳说："姑奶奶，您怎么会知道意大利？难道您去过？"

马可儿说："意大利，知道，不知道……很遥远，我从未奢想过去那里。"

马淳知道姑奶奶是累了，便告辞说自己去安排参赛的人员了，马淳看马可儿没有反对，站起身来要走，忽然又想起什么。

马淳说："姑奶奶，您要不要搬到我那里去住？这边离市区较远，我怕有些事照顾不到您！"

马可儿双手捧着那只瓷瓶，说："我和莫高相思红，都不会离开这里的。"

马淳样子有些着急，说："我真的不明白，这是为什么？姑奶奶，您告诉我好吗？您为什么一直住在这破房子里就是不肯走？莫高相思红究竟是什么酒？这么多年您一直保存它究竟有什么必要？瓶底的'莫西'两个字又是什么意思？"

马可儿说："也许，有一天我会告诉你的。现在，还不是时候。”

马淳虽然有些困惑，但也不想为这件事一直纠缠下去，马可儿神神秘秘的，她可能有多疑症，或得了老年痴呆症。人老了真是可怜。

马淳出门去找了范林，他让范林先去意大利，而自己得晚走一步，他决定把姑奶奶的事安排好再走。

马淳是什么时候出门的，马可儿并没有留意，她全身都依靠在太师椅上，捧着那只装有莫高葡萄酒的瓷瓶，轻轻摩挲着，她这么做的时候很小心也很仔细，生怕出现什么闪失。她絮絮叨叨地不知在心里念叨什么，像是在诉说一件悲情的故事。

阳光从窗子里透进来，屋内的光线变得柔和了很多。

马可儿说：“莫西，请和马家的列祖列宗一起，保佑我的孩子吧。”她这么说的时候，目光虔诚地望着瓷瓶，像是做着虔诚的祈祷。

四

离评酒会开始还有一天，马淳让范林去忙评酒会的有关接洽事宜，自己离开住处，独自上街观赏景色。马淳决定先好好放松一下自己，熟悉一下这座城市。上大学的时候，马淳学的是历史专业，系统地学习过欧洲历史，对意大利有过详尽系统的了解。

意大利是欧洲民族及文化的摇篮，曾孕育出罗马文化及伊特拉斯坎文明，而意大利的首都罗马，几个世纪以来都是西方世界的政治中心，也曾经是罗马帝国的首都。十三世纪末的意大利更是成为欧洲文艺复兴发源地。意大利是一个高度发达的国家，欧洲四大经济体之一，也是欧盟和北约的创始会员国，是全球拥有世界遗产最多的国家。意大利在艺术和时尚领域也处于世界领先地位，米兰是意大利的经济及工业中心，也是世界时尚之都。意大利不但拥有正宗的欧洲古典艺术，同时也是现代设计最具活力的地方。

走在闹市的街头，明显看出中西文化的不同，建筑、雕塑、民俗和国内有着极大的差异。街景很漂亮，街道华丽而敞亮，有现代的摩天大厦，也有十七、十八世纪的古典建筑。哥特式的教堂，街边的咖啡屋，阳伞下的情侣，漫步的游人，随处可见的草坪，这一切都显得浪漫而又充满温馨。

街头有画肖像的艺人，一支笔细细勾画着，时间不大，一幅画就呈现在了面前。那是另一种艺术，是对人物相貌的刻画和内心情绪的捕捉。马淳惊叹于画师的技艺，他想知道自己的相貌跃然纸上会是何等的优雅和丑陋，便端端正正坐在画师面前的木椅上，表情显得有些拘谨。画师让他自然些，这样画出的肖像表情才显得真挚。蓬头垢面的画师看上去很不起眼，但手中的笔却极富灵性，三两笔就勾出了轮廓，轻轻描摹几下五官便有了大貌的呈现，唇齿间的微笑在不经意间就有了凸显。在笔的轻涂游走间，目光之中便有了神采。画师一边画，一边和他闲聊起来。马淳的英语还算过关，和画师的沟通并不存在太大的障碍。

画师说几年前他曾去过中国。一个伟大的文明古国。当画师知道他来自中国敦煌的时候，明显表现出了惊讶。画师突然就停下了手中的笔。敦煌他去过，一个神奇而又极具魅力的地方，东方的艺术宝库。画师感觉自己说得不够全面，又摇了摇头说，不，那是人类文化的珍藏所在，是形象历史博物馆，是世界画廊。画师提到了莫高窟的壁画，提到了飞天仙女和九色鹿的故事。他还做了一个反弹琵琶的动作。画师说，几千年前的绘画艺术现在看来依然让人叹为观止。

马淳没有学过绘画，但对家乡敦煌，对敦煌的壁画极为熟悉，彩绘中，那匍匐于尘缘之上的舞姿，悠扬的琴曲，经卷吟诵的虔诚，超脱境界中的冥冥畅想，以及期待于美好未来的寄托，是佛教文化深邃的思想根植于那片土地的最好见证。从艺术形象上说，它不是单一文化的艺术形象，而是多种文化的复合体。

马淳由敦煌壁画想到了东西方文化的碰撞融合，他想到了二者间的不同，也想到了其间包容的共性。当然，总是有差异的，那么差异在哪里？脑子里忽然蹦出一个词：文化的窃取和掠夺。他忽然想到了沙皇俄国的奥勃鲁切夫，以及英国人斯坦因。他的心情忽然变得很复杂。

画师在捕捉马淳的面部特性，而这一刻马淳似乎忘记了自己正在被描摹刻画，他的目光停留在不远处的一座教堂上。他觉得那教堂是另一种状态结构下的飞天，是另一种思想寄予下的飞天体现。高耸的尖塔，直立的拱门，绘有圣经故事的花窗玻璃，尖肋拱顶、飞扶壁、修长的束柱，建筑以直升线条、雄伟的外观营造出轻盈修长的飞天动感。

画师收了最后一笔，画像极其逼真：脸颊，眉目，额头，在黑白光线的对比下，生动鲜活，惟妙惟肖。画中的人物让马淳熟悉而又陌生，他说不清陌生在哪里，画中人物的眼睛里有一种让马淳自己也为之神往的深度，或者叫深邃，他知道，现实中的自己并没有那么深沉。那目光中沉淀的爱意或未知的情绪令人神往。想不到虚幻的线条表现会比现实的拥有更加纯粹、美好。

马淳正自恋地欣赏着画中的自己，忽然刮起一阵风，将画吹跑了，像断了线的风筝。那个逃匿的自我让马淳感到是一种灵魂的叛逆，他没有理由不去救赎。马淳抬脚去追，却忘了躲避车辆，一辆法拉利敞篷跑车险些撞到他的同时猛然停下。马淳似乎给吓傻了，惊恐万分，呆呆立在车前不知所措。司机是个女孩，同样是一脸惊慌。

女孩说："先生……你没……"女孩的声音颤颤的。

马淳不知是因为惊吓还是因为这致命的邂逅，显得很慌张。

女孩下了车。女孩身材高挑，但又不失性感，衬衣上的一个纽扣快要崩开了，看得见两乳交汇处那条深陷的乳沟。

女孩说："先生你真的没事吧？"

马淳看到女孩穿着高跟凉鞋的脚有些纤瘦，趾甲上涂的粉红色彩像盛开的玫瑰。

女孩很有范，长发飘逸，气质迷人，但却因为刚才的惊吓而表现出过多的慌乱，这和她迷人的气质有些不符。马淳也不知该说什么，两人出现了一刻短暂的僵持。过后马淳想，他之所以当时说不出一句话来，并不是因为女孩的美貌，他看到了女孩驾驶的法拉利跑车上放着一箱红酒，当然，也不全是因为这箱红酒，他看到了红酒箱上摆放着一个醒目的标志，那是参加红酒评奖大赛主办方提供的专用标识。

女孩以为马淳受了伤，要带他去医院。

马淳说："你不会是喝醉了酒吧？车上何以带了这么多酒？"那一刻马淳突然就有一种感觉，这女孩将是他评奖过程中的一个潜在对手。

女孩说："先生，你确定真的没事吗？"

马淳当然没事。可是，另一个自己去了哪里？他东张西望找那张画纸。他的样子有些滑稽。

女孩看到他真的完好无损，惊惧的表情变得平静下来，转身上了车，看也不看马淳一眼，快速地将车开走了。

车子从马淳身边驶过的一瞬间，他才发现那张被风吹跑的肖像画就在法拉利的后座上。

马淳朝女孩喊："你要带我去哪里？"

法拉利已经没了踪影。

马淳听到了一首熟悉的旋律，是小提琴曲《魔鬼的颤音》，是十八世纪意大利小提琴大师塔尔蒂尼的作品。

演奏者是街边的一个流浪艺人。艺人有着丰富的演奏技巧和深度，琴声急促奔放，那雄浑的气势和独到的旋律深深震撼了马淳。

马淳正听得入迷，那个为马淳画肖像的画师来到了近前，说："我敬爱的先生，你还没给画钱。"马淳把钱给了画师，他想，尽管他最终没有得到那张画，但画师无疑付出了劳动。画师很是诚信，还给马淳找了零头。马淳把零头给了拉小提琴的街头艺人。琴手无动于衷，但琴声却更加汹涌澎湃了。马淳感觉琴手更像喝醉了酒。

马淳问画师，罗马有哪些标志性的建筑？

画师建议去斗兽场、维纳斯和古罗马神庙看看，画师说："那里有和东方不一样的文化氛围。"

斗兽场，名字听起来血腥而又充满杀戮。斗兽场和维纳斯、神庙相互间似乎有种抵触的隔阂，马淳放弃了前去观赏的想法。

早晨起来到现在还没有吃什么东西，马淳在一家餐馆里要了一碗意大利牛肉面。面端上来才吃了一口他就不吃了。他想起了家乡的牛肉面，想到了家乡的味道。

五

宽敞明亮的大厅布置得极尽奢华，红色的地毯，鎏金的廊柱，墙壁上挂着巨幅的油画：田野风光，圣女沐浴，阳光海岸，阿尔卑斯雪峰，那色彩和技巧的呈现写实而又夸张。屋顶悬吊的水晶灯光彩夺目，刻意营造的蓝天背景下，缓慢漂移的苍穹繁星密布，动感飞扬的表现有如泻落的银河。

马淳昨晚有些失眠，脑子里一直有个挥之不去的镜头，冷艳的女人，法拉利跑车，断了线的风筝，不，是肖像画。不知为何，他心里一直有一种莫名的情绪，急切地想要见到那位时尚的金发女郎，没有目的，怎么会没有目的？这么想的时候连他自己都在内心嘲笑起自己了。

在旋转的扶梯旁，那尊大理石材质的美人鱼雕塑给了他童话般的遐想空间——平静或汹涌的海面，一个鱼身的美女畅游其间。而自己就是那个贪婪的渔夫或多情的王子……马淳不小心踩到了一个人的脚，是酒会上的服务女郎。女郎没有丝毫的责怪，却报以甜蜜的微笑。马淳慌忙致歉，并快速地下了旋梯。

展厅里，汇聚了各国的各种葡萄酒：拉斐、拉图、奥比康、玛歌、柏翠、武当、白马、奥松……展台后面站着各自送选酒庄的选手。参赛者、酒商、新闻媒体记者，不同肤色的面孔，异域风情的着装，低声抑或热烈的交谈……妙曼抒情的旋律下，窈窕而又奔放的礼仪小姐穿梭其间，比肩接踵，觥筹交错，气氛好不热烈。

马淳看到了那个女孩，那个开着法拉利跑车、将自己的肖像画载走同时也载走他整个夜晚独自相思的妖媚女人。此时那现实而又虚拟的魅影就在靠近自己展台的后面。竟然真的会有这么巧。

马淳走近女孩的展台，自己倒了一杯酒，抿了一下，味道挺特别，感觉到有些似曾相识。马淳不动声色的样子并没有引起女孩的注意，她还以为马淳是一位酒商，于是善意地对马淳露出了她迷人的笑容。女孩飘逸的长发让马淳联想到秋季的葡萄园金色流淌的霞光。

马淳看到了她的胸牌，那个金属的标识上有一个英文缩写的名字："莫妮卡。"马淳念出了声。

莫妮卡看到马淳，有些吃惊："先生，我们好像在哪里见过呢！"

马淳说："小姐的记性不错呀，我们曾做过一次冒险的游戏。"

莫妮卡的两个眼睛调皮地转动着说："冒险游戏？"莫妮卡好像突然想起来了，说："是您，马路上放风筝的那位有趣的先生。"

马淳嗅到了一种独特的香水味道，不，不止是香水，其间还掺杂着一丝浓郁的葡萄酒的芳香。

莫妮卡说："先生不会是来订我们庄园酒的吧？我们的酒可是最负盛名的呀。"

马淳说："小姐，我的肖像画呢？你不会是把它送到画廊去了吧？"

莫妮卡未置可否地笑了下，说："我原本想把它拿去拍卖的，却没有一家拍卖行愿意受理，原因是画作中的人物太过丑陋了。当然，我不会让您太过失望的，我会尽自己最大的努力帮您促成此事！"

马淳说："很遗憾，让您费心了，不过一旦拍卖成功，你要及时通知我，我是要收回成本的呦。"

莫妮卡忽然看到了马淳的胸牌。

"先生也是来参加评酒比赛的？"

马淳说："好的陈酿不止贵庄才有啊！"

莫妮卡说："先生代表的是哪个酒庄？"

马淳指了一下紧挨着他的莫高酒庄展台，他看到范林正在给一个酒商斟酒，两个人好像在探讨什么。

莫妮卡说："中国敦煌（顿晃）。"这个词的组合让莫妮卡感到有些拗口，以至于发音都有些不太标准。

马淳纠正她说："敦煌。"

莫妮卡不以为然地耸了耸肩。

马淳不无骄傲地重复一遍说："飞天壁画的故乡。"

莫妮卡说："来自中国敦煌的酒怎么能和我们意大利天使酒庄的陈酿相比呢。"莫妮卡带有挑衅的笑声让马淳刚刚升起的一丝好感几乎消失殆尽。

多年前马淳曾前往欧洲专程学习酿酒技术，马可儿极力推荐他去意大利，不知道为什么马可儿一定要让他去意大利，而不是最负盛名的法国。马淳并没有采纳马可儿的建议，最终去了法国。为此，马可儿很生气，祖孙二人的关系也一度变得别别扭扭。马淳内心一直有一份歉疚，很长一段时间两人的关系才得到缓解。

几天前，当他告诉马可儿要来意大利参展，马可儿激动而又惶惑不安的表情再一次让他感到了质疑。马淳不知道姑奶奶为何独独对意大利这般地情有独钟，二者间究竟有着怎样的不解之缘？

莫妮卡的话打断了马淳的思路：“很佩服您的勇气，敢把你们家乡的产品展现在国际优质品牌面前。”

莫妮卡的话并没能让马淳的情绪颓废，相反倒让他变得更加自信。他相信莫高酒庄酿制的酒，自有它尊贵的一面，它不逊色于任何标榜自我的品牌。

举止庄重的司仪礼貌的讲话让喧嚣的场面安静了下来：

“女士们，先生们！欢迎来到丝绸之路世界葡萄酒大赛，本次比赛汇聚了东西方六十八家酒庄共一百余款葡萄酒参赛！”

一阵欢呼声过后，评委们依次走向展台，开始细心地品尝、对比。相互间用默契的眼神和不易察觉的表情交流、沟通。酒的成色、黏稠度、散发的香味、口感，以及纯净的色泽等都在做着等级差距的评判。

在莫高酒庄的展台前，范林对评委微笑致意。他用谦卑的态度对评委们做着恭敬得近于卑微的迎合。

马淳递给评委一杯酒，说：“请您品尝。”

范林忙介绍说：“来自中国，敦煌。”

评委先沾了一下唇，接着用舌尖舔了一下，紧接着抿了一口，但并不往下咽，只是让酒在口中逗留片刻，然后将酒吐在了另一只空杯里。

范林有些急了，说："尊敬的评委，难道我们的酒就这样让您难以下咽吗？"

评委耐人寻味地仰了一下头，马淳以为他要发表什么高论，他却转身叫另一个人："威廉姆！"

另一个评委走了过来，范林忙给他倒了一杯。叫威廉姆的评委重复了刚才评委的一系列动作后，严肃的面孔有了一丝微妙的松动。

两评委转向了下一个展台。

一个矮矮胖胖的男人溜达过来，男人自我介绍说叫鬼洋。

马淳说："日本人？"

男人说："不是洋鬼子。"

范林说："原来是老乡！"说着话，愉快地给鬼洋递了杯酒，说："你或许能找到故乡的感觉。"

叫鬼洋的男人猥亵地笑了一下说："是啊，我很怀念故乡，那里有我想念的姑娘。"

范林说："和姑娘约会，酒可是最好的催情剂啊！"

鬼洋笑出声，说："对酒当歌，人生几何！"说着话把一杯酒灌下肚去。

范林又给他倒了一杯，说："劝君更尽一杯酒，西出阳关无故人。"

鬼洋很爽快，把杯中的酒再一次干了。

马淳也想起一句诗："白日放歌须纵酒，青春作伴好还乡。"他只是在心里默念了一下，没有出声。那一刻他想到了马可儿，想到了沙丘环抱下的葡萄园，此时，那绿色的渲染一定是遍布了整个沙丘盆地。

范林问鬼洋酒的成色如何。

鬼洋说：“不错，这酒比姑娘更具诱惑力。”

鬼洋想和马淳碰一杯，马淳称自己身体不适，善意地拒绝了。不知为何，他有点反感面前这个男人。

鬼洋放下酒杯，转身离开了，没走几步，又回头望了一眼马淳。

望着鬼洋的背影，马淳心里突然蹦出一个疑问，这个人到底是谁？他来赛场绝非参展，跟酒商更是搭不上边，那么他来这里的目的又是什么呢？马淳心里没有答案。

六

洛伦佐是个酒商，作为本次大赛的赞助商，为举办本次大赛他没少费周折。举办评酒大赛，会吸引许多酒庄、酒商前来。新闻媒体广告宣传、参展费、劳务费，所在城市相应也会提供赞助和多种便利，获利多多。当然，除了商业目的外，他还有另一个目的，是想通过这场赛事了却自己的一个心愿。说白了是为了一个人：莫妮卡。

作为酒商，洛伦佐总是追逐着各式各样的酒会，见风使舵，他定下了一笔又一笔的订单，从中盈利颇丰。

洛伦佐和莫妮卡是在一次酒会上认识的。一见面他就被莫妮卡高贵的气质和迷人的外表所折服，她是那么性感，那么光彩照人，她的服饰、相貌、身段、气质、笑容，举手投足都是那么优雅，充满情趣。每次见到莫妮卡洛伦佐都会有一种特殊的感受。他暗暗地下定决心要摘得这枝带刺的玫瑰。在他看来，所有的女人都唾手可得，金钱铸就的城池任何人都可以逾越，更何况是贪慕虚荣的女人。财富从来都是贪婪的粉饰，是沟通欲望的桥梁，还没有哪个女人能不被他慷慨的给予所俘获。

其实，上天是给了他一次获取心仪女人芳心的机会的，那是对他性欲渴求给予的帮助。

他还记得上一次酒会的情景，那一次是在红海的胡尔哥达。

作为天使酒庄的代理人，为了订单，莫妮卡自行找到“沙漠玫瑰”度假村来。

那天洛伦佐正在海滨浴场的卧榻上享受温和的阳光。洛伦佐喜欢这里的环境。海底的红色砂岩，两岸绵延开去的红色山脉，美丽的珊瑚海，温柔轻盈的海浪，清新的海风；驾着滑板，扯动风帆，搏击在浪尖上的勇者；蓝天，碧水，金沙，绿树，柔波细浪，绵软的沙滩，还有裸露得令人心生欲望的美女们。

莫妮卡就是在这个时候来到洛伦佐的身边。莫妮卡是自己找上门来的。洛伦佐也不过是在酒会上提到了订单的事，她就追到度假村来了。

看到莫妮卡，洛伦佐的内心便更加不得平静了。

望着洛伦佐，莫妮卡的笑容显得很妩媚，说：“尊敬的洛伦佐先生，您说过要订我们天使酒庄的酒，但愿我的到来不会打搅您的雅兴哦。”

洛伦佐的目光在莫妮卡的身上缓慢游弋着，他想上帝太偏心，竟给了这个女人如此完美诱人的姿色。

莫妮卡说：“不知该如何感谢您，您的订单竟如此之大，这让很多酒庄都心生妒忌，感谢您给予天使酒庄的信任和支持。”

洛伦佐说："上帝给了你如此美丽的容貌和身材，你应该知道自己有多么幸运。"

对洛伦佐的赞美莫妮卡回报以更加动人的微笑。

洛伦佐说："美丽的莫妮卡小姐，你看，海水多么湛蓝，海风是多么舒适，还有这椰树，沙滩，先放松下来看一看这景色吧。"

莫妮卡说："我找您可不是为了这景色。"

洛伦佐说："还有什么比面前的景色更加诱人呢？当然，除了你的美丽可以与之比拟。"

莫妮卡的笑带着撩人的蛊惑："谢谢您的夸奖，我们还是谈谈订单的事吧！"

洛伦佐说："面对这宽阔无际的大海，你就不想再说点别的什么吗？比如，我和你的故事。当然，故事还没有开始。"洛伦佐爽声大笑。

莫妮卡也被这有趣的话语逗笑了，说："看来您很喜欢听故事。"

洛伦佐说："我倒是想谈谈。"

莫妮卡风趣地说："谈什么？没开始就已经结束了的故事？"

洛伦佐说："很想谈谈我和你一见如故，谈谈我对你的倾慕啊！"

莫妮卡用温和的语气说："您很浪漫呢，可您要想把故事进行下去，就先谈订单吧！"

莫妮卡的话似乎让洛伦佐看到了一线希望。洛伦佐看看腕上的表，说："到吃饭的时间了，我们还是先吃饭吧，边吃边聊。"

餐厅是个能瞭望大海的豪包，桌椅、装饰都极尽奢华。尽管才两个人，菜却要了不少，都是海鲜：龙虾、牡蛎、鱼翅、盐渍生鲑鱼、鱼子酱巧克力，洛伦佐还要了瓶82年的拉菲。

莫妮卡说："您干吗不选择我们天使山庄的酒呢？"

洛伦佐说："会有机会的。只要莫妮卡小姐依然这么美丽，我愿时刻追随。"

莫妮卡说："您这次准备下多少订单？"

洛伦佐说："我的订单自然要和你的容貌相匹配，你觉得我应该订多少？"

莫妮卡反倒变得有些犹豫了，洛伦佐慷慨的表述中，饱含着某种不可接受的潜规则。

借着和莫妮卡碰酒，洛伦佐趁机捉住了莫妮卡的手，并赞美莫妮卡的手指纤细灵活，能弹奏上帝的琴弦。

洛伦佐的行为让莫妮卡很是反感，但莫妮卡并没有表现出来，她借故去洗手间，暂时摆脱了洛伦佐的纠缠。

望着莫妮卡走开的背影，洛伦佐阴险地笑了。趁周围没人，洛伦佐把一些白色的粉末倒入了莫妮卡的酒杯中。这么做的时候，他显得既慌张而又兴奋。

从洗手间出来，莫妮卡仍说订单的事。洛伦佐突然不再推辞，爽快地签了订单。洛伦佐的举动让莫妮卡喜出望外。

为了表示相互间合作愉快，今后有更多的合作机会，洛伦佐提议干杯。莫妮卡被洛伦佐的真诚打动了，愉快地举起了手中的酒杯。

七

只喝了一杯酒，莫妮卡就有了些醉意。不知什么原因，浑身感到疲惫，站不稳似的，手中的杯子变得极其沉重。莫妮卡看到光洁的杯面上模糊的面孔在扭曲放大，就像巫师施展法术，那强加的咒语在意象流失间紊乱折射。杯子从指骨间滑落了，像虚空中抖动的光影，或海水中直线运行的透明水母。残留在杯底的那一抹浓稠瞬间逸出，那一串细碎的红色汁液像一串宝石那么完整。

莫妮卡忽感一阵头晕，她感觉天花板的构图在置换，忽而正方形，忽而菱形，忽而多边形，重叠、交错、快速地穿插，光影的凌乱中，那轻薄而又滞重的截面就像一副不断被重洗的纸牌，为了某种游戏的完整而不断变换着诡异的组合。

莫妮卡身体摇晃着，险些跌倒。她想站稳脚跟，但身体却松软如沙土。

洛伦佐说：“莫妮卡小姐，你怎么了？哪里不舒服吗？”

莫妮卡的意识有些混乱，她有些失忆，无法确定置身何处。品酒会、开罗、亚历山大、苏伊士、亚喀巴、红海度假村、拉菲、龙虾、鱼翅，这些紊乱的单词好像有关联又没有关联。眼前有涌动的海浪。更远处的天水交界处一片迷茫。

洛伦佐说："小姐身体感到不适吗？让我扶你起来吧。"

莫妮卡的眼睛黏合了般有些睁不开，为此视觉变得狭窄，于是她的思维就像眼前的那一道湛蓝一样，虚浮得不知所踪。

洛伦佐说："我的天使，就那么一小杯呀！你就有些醉了，这怎么可能呢？我还准备和小姐多喝几杯呢。"洛伦佐眼中闪动着焦急的渴望。

莫妮卡任由洛伦佐将自己扶了起来，脚步踉跄地走出包厢。

在宾馆的走廊里，一个同样脚步蹒跚的醉鬼撞在了莫妮卡身上。醉鬼一脸的淫笑，说："不错的妞儿啊，先生从哪找到的？不如让给我吧！"醉鬼把莫妮卡当成了性服务者。

洛伦佐让他滚开。男人并不想滚开。

洛伦佐说："滚开，杂种。"

男人说："漂亮的妞儿，谁都喜欢啊。"说着竟有些肆无忌惮地对莫妮卡动手动脚。

洛伦佐一把将男人推开，说："快滚，杂种，否则要你好看。"

男人表情悻悻的似有不甘，说："她不可能一直属于你呀。"

洛伦佐懒得理睬他，打开宾馆的房门，扶着莫妮卡走了进去。

洛伦佐将灯光调得很暗，这让房内的色彩变得更加温馨柔和。他有些迫不及待了，那张松软的大床上有他心仪已久的女人，他渴望得到那份爱。这一切都即将成为现实。莫妮卡是如此让他爱恋。第一眼见到她的时候，自己的那颗心就变得不再平静。有时变得像一个暴徒，有时又像一个绅士；他知道，其实自己就是一个彻头彻尾的小人。商人的贪欲永远欲壑难填。

洛伦佐知道，自己不光是为了得到莫妮卡的身体，也是为了得到她的酒庄，作为酒庄的继承人，莫妮卡代表着她家族财产的一切。洛伦佐更看重资产，他相信，他的资历和财产若和天使酒庄组合，那将是所有红酒资产界的噩梦。

洛伦佐也很讨厌自己，虚假、愚弄、欺骗、自私、贪婪……商人所具有的不光彩的品质他无不囊括。其实他知道对一个商人而言，就没有什么公平合理的道义，商人的目的就是极尽可能地获取更大的利益。很多人都把商人当成功人士敬仰，却看不到因利益而无法呈现的内心丑陋。当然，洛伦佐也并不完全否定自己，对自己他还是蛮有自信的，他相信自己想要的就一定能得到。他有一种执拗劲，想得到的，就是踏遍千山万水他也要去追逐。就像现在，不是吗，现在他想要做什么都轻而易举，想要做什么都无可厚非。他在心里轻松地笑了下，他相信这一切都是上帝的旨意。

长发遮住了莫妮卡一侧的脸颊，而这更衬托出了另一侧的娇媚。光影的投射下，有如两种不同个性的对比，阳光、冷漠、娇柔、刚毅，那明与暗的切面就像两种不同物质的完美契合。

面对迷人的莫妮卡，面对这个此时自己可以随心所欲的女人，洛伦佐忽然有一种奇怪的感觉，他忽然有些反感自己，他相信人性永远是善良的，但对一个投机商人、功利主导人格的投机者，他内心无法做出正确的判定。

莫妮卡的上衣扣不知怎么松了一颗，这让开领变得很低，洛伦佐看到了那精美的文胸呵护着一对饱满的双乳。

莫妮卡熟睡得不省人事，那喘息声如此轻微柔和，那节律像花丛中的彩蝶发出扇动翅膀的微鸣。

洛伦佐想，这美妙的情景将成为他记忆的封存。

因激动，洛伦佐的心跳个不止。那一刻他想到了圣母玛利亚，那急迫突然又回归了平静。有那么一刻，洛伦佐想要放弃了，他有些不忍下手了，那贪欲的惶惑让他感到不安，以至于对那份美好不愿亵渎。但最终情欲的内心占了上风。

莫妮卡穿的是裙子，洛伦佐没有急于将莫妮卡的衣服剥去，此时的洛伦佐倒显出一副君子般的温文尔雅。莫妮卡的裙子下一双颀长的大腿很是蛊惑人心。那丰腴的肢体呈现，让洛伦佐的渴望重新回归到了一个商人、一个功利者渴望实质获取的情绪之中。

洛伦佐的目光贪婪而又充满爱恋。手轻轻抚摸着莫妮卡光洁的肌肤，就像抚摸绸缎或中世纪贵妇们挚爱的貂绒，有水的质感和火焰般的灼热。沁凉而又温和，沉静而又热烈。他在抚摸其他女人肌肤的时候从未得到这样的内心感受。

突然有人敲门，洛伦佐大为扫兴，节骨眼上敲门，他不想理睬，可敲门声持续不断。

洛伦佐愤愤地走出套间，打开门。

又是那个颓废的醉鬼。醉鬼不待洛伦佐发怒，忙说："我掏钱给你，这样你我两不亏。"

洛伦佐忍无可忍，拳脚并用，醉鬼根本不堪一击，在楼梯口，他还想挽回局面做些解释，洛伦佐并不给他机会，狠狠的一脚，醉鬼便皮球般顺着楼梯滚落下去了。

洛伦佐重新回到了房间，这一次他心里已经做了决定，不再犹豫，那就是对莫妮卡的占有。

洛伦佐还没有将自己的衣服脱下来，敲门声再次响了起来。要死，谁，如此讨厌。洛伦佐不予理睬。但敲门声没有停下来的意思。洛伦佐以为还是那个纠缠不休的醉鬼，他在心里骂了一声杂种，准备不再理睬，可敲门声变得愈加激烈起来。

洛伦佐吼起来："杂种，上帝会成全你的。"

门外有人说："先生，我们是警察，请把门打开。有公务。"

洛伦佐有些吃惊，警察找自己何事？洛伦佐有些想不通，但他不得不走出套间，把门打开。门外果然是警察。

警察："您就是洛伦佐先生吧？"

洛伦佐疑惑地望着警察说："是我。找我有何贵干？"

警察："您认识普莱德先生吧？他是来红海度假的。"

洛伦佐没有印象，也不想认识他，他不知道这个叫普莱德的人跟自己有什么关系？

洛伦佐很生气，在这个节骨眼上，再给他十分钟，他追逐多年的愿望就会实现了，可这几个自认为警察的家伙，坚定地望着他。

洛伦佐说："你们知不知道，你们这样做是扰民。"

警察告诉洛伦佐，他已经触犯了法律，让他回警局配合调查。

洛伦佐说："什么……什么……去警局？"

警察说："您用暴力致使普莱德先生住进了医院，您要跟我们回警局接受调查。"

洛伦佐吼起来："普莱德！狗娘养的普莱德。你个杂种……”

洛伦佐知道，用不了多久，药就会失去功效，莫妮卡很快就会清醒过来，他精心的策划就全泡汤了，而洛伦佐想要得到的一切都将化为乌有。洛伦佐的情绪一落千丈。

八

追逐的过程令洛伦佐深感疲惫，脚步在各个城市穿梭、逗留，还有负重的精神包袱，渴望、失望，一次次的截获和流失，每一次都在煎熬和痛苦中再度回到起点。他就像一个精神乞丐，他的索取在时间无法畅通的最深处、在落幕的黄昏彼岸，让他无法企及。

所费的努力渐次加大，希望却渐次渺小。猥琐、颓废、盲目自信，所有这些都让洛伦佐感到无法驾驭，心灰意冷。

第一次见到莫妮卡就发狂地爱上了她，可是直到今天都没有什么进展，两个人的关系依然是隔海相望，遥不可及。

洛伦佐不是没有过其他女人，但对别的女人的爱和对莫妮卡的爱有着天壤之别，那是两个版本，两种不同的情趣渗透。他离不开女人，但又不肯苟同风尘女子的虚假表白，为此他会隐藏起内心两种不同的角色：阴郁和阳光，虚假和诚实。

他相信那是他对异性爱的特殊诠释。

越是得不到越是想要得到。他相信上帝会怜悯他为爱而付出的努力。这一次筹划酒会就是再次为自己创造机会。洛伦佐暗下决心，这一次他一定要达成自己梦寐以求的心愿。

洛伦佐在美丽而性感的礼仪小姐引领下，走下旋梯，进入了评酒赛场。他客套而又傲慢地回应着众人的问候。在经过莫高酒庄的展台前，马淳向他问候，他并没有理睬，而是把目光锁定在了莫妮卡身上。

看到莫妮卡，洛伦佐内心忽然涌起一种难耐的冲动。莫妮卡就站在那里，标新立异，秀色可餐。说她是一枝冷艳而诱人的玫瑰，恰如其分。其实在洛伦佐眼里，那根本就是一尊白金的女神塑像，招人仰慕。

在莫妮卡的展台前，洛伦佐停下了脚步。显然，莫妮并没有发现他的到来，她在整理展台上摆放的几瓶酒。

洛伦佐想：此时的展厅里要是只有他们俩就好了，他会毫无顾忌地拥住她，即便她不接受他也不会松手。红海度假村那次是上天同他开了一个玩笑。除了遗憾他能说什么？那次事后，莫妮卡比之前显得更精明了，尤其是和自己相处的时候，就显得格外谨慎，这和洛伦佐想要的结果根本就是背道而驰。

洛伦佐说：“我的小天使，你是多么地令人心生挂念啊！”洛伦佐的目光有些痴迷，内心有一种无法排遣的欲望。

莫妮卡一抬头正好和洛伦佐的目光相撞，莫妮卡没有像洛伦佐那样显出过多的惊讶，但出于礼貌，她还是流露出一丝快意。

洛伦佐说：“我的小天使，我们又见面了！”

莫妮卡说：“很高兴能再一次见到您。”一缕淡淡的香气萦绕在莫妮卡身边，是“香奈儿Chanel”逸散的芳香。

洛伦佐原本冷漠的脸上涌满了快意的笑容：“说什么来

着，莫妮卡小姐，你的美貌总是惊扰我的视线。”

他并不顾及自己的身份，扶着展台，躬下身子同莫妮卡亲昵地攀谈起来。

洛伦佐说：“托斯卡纳一别，我们有些日子没有见面了，莫妮卡小姐还是那样楚楚动人。”

莫妮卡说：“一直没机会感谢洛伦佐先生您上次送的礼物，很高兴又见到您，没想到您还是这次评委会的名誉主席。”

洛伦佐注意到莫妮卡戴的两个耳钉，很别致，极具个性。那红宝石的镶嵌真是很特别，环形的金属构架上，是一颗切割了多层质面的红宝石。而金属表现的聚集处，则点缀着一簇闪光的钻石。那光感的折射是如此通透，又是如此细密，这让他想到了红酒浓郁而又澄澈的色泽，那殷红加快了他脉搏的跳动。

洛伦佐觉得那耳钉的价格一定不菲。洛伦佐也不由得在内心有些轻视自己，感觉到自己的商人意识太过强烈，看什么都离不开利益、价值。

莫妮卡说：“洛伦佐先生，您发现了什么呢，目光如此执著？”

洛伦佐说：“我的小天使，一定是上天知道我对您思念难耐，所以才把您送到我眼前的。”

莫妮卡轻声笑着说：“洛伦佐先生，您的评委会快要选出结果了。”

洛伦佐说：“一切都是为了你，我的天使，包括这场赛事。会给您一个公正的结果的。”

莫妮卡说：“评选的结果即将揭晓，而您还在这里，一副事不关已的样子。”

洛伦佐说：“小姐是对自己参展的酒没有信心吗？”

莫妮卡笑道：“我相信我们的品牌定会胜出的。”

洛伦佐说：“天使酒庄一直都是意大利的骄傲，而小姐您一直是我的骄傲！”

莫妮卡说，“谢谢您，洛伦佐先生，您对我们酒庄的肯定真是让人激动。”

洛伦佐靠近莫妮卡说：“在这个世界上没有谁比小姐您更美丽诱人了。”他过分亲昵的举动让莫妮卡显得有些不太自然。然而更加过分的事情还在后面：洛伦佐在大庭广众之下无所顾忌，居然抬手拍了下莫妮卡的屁股。一种被羞辱的愤慨让莫妮卡的脸变得通红。

马淳没想到洛伦佐会和莫妮卡这么熟识，洛伦佐可是掌握着这次比赛的生杀大权。马淳不由得有些担心，他怀疑这次评酒大赛会有人为因素的倾向，使大赛变得不再公正。

莫妮卡显然也注意到了马淳朝她投来的不信任甚至有些嘲讽的目光，这让她尴尬而又恼怒。洛伦佐怎么可以这样粗鲁，随意动手动脚。莫妮卡正要发作，司仪的讲话让她暂时放下了心中的不快。

司仪向大家介绍了本次大赛的赞助商、名誉主席洛伦佐先生。洛伦佐显得派头十足，一边向众人挥手致意，一边朝大厅的中央走去，那样子像极了一个重要人物在某种重要场合的现身。

司仪向大家爆出一个令人惊喜的消息，因为洛伦佐的慷慨赞助，本次比赛的奖金是惊人的五十万美元！

大厅里掌声雷动，大家纷纷举杯庆贺。

九

评酒的程序已经全部进行完毕，进入决赛的，是来自中国敦煌的莫高酒庄和来自托斯卡纳的天使酒庄！最终谁能取得胜利，赢获五十万美元的奖金就看这最后一搏了。马淳显得激动而又紧张。莫妮卡和洛伦佐亲昵的表现似乎已经给出了答案。两人密切的关系在马淳的心里埋下了阴影。马淳不住地在内心否定着这一想法，他更愿意相信规则的公正不会被某个人所左右。

红丝绒上摆放着两瓶酒，酒瓶上两种标志分别带着自己的属性：屋檐下垂落着一串葡萄的那款是莫高酒庄出品的，而以山崖下的葡萄枝为标志的则是天使酒庄的佳酿。两款商标都极具特色，当然，商标的精致与否并不代表酒的品质。

范林激动不已，他附在马淳耳边说："老板，我在莫高窟众菩萨画像面前许过愿，请菩萨保佑我们取得胜利。那么多的菩萨保佑我们，我们一定能赢。"

范林虔诚的表现也让马淳为之动容，尽管马淳不相信什么菩萨保佑，但慌乱的内心在没有具体的依附下，渴望得到某种信仰的界定给予，意向的寄托让他迫切而焦躁的内心稍稍得到些许安慰。

通过评委的品评，评委会拿出了最终决定。评委台上现在只剩下了一瓶酒。

绚丽的灯光下，那高举在上的、让人觊觎已久的、品味至诚的美酒终于显露出真容。那包装典雅高贵、色泽纯正的美酒，正是莫高酒庄的陈酿，那烈焰般的品质，水一般绵柔的个性和深入内心的无私的精确表达，让它成为评酒会最终的王者。

大家纷纷转头望着莫高酒庄的展台，望着马淳和范林，目光中流露出肯定的赞许。

范林很得意，这是莫高酒庄在众多的名酒面前显山露水的一次良机，是超越自我、跻身名酒行列的开端。

范林说："这是菩萨的庇护啊！我说过，他们得按照神的旨意去做。"

范林一副大功告成、稳操胜券的样子也感染了马淳，他激动得无以言表，他相信，结果宣布的那一刻他会跳起来的。

就在即将揭晓的那一刻，莫妮卡忽然举起了手，大声说："天使酒庄申请更换参赛酒。"

人们惊讶地掉头看着莫妮卡，议论纷纷。那位年长的首席评委看了看莫妮卡说："小姐，对不起，这不符合规矩。"

莫妮卡说："品酒比赛的最终目的，不就是想找到最好的酒吗？"莫妮卡据理力争。

老评委说："可是我们没有中途更换参评酒的先例。"

这一切洛伦佐都看在了眼里，他和近身老评委耳语了几句。老评委情绪有些激动，洛伦佐不知又同他说了些什么，他激动的情绪才缓和下来。

大家很清楚他们在说什么，周围一片骚动，大家纷纷指责评委组中途改变规则。特别是范林和马淳对莫妮卡的行为就更表示出了不满。

老评委无奈地向众人解释："大赛的目的就是选出最优秀的酒，我们没有理由阻止天使酒庄拿出更好的陈酿。如果其他酒庄有更好的酒，评委组一样选择接受。"

老评委的话让喧闹的大厅暂时安静下来。

得到了评委的允许，莫妮卡万分小心地捧出一个描金漆器的箱子。就箱子而言，完全属于东方的特色，漆器上所表现的图案，是敦煌壁画中的飞天。那个云髻高挽、衣裙飘逸、彩带垂落、凌空翱翔的飞舞身姿让人生发了许多联想。太独特了！特别是那彩绘的图案，那描金的勾线看上去繁复而简洁，人物的造型有别于西方的绘画风格。那凝重的红珊瑚般的色泽，錾刻的纹理，浅浮雕的凹凸截面，真是精美得无可挑剔。

马淳记得，在敦煌的马家祖屋，马可儿的屋子里也摆放着几个这样的漆盒。他没把它当成什么宝贝，小时候还用它装过玻璃弹和好看的石子。只有马可儿把它当宝贝珍藏。

众人都被那精致的漆盒吸引住了，竟忘了要看漆盒中的实物。

马淳顾不上看那漆盒的图案，急切地想要知道莫妮卡在玩什么把戏。

漆盒子开启后，一个古朴的黑色瓷瓶显露出来。

马淳和范林大惊失色。姑奶奶的东西怎么跑到了莫妮卡的手里？但马淳马上做出了否定，这里是意大利，有着相同瓶子的马可儿却在敦煌，相隔千山万水，这个瓶子绝非姑奶奶的那只。无独有偶，两个一模一样的瓶子，它们之间会有怎样的联系？又藏着什么秘密？

鉴定开始了。莫妮卡小心翼翼地捧着酒瓶，酒瓶是烧制精美的细瓷，除了色彩和花纹，并没有商标。为此大家都有些疑惑。

莫妮卡在每个评委的酒杯中倒了一些，也仅仅是遮住了杯底。她谨小慎微的举动让所有人都屏住了呼吸。做完这些她长出一口气，然后非常小心地将瓷瓶放回到漆盒内。

背景是一块亚麻桌布——评委们将酒杯放在它前面。此时再看，玻璃杯中的红酒，那颜色极具诱惑，像沉静的宝石。

那酒色的表现极其丰富：紫、红宝石、红、砖红、红棕、棕。颜色不能说明问题。评委们很清楚，不同葡萄品种有不同的颜色。

评委们又将红酒少量滴于白色纸巾上，观察酒被纸巾吸收后留下的痕迹。

接下来是闻香，在静止状态下分析葡萄酒的香气。那香气真是很特别，它不同于任何酒的香气，那芳香尽管温润，但却不掺杂任何瑕疵。如此单一独特，评委们找不出任何词汇可以形容。

最重要的品尝——甜、酸、苦和咸——清淡，中度浓郁，或浓郁。

纯得强或涩，余味持续时间。评委们的表现极其专业。

老评委只是用舌尖沾了下，面部表情立刻丰富了起来。也许他对此还有些怀疑，可是当他再一次尝试的时候，不由得喊出声来：“琼浆玉液，酒中极品！”

几个评委都做了尝试，一个个表情都变得复杂起来。面对眼前的那只毫不起眼的酒杯，评委们不由得肃然起敬。

老评委问莫妮卡酒的品牌是什么？叫什么名字？

莫妮卡说："莫高相思红！"

老评委最后宣布评选的结果："获得这次葡萄酒大赛冠军的是天使酒庄的莫高相思红酒。"

马淳以为自己听错了，紧接着老评委又重复了一遍酒的名字，马淳才真正相信。"莫高相思红！"姑奶奶马可儿珍藏的那瓶酒就叫"莫高相思红。"

范林流露出和马淳一样的惊讶表情。

结果出来后，掌声雷动。人们为莫妮卡送上了拥抱和鲜花。

洛伦佐也向莫妮卡表示了祝贺，他小声问莫妮卡，那瓶酒里到底添加了什么成分？让评委们一个个如痴如醉、神魂颠倒。并提出要购买莫妮卡的那瓶莫高酒。莫妮卡婉言拒绝了他的好意。洛伦佐说价钱可以商量，莫妮卡说，不是什么东西都可以用钱购买的。

遭到拒绝，洛伦佐心里有些不快，但没有太多表现在脸上。

倒是台下的马淳，一脸悲哀地盯着莫妮卡怀中的漆盒，连宣布他获得大赛第二名都没有表示出太多的激动，他打发范林上台去领奖，而自己迫不及待地躲到角落里给马可儿打电话。电话里马淳告诉马可儿，莫高酒庄得了第二名，第一名是意大利的天使酒庄。

马可儿说："意大利，天使酒庄？"

马淳没有说获奖的那瓶酒和马可儿珍藏的那瓶酒一模一

样，并且也叫莫高相思红。

马可儿说："意大利，天使酒庄……"她的声音微颤，由于激动话语变得很不连贯。

马淳想再说些什么，但他不知道该说什么，就挂了电话。

评酒会已经结束了，马淳忽然想到了一件事，马可儿的那个瓶子底下有两个字，那么这个瓶子底下会不会也有字，写的又是什么？难道也写着莫西吗？所有的巧合和众多的谜团促使他很想一探究竟。但那瓶酒，连同箱子都被收起来了。

马淳问莫妮卡可不可以让自己看一下那个特殊的酒瓶，却遭到了拒绝。

还沉浸在获奖兴奋中的莫妮卡忽然收了笑容，有些防范地望着马淳，说："先生不该对那瓶酒抱有幻想！"

十

夜是猛然黑下来的。一出现在莫妮卡的眼前，夜幕刚刚拉开，就滞重得没有了缝隙和色彩。好在有繁星点缀，那厚实凝重的天幕才不会显得孤单。海潮来自更远处的云影下，那涌动声像巨兽发出的沉闷嘶吼。

城市的灯火一盏盏点燃了起来。幢幢大楼都变得灯火通明，像阳光的粉饰，更像是来自天体的某种光明的泄露。

城市的夜晚较白天似乎愈加喧嚣了，空间被另一种色彩填满。黏稠的，刻意的，平面或立体的纵深，其僵硬有如画板上的污渍，或无法再塑的人性粗糙的释放和认知浅显的组合。

街道上车流如织。车灯闪亮处，可以看到那簇拥着的完整的流动，而那游走的灯火则更像一条裹挟着色彩的河流。

莫妮卡迷恋这城市的夜景。在她看来，城市的夜晚因色彩的渲染，更加浪漫、温馨。

此时浴缸注满了水，莫妮卡试了水温，是让她最为舒适的温度。她要洗去这几日为大赛奔波的疲惫。

莫妮卡脱去衣服，慢慢潜入水中。水给了她很充实的质感，仿佛一个亲密恋人的相拥，亲密得没有空隙。尽管水是透明的，但被水包裹着的身体就不算裸露。莫妮卡天真地想。她看到水中的身体和肌肤的色泽有一些模糊，曲线也在水的微波中变得不很匀称。身体没入水中的部分似乎被放大了一些，脚、大腿、臀部，胸部最明显，看上去有些滑稽。但还有更另类的，那从隐匿在水中的、看上去骚动而又轻佻的耻毛，莫妮卡不知如何形容它，莫妮卡风趣地耸了一下肩，赶紧收回了目光，她不敢再胡思乱想了。

水有很好的浮力，她不必太过用力就做到了仰卧，翻身，肢体上扬等动作。

莫妮卡练过瑜伽，瑜伽有改善生理、心理、情感和精神的能力，是一种达到身体、心灵与精神和谐统一的运动方式。

水中做瑜伽也很不错，莫妮卡身体坐正，两腿屈膝并拢，腰背挺直；吸气，两手交握放在膝盖窝，呼气抬脚，分别将两小腿平行，脚尖绷起……还没有坚持一分钟，电话铃声响了起来。

莫妮卡走出浴缸，去客厅接电话。是父亲巴伯打来的。

莫妮卡才问候了一声，就听到了父亲恼怒的责问。父亲责怪她没有同任何人商量，擅自做主，拿莫高酒去参赛。问她知不知道莫高相思红是家族的传家宝？

莫妮卡让父亲先别发那么大火，她告诉父亲，莫高相思红被封存在保险箱里默默无闻，这么多年没人了解它的价值，是这次酒会让它获得新生，给家族带来如此高贵的荣誉和丰厚的财富。

莫妮卡说：“您真该看看那些评委们神魂颠倒的样子……

哈哈，除了五十万美元的奖金，还有成堆的订单！我亲爱的爸爸，您应该自豪。”

父亲有些痛心却焦急地问莫妮卡那瓶莫高相思红被用去了多少？

莫妮卡告诉父亲：“很少的一点，最多倒出去一盎司！”

父亲的声音柔和了很多，他叮嘱莫妮卡，一定要把莫高安全、稳妥地带回来，不能出现任何闪失。

莫妮卡向父亲打了保证。

挂了电话，莫妮卡长长地舒了口气。她刚要进浴室，门铃忽然响了。

透过猫眼看到外面是推着小车的服务员，她打开了房门。

服务员告诉莫妮卡，所有这些都是洛伦佐先生送来的。

莫妮卡看到车上放着鲜花、蛋糕和一瓶香槟酒。她有些意外，不过还是让服务员进来，让她把东西一一摆放在茶几上。

这时电话再次响起，莫妮卡接通，是洛伦佐打来的。

洛伦佐向莫妮卡表示了祝贺，并暗示了大赛最终的结果取决于他的帮助。洛伦佐希望能和莫妮卡共同分享这份快乐。

莫妮卡称自己很累，想休息了，谢绝了洛伦佐的造访。

洛伦佐还想说什么，莫妮卡已挂了电话。莫妮卡并没有发现在她打电话的时候，一个人已悄悄溜进了她的房间。而这个人不是别人，正是马淳。

马淳是借助服务员来给莫妮卡送礼物，才有机会进到了莫妮卡的房间里。马淳的目的很明显，他想找到那瓶莫高相思红，想看一看那瓶酒的瓶底是否有“莫西”两个字。尽管他到现在还不知道“莫西”是指代什么——人还是其他什么东西，抑或是代表某种其他物质，他完全不知，他想到了马可儿珍藏的那瓶莫高相思红，而莫妮卡获得大奖的，也是莫高相思红，两者间到底存在着怎样的关联？意大利、敦煌。莫高酒庄和天使酒庄盛产的酒并不相同，两者好像毫不相干，但却又有着某种无可预知的微妙联系。所有这些更促使他要一探究竟。

进了房间的马淳在寻找躲藏抑或遮蔽的空间，最终他选择了落幕般的窗帘。躲到它的后面很难让人发现。

服务员向莫妮卡道过晚安后退出了房间。

莫妮卡并没有看一眼刚送来的鲜花和蛋糕，她头发湿漉漉的，她去了浴室。

看到莫妮卡进了浴室，马淳悄悄进了卧室。马淳东翻西找，他要找到那个漆盒。在翻找的过程中，马淳看到了一张肖像画，那张画正是自己被风吹走的那张。那天，因为一场风，风筝断线，落在了莫妮卡的车上。她居然把画带回了酒店，并张贴在了墙上。街头匠人的杰作，画中的自己执著而又有些纯真的表情看上去很无邪。

望着画中的肖像，马淳有了一刻短暂的沉默。

此时那张画被张贴在卧室一侧的墙壁上。挂得有点斜，这样的角度看画中的人物难免滑稽。马淳想不通莫妮卡为何要把自己的画像挂在墙上，她是喜欢这种绘画风格，还是因对画中人物反感，所刻意要表达的一种羞辱方式？抑或是要记住这个人？究竟出于何种考虑，马淳不得而知，但他坚信绝非是喜欢画中那个坚毅而又纯真的面孔。

十一

鬼洋觉得自己最近很衰，做什么事都不顺心，前天好端端走路摔一跤，身子滚出好远，脸都给划烂了。

昨天更不能说，给老板收回一笔账，老板赏了些钱，一高兴叫了大笨去消费，喝多了。回家的路上就碰到了那个娘们。站在黑暗中的女人身材丰腴，性感十足，她有意把一对巨乳暴露给自己。她说："先生想不想玩玩呀？"那神情极具挑逗。

鬼洋当然想，但还有些犹豫。太迟了，又喝了酒，身心疲惫，只怕自己消受不了。

女人没有给他犹豫的时间，身子直接就贴上来了。

鬼洋还能说什么，有那样的一对巨乳挤压着你，你还能说什么?

一个野鸡。真他妈的鬼使神差，两人就进了路边的一家小店。那娘们很会玩，花样百出，床都快给掀起来了，折腾到半夜，什么时候睡着的都不知道，醒来后却不见了女人，身上的钱被洗劫一空。鬼洋觉得自己真是衰得不行。

鬼洋原来也是做酒生意的，有那么一段时间也做得风生水起。生意场上处处都有险恶。时运不佳，生意越做差，最后搞砸了，亏得一塌糊涂，血本无归。窟窿太大，店、房子、车，都赔上了还填不满。那一次他摔得太重，再没能爬起来，成了一个彻头彻尾的穷光蛋。人有时想想也真没意思。拼来拼去，奋斗了这么多年，到头来什么都没有，甚至连命都不是自己的。那天傍晚，他登上了海湾的观景高台，160米，这个高度对一个生命体的瞬间结束，根本不存在问题。城市的喧嚣就在身后，那落幕后的浮华夜晚最终会悄无声息。

夕阳下的海水一直铺展到天边，那血红的天幕和深色的海水在冷暖的对峙中，给了他无言的启示。沙滩上的一棵椰树让他感受到了生命个体的脆弱。他相信，放弃就是永远地拥有，放弃将是另一种崭新的开始。

就在他以匍匐的姿势准备跃身而下时，有人抓住了他，是洛伦佐。是洛伦佐帮他还了贷款，后来他就跟着洛伦佐了，跑跑腿，打个杂，帮着要个账。就是瞎混日子。好几年都没回老家了，混成这样，没脸回去。

今天，老板给他交代了一件事，有点棘手，于是，他叫上大笨来到了酒店。

大笨不知啥时学的这手艺，三两下就把莫妮卡的房门打开了。

鬼洋悄悄闪身进屋。

大笨刚才鼓捣门锁时，声音可能大了点，莫妮卡裹着浴巾出来看了一下，她没有看到已经躲到窗帘后的鬼洋。

一切都很正常，门闭得很牢，莫妮卡发现门上的防盗链没有插，随手插上了防盗链。

躲在窗帘后面的鬼洋大气也不敢出，好不容易等着莫妮卡走进浴室，等到周围没有任何动静的时候，正准备出来，忽然哪里又响了一下，不知什么情况。鬼洋又耐着性子等了好半天，听听没有任何动静了，才从窗帘后面悄悄出来，蹑手蹑脚地溜进卧室。他怎么也不会想到卧室里还有另外一个人，这让他吃惊不小。和他一样吃惊的是捷足先登的马淳。两个都是蒙面人，彼此并不知道对方是谁，但目的不言自明。漆盒已经被马淳翻出来了，就在桌上，此时盒盖也打开了，看得见里面的黑瓷瓶。灯光下瓷瓶熠熠生辉，像一颗黑珍珠散发着诱人的光彩。鬼洋早就按捺不住了，动手就抢。马淳慌忙护住瓷瓶，两人拳脚相向打了起来……

突然，莫妮卡走出浴室，朝卧室走来。

两人慌忙躲避，马淳躲在了窗帘之后，鬼洋则缩在了墙角落里。莫妮卡没有注意到漆盒已经被人从包里拿出来放在了桌上。更没有看到屋里的两个人。她在床上拿了自己的内衣又进了浴室。

鬼洋离桌子近，伸手就拿到了瓷瓶。

马淳上去就夺，两人又扭在了一起。马淳的动作很灵活，鬼洋根本不是马淳的对手，他不断躲闪，拼命护着瓷瓶。

马淳对着鬼洋的肚子猛踹了一脚，他便仰面摔倒在床上，差点叫出声来。马淳扑上去夺瓷瓶，鬼洋迅速翻身，滚到了床那边，马淳忙从侧面靠近，鬼洋居然又翻了回来……如此往复，让马淳很难捉到，马淳一时很焦急，却也是毫无办法。终于给他得着机会，飞起一脚踢中了鬼洋的胳膊，瓷瓶脱手而飞，马淳跃身而起，一把抓住了瓷瓶。

鬼洋懊恼不已，但岂能善罢甘休，忍着疼痛想要再次夺回瓷瓶。

莫妮卡又走出了浴室。

两人再次躲避。

莫妮卡心里犯疑，几次她都好像听到了响动，难道是心理作用？或者是隔壁传过来的？五星级酒店隔音差吗？怎么可能呢？莫妮卡四处张望并没有发现什么，有那么一刻她差点撩起窗帘，但她又打消了这个念头，毕竟这是三十多层高的大厦，窗外能有什么呢？那一刻，躲在窗帘后面的马淳心都快要跳到嗓子眼了。

莫妮卡的头发还没有干，她坐到梳妆台前吹起了头发，吹风机的嗡嗡声盖过了周围所有的声音。

马淳觉得这是个绝佳的机会，此时不走还更待何时。马淳冲出卧室。

到手的东西又被别人夺走，鬼洋岂肯服输，紧追不舍，于是你争我夺，撕扯在了一起。

吹风机的声音很大，莫妮卡没有听见有人在她屋里打斗。她很自恋镜中的那个自我。长发掩映下的娇媚容颜永远都是那么生动，那么迷人。

马淳和鬼洋的动作就像是被控制的两只皮影，动作机械而呆板。

两人正纠缠不休，吹风机停了。两人各自持定瞬间的状态，那做作的样子看上去十分滑稽。

吹风机再次响起。和谐的场景再次变得敌对，定格的画面重新活跃起来。

突然有电话打进来了。莫妮卡关掉了吹风机。

画面再次静止下来。两个打斗的人神情紧张地看着莫妮卡，谁都不敢弄出一点动静。如果不知道内情的话，你很难看出彼此是敌对的双方。一个搂着另一个的脖子，而另一个则挽住对方的肩头，那情景就好像一对亲兄弟的久别重逢，甚至极其感人。

莫妮卡拿着电话与对方交谈了一会儿，放下了电话。吹风机再次响起。

鬼洋和马淳的争夺愈演愈烈，为了不被鬼洋抓着，马淳整个身体都扭曲得变了形。他用肘击鬼洋的软肋，鬼洋刚呻吟了一声，吹风机停了，那无法释放的痛苦表情凝止，看上去滑稽而又夸张。鬼洋强忍着疼痛，咧着嘴抽着气，掐住马淳的脖子。马淳一手抱莫高一手要掰开鬼洋，同时用额头使劲敲鬼洋的脸。鬼洋忙抽手护脸……伴着吹风机的声音打打停停，画面有如幻灯片般不停地置换着。

终于，吹风机彻底停了下来。

莫妮卡面色阴沉地转过头来。

两个蒙面人还在机械地上演着哑剧。忽然感觉哪里不对，马淳一转头，突然就看到了莫妮卡惊恐放大的战栗目光，同时伴有惊悚的叫声。

马淳抱着莫高相思红夺门而出，正撞在大笨身上，大笨劈手夺下酒瓶的同时，一拳将马淳打了回来。

大笨喊了一声："鬼洋，快点！"两人便消失了踪影。

鬼洋，这名字好像在哪里听到过，但马淳一时想不起来了，马淳被大笨突袭一拳，疼得要死，只顾拉下面罩揉鼻子，正好被莫妮卡看到。

莫妮卡说："马淳！原来是你。"

马淳双手下意识地捂脸逃遁，但一切已经为时太晚。莫妮卡恼恨地一跺脚，快步追出房间。

马淳不知道自己接下来该做些什么，他想到了两个词：坐以待毙和溜之大吉！他选择了后者。不过在开溜前，他跑进卧室，将自己的那张肖像画从墙上取了下来，胡乱叠了下，装进了口袋。

十二

莫妮卡裹着浴袍在大厅里奔跑的样子惊扰了许多人。一个有些惊慌、一脸愤怒但又气质高雅的美女，在众目睽睽之下，无所顾忌地奔跑，可想而知，人们会露出怎样惊愕的表情，

人们不知发生了什么事，望着她的目光饱含着担忧和怀疑。

莫妮卡一路追到大厅，追到酒店门外，追到了大街上。哪里还有蒙面人的影子。马路上车流不断，天空一片沉寂，海潮声显得更真切了。高大的泡桐树下，掩映在繁密枝叶下的身影是那么的无助和渺小。她想到了风雪中那个卖火柴的小女孩，那个彻寒的夜晚一束火苗的救赎。她觉得此时，自己跟小女孩有着同样的渴求心理，有着同样对温暖的需求。她的眼泪快要出来了。

莫妮卡好像才发现自己裹着浴袍，完全是无奈，太过仓促了，这让她变得有些难为情。走回去的路程似乎要比来时远了很多，也艰难了许多，但她只能故作镇静。

酒店的保安好像发现了她的异常，及时过来询问她需要什么帮助？

莫妮卡说："我的莫高相思红……"

保安问："什么莫高相思红？"

莫妮卡摆了摆手。她谢绝了保安的好意。她知道酒店的保安根本不可能帮她找回莫高。

在走出电梯的一瞬间，她突然想起了什么，恨恨地叫了声马淳，快步奔向了房间。

房门大开，哪还有什么马淳，只有一个丑陋的面罩丢在地毯上。莫妮卡飞起一脚，那丑陋的编织物便如一只夜行的蝙蝠倒挂在了头顶的吊灯上。

莫妮卡抓起屋内的座机给前台打电话："喂，前台吗？请问，来参加比赛的马淳先生住在几号房？什么？退房了？你确定？什么时间？十分钟前！"莫妮卡骂了一句"去死吧！"把电话摔了。

电话提示几遍线路故障后，就没了任何声音。

此时，莫妮卡才感觉到，父亲的担忧不无道理。她不该把相思红拿来参赛，现在莫高相思红不知去向，她不知该如何向父亲交代。莫高相思红在天使酒庄保存了大半个世纪都安然无恙，却在她的手里丢失了。莫妮卡不知该如何挽回这败局，莫妮卡因自责而显得极为颓丧，然而现实并不给她太多的解释机会，损失已无法挽回。莫妮卡神情一阵恍惚，忽然间又想起什么，拿起手机拨打洛伦佐的电话。

莫妮卡声音有些哽咽地说："洛伦佐先生，您睡了吗？"

洛伦佐说："我的天使，你是要跟我同享获奖的欢乐吗？"

莫妮卡说："不是，是莫高相思红……"

洛伦佐说："莫高的确无与伦比，它该获奖，物有所值。"

莫妮卡说："莫高丢了……"

洛伦佐说："什么什么？你说莫高被偷了……"

莫妮卡说："是的，我没有报警，莫高相思红太珍贵，我怕万一把他们逼急了……你在这边认识的人多，能不能帮我想想办法，需要多少钱赎回来我都肯……"

洛伦佐以安慰的口吻说："我的天使，先不要着急，我会尽力的。莫高会回来的，最终会回到你的手里。你放心好了，莫高相思红最终属于你，属于天使酒庄！"

放下电话，莫妮卡的心情平静了很多。她在心里默默祈祷，祈祷莫高相思红的回归，祈祷那些因错误的获取而犯下的自私的利益诱惑，以及回归本真的被上帝所原谅的圣洁给予。

莫妮卡希望万能的主能听到她的呼唤，将莫高送回来，让她带回天使酒庄，给她可怜的父亲以必要的安慰。

十三

洛伦佐没想到莫妮卡的电话会这么快就打过来，他抱着莫高如获珍宝，在他这么多年经营酒的经验中，可以说对任何一种品牌的酒都如数家珍；但莫妮卡的莫高却让他找不到归类，它不属于欧美品牌所惯有的高雅品性，也不属于民间的流行珍藏，更不是哗众取宠的现代勾兑；它的性情很特别，你无法拿它和任何一种酒类做参照。还没有哪种酒会给他如此纠结的感受，那绝不是单一的物质，它的成因应是多种复杂的物质元素的组合。因为它太过完美，评委们的表现已经说明了它非凡独特和无与伦比。他感觉天使酒庄潜力很大，它的蕴藏不可小觑。他觉得自己是找到了一种不被外界所知的极品，他急切渴望得到酒中所隐藏的秘密，他相信一旦破解了这其中的密码，更多的财富会滚滚而来。荣誉、地位也会无出意外地飙升。

洛伦佐焦急难耐，他急不可待地要想破解其中不被所知的秘密。

还没走进实验室，莫妮卡的电话就打过来了。莫妮卡诚恳的求助让洛伦佐感觉到又是一次捕捉的机会。这个让他欲罢不能的女人，追逐了这么多年，依然是镜中花水中月。她从未求助过自己，这次她总算低下高贵的头颅，遮住圣洁的外表，解开自己贞洁的外衣了。

在洛伦佐看来，莫妮卡做事与她的品性恰好相反，总是在需要回避的时候，给人以措手不及的亲近。

莫妮卡求助的电话让洛伦佐很是受用。

洛伦佐一边接着莫妮卡的电话，一边抱着莫高相思红进了实验室。

洛伦佐宽慰莫妮卡说："你先别着急，在罗马，我熟悉很多政要，一定会找到的。"

莫妮卡请洛伦佐务必尽快查找，因为这有关她的家族，有关百年天使酒庄的尊严。

洛伦佐让莫妮卡放心，他会尽快安排，用最短的时间给她最满意的答复。

洛伦佐挂掉电话，把酒瓶递给旁边的研究员。他嘱咐研究员，只能取一盎司，绝不能浪费。

研究员恭敬地接过酒瓶，又不解地问取多少？

洛伦佐说："一盎司！这已经很奢侈了，相当于丢失了一个金币。"

研究员有些茫然，说："老板，作为初步的化验，也许会有结果，但反复的验证，需要更多的样品，一盎司恐怕不行。"

洛伦佐竖起一个指头，表情极其严肃地说："一盎司，只有一盎司。这相当于丢了一个金币，你想丢失吗？”

研究员显然不想丢失什么，他虔诚地接过莫高相思红，就像捧着上帝赐予的圣物，生怕出现一点闪失。

十四

一整天，莫妮卡都没有等到洛伦佐的电话，她不知道洛伦佐将她的事情办得怎么样了，莫高相思红找到了没有？心里很是焦急。对洛伦佐她并不信任，但酒会的策划者和赞助商都是他，只有他掌握着酒会参与者的所有信息。找他来解决是必需的，也别无人选。

其实莫妮卡一直都不太喜欢洛伦佐这个人，洛伦佐在商界虽然名望很高，但个人的生活却很糜烂，有关他的负面印象很多：自私，功利，阴险，狡诈，投机取巧，唯利是图，所有商人的负面表现他都有；私生活方面更是放荡不羁，贪欲、放纵，随心所欲，为所欲为。所有这些都是他给外界造成的印象。两人之间的来往、沟通，也是表象的权宜之计，除了商业的需求之外，没有任何的私密交往。莫妮卡心里对洛伦佐一直存在着排斥，向来是敬而远之。但为了莫高相思红，她不得不放下尊严，做出一些违背内心的接触。

为了得到莫高相思红的进展信息，莫妮卡约洛伦佐去夏日广场喝咖啡。广场是个休闲的地方，是恋人们最喜欢光顾的场所，绿色的草坪，花丛，白色的木质栅栏，蓝天，白云，尖顶的遮阳伞，还有那些栖落或盘旋在头顶的鸽子，为这一块城市的宁静增添了许多温馨。

洛伦佐和莫妮卡坐在白色的阳伞下，喝着咖啡。一开始，谈话无关紧要，都没有切入正题。

洛伦佐最初说的是郁金香，那葱茏的色彩排列，绚烂如朝霞。

接着洛伦佐又说到了鸽子，皎洁的身姿，奋力向上的体态，游弋天空的浅淡色彩，人们用怎样的思维才能体会它尽收眼底的广阔视野。

洛伦佐讲了一个关于鸽子的故事。

洛伦佐记得，他的祖父居住的小木屋后的断崖上栖息着一对野鸽子，那对鸽子共同抚育着一个幼鸟。洛伦佐常站在悬崖下眺望它们翱翔于蓝天的身影，那显然是一对自由自在的精灵。直到那只鹰隼的出现。那只雄鸽为了保护雌鸽，奋不顾身引开鹰隼，最终雌鸽得到解脱，而雄鸽丧生于鹰爪之下……后来雌鸽独自抚育幼鸽，直至那幼鸽羽翼丰满能够搏击蓝天……洛伦佐每当想起此事都为自己人生的成长暗自庆幸……

莫妮卡约洛伦佐来广场的目的当然不是看什么郁金香，也不是要听洛伦佐的童年趣闻，她只想知道自己丢失的那瓶莫高相思红现在在哪里。

洛伦佐有些不解地问莫妮卡："你为啥把莫高相思红看得那么重要？"

莫妮卡说："莫高相思红是父亲的命根子。"

洛伦佐说："莫高是天使酒庄生产的，还是另有出处？"

莫妮卡说："莫高相思红是家传的，从爷爷手里就有了，仅此一瓶。"

洛伦佐哦了一声说："难怪莫高让你这般牵肠挂肚。"

莫妮卡希望洛伦佐能尽快找到莫高相思红，她会感激他为此所作出的一切。

洛伦佐有些兴奋地说："不知你如何感谢我呢？"

莫妮卡沉默不语。但目光中却有洛伦佐渴望得到的东西。洛伦佐不敢确定，于是诙谐地说："我的天使，你知道我想要什么，除了你之外，这世界上的一切对我来说，都索然无味。"

莫妮卡幽默地笑出声说："那就……看您能不能找到莫高相思红了。"

洛伦佐说："你要相信我，会有结果的。我们需要的是时间。"

莫妮卡将莫高相思红丢失那天发生的所有细节都给洛伦佐复述了一遍，洛伦佐肯定地说："一定是马淳干的。东方的葡萄酒一直逊色于西方，他们想得到西方葡萄酒的酿制工艺和配方。"

莫妮卡告诉洛伦佐，酒是其他人抢走的，马淳是无辜的，双方的争执打斗告诉她其中一定另有原因，莫妮卡坚信这件事与马淳有关系，但莫高相思红肯定不在他手里。

洛伦佐很有把握地说："你在现场亲眼看到了他，而且他在你丢失了莫高以后，就急忙退房了，我查了机场记录，他连夜飞回了中国，你说，除了他还有谁？"

洛伦佐又说："马淳已经回了中国，他带走了我们渴望知道的所有秘密。"

莫妮卡说："马淳，中国。"她望着天空的目光充满向往。

莫妮卡突然做出的决定让洛伦佐有些意外。她要去中国。

洛伦佐说："遥远的东方，伟大的文明古国。她比我们想要寻找的莫高更加充满诱惑。"

莫妮卡一连说了几遍："中国，敦煌……"目光中充满了神圣。

洛伦佐似乎也被莫妮卡的专注感染了，神情变得肃然起敬。

十五

洛伦佐看着研究员给他提供的报告，表情变得越来越沉重，他怀疑研究员给他拿错了报告。报告中提供的样品分析结果极其简单，物质表现很正常，氰化物、甲醇、甲醛、梨酸钾、二氧化硫、糖精钠、纳他霉素、脱氢乙酸钠等和普通的酒的分析检测物的呈现没有什么两样。

洛伦佐说："怎么可能，你们确定这是莫高的检测报告？"

研究员点了下头，表情显得有些紧张。

手拿一沓检验报告的洛伦佐十分愤怒："你们用去了三盎司，给我的就是这个结论？"

研究员因惶恐不敢正视洛伦佐。

洛伦佐说："这就是你们研究的结果？我养了一群怎样的饭桶！你们把这样的一份报告给我，不觉得内心有愧吗？"洛伦佐将桌子上的一个盛着葡萄酒的量杯打翻在地，那洒了一地的浓稠红色液体像溅洒的血浆，让人感到恐惧。

洛伦佐说："这不是我想要的结果。"

研究员惊得说不出话来。

洛伦佐说："我们必须得到隐藏在内部的实质。"

研究员唯唯诺诺，说："那味道极其特殊，有几种未知的物质成分，样性表现很独特，根本无法提取……酒的复杂性丰富而纯粹，实在……无法复制。"

洛伦佐愤怒地把报告摔在了研究员的脸上。惊慌失措的研究员低垂着头，身子弓得像个虾米。

……

鬼洋百无聊赖，他趴在实验桌上盯着那瓶莫高相思红出神，突然好像发现了什么似的把脸凑到了瓶子近前，瓶身上有一个不太显眼的人物图案。那是一个反弹琵琶的阴刻造型。

鬼洋说："反弹琵琶！"鬼洋挺直腰身，跷起一条腿，两条胳膊在身后遥相呼应地摆了个动作。样子尽管很笨拙，但谁都能看出他是在模仿敦煌壁画中的一个姿势："反弹琵琶。""It's 敦煌！China！"

洛伦佐怒气未消，不知鬼洋出什么洋相，拿到了莫高就可以沾沾自喜了，就可以肆无忌惮地说一些鬼话。正想训斥他一顿，忽然又好像想到了什么，洛伦佐把瓶子拿到灯光下，仔细看了看，是一个不太明显的，刻入瓶身的反弹琵琶的造型，怎么会有这样一个奇怪的图案？之前怎么没有注意到。这图案象征着什么？又能说明什么？这让他很费了些脑子。

鬼洋把握十足地说："敦煌！"

敦煌，这个词对洛伦佐来说并不陌生，那是佛教的圣殿，是几千年前的文化宝库，它的盛名取决于石窟中那些独特的壁画和文书。

洛伦佐说："敦煌！"他想到了黄沙掩映下的那座著名的石窟和壁画艺术。洛伦佐忽然间豁然开朗，笑了起来，他拍拍鬼洋的肩头，说："好样的，不错，反弹琵琶，韵味十足，千年前的造型……你可以继续！"

鬼洋有些惶惑地望着洛伦佐，不知他啥意思。

洛伦佐说："你可以看到真实的反弹琵琶了！敦——煌，很值得一去！莫妮卡……马淳……莫高……相思红……越来越有意思了。"洛伦佐相信，所有的一切最终都会浮出水面。

十六

这几天莫高酒庄显得有点热闹，来了不少客商，院子里停满了车。莫高酒庄还从未来过这么多名车：保时捷、法拉利、宝马、奔驰、奥迪、凯迪拉克。订单签出去不少。这是多年来酒庄最辉煌的一次。评酒会上获了第二名，马淳还觉得有些委屈，但经理范林却很知足。订单就是价值的体现，就是酒品至上的有力说明。范林觉得这次酒会参加得很值，奖获得很值。

刚又来了一位欧洲的客商，喊着要跟马淳签个大单。范林赶紧进去通知马淳。

马淳正在马可儿房里说话。马可儿似乎对这次参加酒会的评选结果很满意。她问马淳那个获得第一名的天使酒庄参展的酒真的有那么奇特，真的那么充满魅力？

之后，马可儿好半天都沉默不语，她似乎想到了什么，目光迷离，窗外透进来的阳光有些涣散，可以看到活跃在光影下的一些微小的尘埃轻松地游弋着。寂寞的思绪，静止的空间，一个内心无法释解的老人，构成了这幅陈旧的并不对称的画面。马淳不知道时间到底对这个老人做了怎样无情的截取，又做了怎样灵性地召唤，才让她在困惑的寂寞中，守候着一份无法言说的遗失对抗命运。

马淳说："姑奶奶，您内心一定有许多想要诉说的故事。"

马可儿说："人最终要舍弃全部，你想忘却又无法忘却的属于你的那份痛苦或美好。时间与我同在，主与我同在。"

马淳希望马可儿能对他渴望获取的未知有更多的提示，马可儿却不想再说什么了，似乎她所能做的就是独守着这一份寂寥，等待时光慢慢揭示她内心无法诉说的那份怅然。

马淳给马可儿从意大利带回来一条貂绒的围巾。意大利的装饰品引领国际时尚。从服饰到鞋帽围巾，甚至是一颗纽扣，无不彰显其个性。围巾图案是格状的叠加，分布在围巾的四角，其间点缀着一些精绣的印象派雪松和花枝图案，颜色是蓝紫过渡的渲染。围巾质地细腻、柔软。马可儿披在肩上，温暖中多了一份柔情。

马淳看到摆在桌子上的那瓶莫高，在暗淡的光线下，瓶身散发而出的柔和亮泽像玉一般温润诱人。那光洁度，在这样的环境里，在这样的一个时刻，让人浮想联翩。

马淳没有向马可儿提到他偶遇莫高相思红的事，那个远在意大利评酒会上出现的瓷瓶，跟眼前马可儿奉为至宝的那个瓶子一模一样，那应该是出自一个窑炉的产品。他如果没猜错的话，内中的陈酿玉液也将是同一种工艺酿造的，或许就是同一工匠精湛的技艺发挥。

对莫高相思红的拥有者莫妮卡，马淳只字未提，尽管他很好奇，想从马可儿这里得到答案，他相信马可儿一定洞悉一些缘由，莫高一定包含着许多美妙的传奇。他无时无刻都想获悉那纠结的来龙去脉，但马淳忍住了自己的好奇心，他相信事情还没有到应该揭晓的那一天，否则姑奶奶不会那么淡定，任由自己在时光的阴影下默默凝视着那瓶酒的存在，独守着这一真实的拥有，只言不发。

范林提示马淳，客人还在会客厅等待着。

马淳问范林来人是哪个国家的？要签多大的单？

范林也说不准，这几天来的人不少，都讲英语，他也分不清都来自哪个国家。

马淳嘴上说着麻烦，但却掩饰不住内心的喜悦，和范林快步去了会客厅。

来人是背对着马淳的，待客人转身的那一刻，马淳脸上的笑容立马呆滞了。他怎么也不会想到，此人竟然是莫妮卡。

马淳小声责怪范林之前怎么不说是个女的。

范林不解马淳的意思说："做生意还分男女啊？有订单下，男女都是贵客啊！"

莫妮卡说："马淳！我们又见面了，你的家乡名声在外，这和你的品性似乎并不匹配。"话说得轻描淡写，但目光却咄咄逼人。

范林拍了下额头，好像忽然想起了什么，意大利评酒会，天使酒庄，凭借"莫高"摘取桂冠的那个气势凛人的女人。范林有些糊涂了，她到莫高酒庄来干什么？莫不是要和莫高酒庄搞什么联合？

马淳故作沉稳地坐在了沙发上，沙发边那盆巴西木的枝叶正好遮住了他半个脸颊。马淳看到那一束垂落的、伞状的白色花絮组成了一个"人"字构架，这让他变得更加心虚。

莫妮卡一言不发，就那么冷冷地看着他。

马淳的表情也显得不甚友好。马淳不想让莫妮卡对自己有太多的误解，这关乎他做人的尊严。马淳说：“我没偷你的莫高相思红。”

马淳的话让范林有些吃惊。他望着对峙的两个人，望着莫妮卡挑衅的目光，不知中间发生过什么事。又是因为莫高相思红，天使酒庄因莫高打败了莫高酒庄，出尽了风头，怎么又扯到偷上了，又和马淳扯上了关系，马淳为何要偷她的莫高相思红，马可儿手里就有这样一瓶莫高相思红，没有理由去偷别人的。范林完全糊涂了。范林不知道两人之间到底发生了什么事，出现过怎样不可化解的矛盾，他谎称自己还要见别的客户，匆匆离开。

十七

莫妮卡起身，若无其事地走向酒柜，会客厅侧面的墙壁前耸立着高大的酒柜，上面的摆放琳琅满目，那是酒庄生产的各种酒类的样品。光感的折射下，腰身耸拔的瓶器遥相辉映，相互间攀比着自身的尊贵，那纯酿色彩的蕴藏极其诱人。

莫妮卡顺手拿起一瓶，目光扫过商标，念出了酒的生产年份82年。说着，莫妮卡手轻轻一松，酒瓶掉在地上摔碎了。那完整变成脚边的碎裂，玻璃棱面的折射刺痛了马淳的眼睛。

莫妮卡抄起另一瓶，透过瓶壁，她看清了，是73年的。

马淳紧张地“喂”了一声，说：“不可以！”

莫妮卡的举动不容有任何阻拦，不待马淳做出反应，手一松，伴着流畅的惯性闪落，是一声滞重的闷响。那色彩的蠕动在玻璃的凌厉间穿梭，有如红色的蚯蚓，慌张地四处躲藏。洇湿的地面像一幅不规整的无限膨胀的地图，没有界限的划定。

做这些的时候，莫妮卡就像在丢弃一些秽物，无所顾忌。

莫妮卡继续抄起一瓶酒，她的表情冷酷异常。

马淳不可能再无动于衷了："No no no，这个绝对不可以。"

莫妮卡冷漠地望着马淳，样子凛然不可侵犯。

马淳去抢莫妮卡手里的酒："No，stop！Set down！"

莫妮卡的要挟似乎起到了实质性的进展。

马淳做了必要的妥协，说："酒……真不在我手里，我也想……可是，最终被别人拿去了……"

莫妮卡说："你还想狡辩？我都看见你了！"

马淳说："你看见了，拿走莫高相思红的另有他人！"

莫妮卡说："我不管，你参与了事件的全部，你必须还我的莫高。"

马淳想澄清自己，但又没有说服的依据，他忽然想到一个人，洛伦佐。他相信他才是事件的策划者。

莫妮卡哪里相信，自己还求助洛伦佐为自己寻找莫高，他也在尽自己最大的能力去做。怎么可能是他！她认为马淳是在栽赃。

马淳说："会场有另外的中国人出现，那个人既不是酒商，也非参展酒庄的代表，他的到来有何目的？而那天出现在酒店的两个人，都说汉语，其中一定另有蹊跷。"

莫妮卡并不相信，她觉得马淳是为逃避而开脱自己。

马淳想到酒会那天出现的那个叫鬼洋的矮矮胖胖的男人。他忽然有一种感觉，在酒店与自己抢夺莫高相思红的那个蒙面人体型就是矮矮胖胖的，就是鬼洋。

马淳说："现场只有我一家中国酒商，所有嘉宾都必须凭邀请函入场。其他人得不到允许是不能进入现场的，而洛伦佐是有权利提供这种便利的。"

莫妮卡的脸色越来越难看。

马淳说："那个中国人怎么进来的，又怎么知道你住哪间房？"

莫妮卡真有些糊涂了，她恨恨地叫了声："洛伦佐！"

十八

鬼洋和大笨簇拥着洛伦佐下了飞机。

洛伦佐的表情很郁闷，前面在飞机上同空姐发生了点不愉快，怪那小妞太招人喜欢了，也怪自己太过随意，空姐给他送咖啡的时候，他居然就捉住了空姐的手，空姐很礼貌地提醒了他。

空姐说：“先生，您要的是咖啡，可不是女孩子的手。”

洛伦佐小声说：“我现在更想得到小姐的抚慰。”

空姐说：“先生真会开玩笑呀。”

洛伦佐还想做进一步的试探，于是，手就显得更加恣意了。空姐用力一挣，一杯滚烫的咖啡全倒在了他的大腿上……结果倒是空姐占了理，他没忘了空姐转身走开时目光中的鄙夷。他一路上穿着那条湿裤子来到敦煌。才出门就遇见晦事，他隐约感到了这次行程的不顺。

办完入住，进了酒店，鬼洋、大笨要去餐厅吃饭。洛伦佐没有一点食欲，安顿了两人几句，自己就去了旁边的酒吧。

酒吧显得有些空，客人寥寥无几，光线明明暗暗，虚浮的灯光下无法捕捉彼此都怀揣着什么心事。洛伦佐在吧台选了一处相对安静而阳光鲜亮的地方坐了下来。一路劳顿，洛伦佐感到有些疲惫，趴在吧台上闭目静思，身心轻松了不少。

有歌声在这略显晦涩的空间里漫扬着：

每当月亮挂在天上

草原就变得很安详

风吹过绿波泥土馨香

我和思念进入梦乡

……

舒缓的旋律让洛伦佐忽感一阵惆怅。他想到了自己的家乡，那宁静的小山村，那个属于他祖父的小木屋，站在木屋的栅栏前，可以看到，青草密布坡地，小河蜿蜒，更远处是耸入云端的雪峰……

“先生您要点什么？”服务员的问话打断了他的思绪。

洛伦佐让服务员把本地所有的葡萄酒都给自己一杯。

服务员好像没有听明白他的意思，说：“先生，您具体要哪一种酒？”

洛伦佐说：“我是说，所有本地的酒。”

服务员试探地说：“本地酒很多，先生喝得了那么多吗？”

洛伦佐有些不耐烦了，说：“就要本地生产的酒，一样来一杯，一杯！明白了吗？”

服务员有些不大相信地望着洛伦佐，看到洛伦佐极其肯定地对他点头，这才为他服务起来。

服务员在洛伦佐的面前倒了一杯。

洛伦佐抿了一口就将酒倒在了痰盂里。

服务员又倒了一杯。洛伦佐喝了一口，眉头就皱了起来。

服务员再倒一杯。一看颜色就很浑浊，洛伦佐想也不想就将那杯酒倒在了痰盂里。

服务员还未遇到过这么古怪的客人，他不知道这个人究竟是出于什么目的，行为如此轻率，根本不把酒当酒。

服务员接着倒，洛伦佐酒刚含在嘴里，就又吐了出来。

服务员吃惊地说："先生，尽管这酒不是什么高档品牌，但您这么做我就不明白是为什么了。"

洛伦佐并不理会，稀疏的阳光照在他的脸上，这愈显出了他表情的烦躁。他把杯子朝吧台上一蹾，说："倒，继续！"

洛伦佐的面前摆满了一杯杯酒，洛伦佐逐一品着，眉头始终都没舒展。

服务员不断拿出酒柜里的酒，一时间有些应接不暇。

身边的痰盂已经被酒填满了，那多种品味多种颜色的混杂，看上去与洛伦佐本人一样有一种不可理喻的荒唐。

酒吧里，歌声在动情的旋律下依旧吟唱：

草原上的月亮阿妈的目光

照亮我心中那一份思念

草原上的月亮阿妈的祈祷

有家的地方才是天堂

……

十九

马淳的一席话，让莫妮卡陷入了深思。

地上是凌乱的玻璃碎屑，那黏稠的液体开始局部凝结，有如被剥离的动物尸骨毛皮——惨淡，阴暗，僵持，颓丧……那裸露的锋芒深深刺痛了她。

莫高相思红的丢失居然和洛伦佐有关，或者说正是他一手策划的，洛伦佐这么阴险。莫妮卡的内心波动很大，洛伦佐居然就博取了自己的信任，莫妮卡全没了刚才的跋扈、骄横，身体也松散了般没了底气。她靠在身边的沙发上，骨子里透出来的那份坚毅荡然无存。很长时间以来，莫妮卡都以为洛伦佐追求自己是出于对自己的喜爱，是自己的容颜和气质让他倾倒，现在看来那爱慕的表现不过是为实施某种卑劣的目的做掩饰；包括他刻意暗中帮助自己，酒会上对自己的鼎力相助，所有这些都是为自己的私欲创造条件。弄虚作假，瞒天过海，其真实的目的是对天使酒庄，对莫高相思红抱有某种不可告人的目的。

马淳倒了两杯酒，递给莫妮卡一杯。酒的色泽很纯净，那橘红的表现就像某种情绪的张扬，但内中浓郁的沉淀却又波澜不惊。莫妮卡仰头就将杯中的酒灌下肚去，她已经不再顾忌自己是否需要礼节的修饰，也不再刻意表现自身气质中所固有的高贵和不失优雅的品行。

莫妮卡动手给自己又倒了一杯，再次将酒灌下肚去。不知是因为激动还是酒精的作用，她的脸颊微微泛红。

马淳表面上不动声色，但内心却对她深表同情。

马淳说："全是做戏，都是计划好的，甚至，连整个比赛都可能是计划的一部分。洛伦佐精心编织了一张大网，他要做的就是请君入瓮。"

莫妮卡情绪极其失落，她一直以为洛伦佐觊觎的是自己的美貌。

莫妮卡喝第三杯的时候被酒呛到了，开始咳嗽。因为运动剧烈，秀美的长发也有些散乱了。

马淳善意地收了她的酒杯。马淳能感觉到那酒杯的温度，马淳相信那酒杯浸含着她无法释怀的情绪。

莫妮卡没再坚持，她从包里取出香烟，抽出一支点燃，深吸了一口，瞬间释放的烟霭将她美丽的脸庞遮掩得虚浮不实。

莫妮卡抽烟的动作很优雅，烟被夹在食指和中指之间，手指微微上翘，离自己的脸保持着一定的距离，尽量使烟霭不至于熏到自己。

莫妮卡的食指和中指很洁净，没有一丝烟渍的残留，看得出她平时是不怎么抽烟的。

莫妮卡嘴角边透出一丝讥讽的冷笑，骂了一句："狡猾的狐狸。"她忽然就丢了烟，拿出手机，用免提拨出，并用眼神对马淳作了暗示。

马淳知道莫妮卡的用意，忙凑了过来。

莫妮卡拨通了电话，立即传来了洛伦佐的声音。

洛伦佐：“我的天使，你不必着急，一切都有眉目了。”

莫妮卡：“真的吗？你确信能找回来吗？”

洛伦佐：“当然，只要肯花钱，没有办不到的事。”

莫妮卡：“让您费心了，不知该怎样感谢您才好！”

洛伦佐：“我的天使，你可是答应过我的，钱我不在乎，我只想要我想要的，你知道我指什么。”电话中传来一阵快节奏的笑声。

莫妮卡：“只要能找回莫高，一切悉听尊便！”

洛伦佐：“那你就等好消息吧！你知道，这物有所值，到时可不能悔改啊！”

莫妮卡隐约听到电话中有汉语演唱的歌声，于是问洛伦佐说：“我怎么听到有中国音乐？”

洛伦佐：“哦，是是是……我在看中文电视学习汉语，因为我想一拿到莫高，就去中国送给你。”洛伦佐笑两声说：“我的天使，中文里有个词叫鱼水之欢，最能代表我此时的心情了。相信你懂的。”

莫妮卡：“那，我在敦煌等你哦……”

莫妮卡挂了电话，与马淳有了一刻会心的对视。

马淳望着莫妮卡耸了下肩，他很佩服莫妮卡的随机应变和处事的老到。

范林进来了，看到地上的碎酒瓶有些吃惊，他望望这个，又望望那个，在两人的脸上，并没有看到仇视的怒火，一切都是那么风平浪静，可是这碎裂的酒瓶是怎么回事？他愈加迷惑。

莫妮卡突然看到了挂在墙上的一幅画，正是马淳的肖像画。

莫妮卡说："原来，这只断线的风筝又飘到了这里！"

莫妮卡直言，她并不是对画中的人感兴趣，她喜欢东方人所特有的个性，这幅画会莫名地让她联想到一幅名画，与马奈的《吹笛少年》画中人物的神情极其相似。

那幅画马淳也是很熟悉的，但《吹笛少年》似乎还显单纯幼稚，怎么会像自己。马淳感到惊讶，《吹笛少年》和自己之间的差距似乎也太大了点吧。马淳想笑一笑，但那笑显得有些勉强。

二十

酒吧里的酒差不多被洛伦佐尝了个遍，仍然没有找到他想要的那种味道。

服务员已经拿不出新的酒了，洛伦佐说："快把其他的酒拿出来。"

服务员说："先生，没有了。"

洛伦佐不信："你一定还有更好的。"

服务员说："先生，全部都在这里了。"洛伦佐看了一眼身边的痰盂，痰盂已经满得不能再满了。

洛伦佐说："把更好的拿出来吧！"洛伦佐相信还有更好的酒隐藏在酒柜中没有呈上，思忖服务员是看不惯自己这样浪费才不肯拿出来。

洛伦佐的行为招致了许多人的反感，不知道这个外国人出于什么目的，如此霸道，有钱就了不起了，就可以为所欲为了，酒是可以这样浪费的吗？

有人想出头，但因为不了解他的来路都不敢吱声。而酒吧里的其他人则是静观其变，想看个究竟。

洛伦佐执著的样子让服务员有些担忧，浪费了这么多酒，不给钱，转身走人怎么办？服务员无计可施，只能把老板请出来了。

老板起初还面带笑容，向洛伦佐做了自我介绍。待看到痰盂里盛满的红酒后，表情就显得不再那么友好了。

老板低声嘟囔了一句什么，脸色变得很阴郁。

洛伦佐说："既是老板，请把本地最好的酒拿出来吧！"

老板说："您不像是来品酒的。"

洛伦佐诙谐地笑了下说："感觉敦煌本地没有好酒。"

老板让服务员取出一瓶酒，倒了两杯，他先喝了。洛伦佐闻了下酒的味道，感觉还行，可刚喝了一口就吐了出来。

洛伦佐过分的行为让老板很失脸面。老板说："看来您真不是来品酒的。"

洛伦佐说："我要找到敦煌最好的酒。"

老板相信，洛伦佐一定是受了什么人的指使，来寻衅滋事的。

老板恼怒地望着洛伦佐，说："你很有钱是吧，那就每杯酒的价格按整瓶收费。"

洛伦佐耸肩笑了下说："不可能，这不合理。"

老板指着盛满酒的痰盂说："那么就可以像您这样？"

洛伦佐说："我是为了找到本地最好的酒。"

老板骂了一句杂种王八蛋，脸瞬间变得阴沉，他挥了下手，立马有几个人冲了过来。

其中一个上来对着洛伦佐的后背就踹了一脚。

但这一脚并没有踹到洛伦佐身上，他的脚给人用腿拨开了。拨开他脚的人，不是别人，是大笨。

大笨和鬼洋在酒店吃完饭，就寻到酒吧里来了，两人一直坐在角落里闲聊，看到有人要对洛伦佐动手，早就做了准备。

大笨用腿拨开那个人脚的同时，猛然踹出一脚，那人就仰面飞了出去。

气氛忽然变得紧张起来。其他几个蜂拥而上，大笨并不慌张，三拳两脚就将几个人打趴在地上。

一个气焰嚣张的家伙挥舞着棒子朝大笨冲了过来。

大笨闪身躲过棒子，捉住他的胳膊，就势奋力一甩，就将他摔在了桌子上。因用力过猛，桌子都散了架，酒瓶、杯具散落一地。

老板一看不妙，想要逃跑，大笨一把扯过来，俯身端起脚边那满满一痰盂的红酒，猛然就扣在了他的头上。那各种酒类的混杂像血浆，或国画的颜料，将老板浑身都渲染了个透。而扣在他头顶的那个痰盂，像极了中世纪武士所戴的头盔。

大笨在做这些的时候，鬼洋一直坐在原地冷眼旁观，他知道，这种事，根本用不着他，大笨一个人就应对得了。果不其然，大笨很快就轻松搞定。

大笨原来是一个职业搏击手，参加过大大小小不少的赛事。作为一个搏击手，他有着很好的职业操守，但有一次，他几乎差点违背了自己的职业道德。

那次比赛，对手是一个有点名气的家伙，但实力绝对逊色于大笨，和他对决，大笨早已成竹在胸，大笨相信自己一定会战胜他。大笨信心满满，决定全力对决。

大笨做好了一切准备。

赛前，负责这场比赛策划的老板突然对他提出了那个过分的要求，让他只能输，不能赢，因为老板把这场赛事私下里做了赌博交易。

听着老板带有侮辱性的话，大笨有些恼火，凭实力他是能赢的，为什么要向对方低头。他权衡再三不肯接受，大笨拒绝了老板的无理要求和金钱诱惑，这让老板很不痛快。

比赛就要开始了，临上场时，突然有工作人员跑来告诉他，他的妻子刚刚出了车祸，生命垂危，正在医院抢救。听到这个消息，大笨完全蒙了。但比赛还要进行，大笨不知自己是怎么走上擂台的，他心乱如麻。比赛一开始他就失去了主动，原本快击的重拳也没有了速度，扎实的脚跟也变得飘浮，腿法的运用也僵硬滞后，完全失去了往日的风采。大笨满脑子都是妻子在病床上被施救的幻影……

那天大笨被打断了两根肋骨，左眼角也被打得撕裂了开来。最终被迫退出了比赛。

但让大笨怎么也想不到的是，比赛的当天，他的妻子并没有出车祸。后来他知道那不过是老板做的手脚，目的就是让他分心，已达到他无法取胜的效果。

那次大笨受了重创，断了两根肋骨，腰椎也受了伤，已经不再适合做搏击比赛了。受伤的身体医治了快一年才痊愈，出院后他要做的第一件事就是去找陷害了他的老板。

在一次酒会上，他找到了老板。他的目的是要置老板于死地。要不是洛伦佐出面干预，让他及时收手，老板肯定会终生瘫在床上了。大笨致人重伤被刑事拘押，是洛伦佐通过关系将他保释出来。从那以后他就一直跟着洛伦佐了。

卡厅里，一片狼藉，几个被打趴在地的家伙，有两个跑了，一个靠着吧台不停地呻吟。

卡厅的老板满脸慌张，一时不知如何应对。他浑身湿漉漉的，脸上像被涂抹了胭脂，那样子极其滑稽。

洛伦佐忽然就想到了自己在来敦煌的飞机上发生的那一幕，他下意识地看了下自己的裤裆，不由得哑然失笑。他知道被酒浸湿的感觉有多么难受。

洛伦佐拍拍老板的肩膀说：“我不是来闹事的，我只是要找到最好的酒，是你们先动的手，我有权利自卫！”

老板不住点头，说：“误会，误会了！”

洛伦佐说：“你什么时候有了最好的酒一定通知我。”

洛伦佐将一沓钱，以及自己的名片放在了吧台上，然后带着鬼洋和大笨出了卡厅。

二十一

洛伦佐在酒吧里一无所获，没有找到他想要的。回到酒店，他把莫高相思红小心地从包里拿了出来，里面的酒已经不是很多了，拿到手里，瓶子明显失去了很多分量。黑色的瓶身，光洁度很好，釉色也很凝润，瓷的胎质也很细腻，瓶身上浅显的飞天图纹或许就是指代当地的某家瓷窑厂。洛伦佐还看到瓶底有两个类似于符号的划痕，好像是汉字，已经被划得模糊不清，手摸上去有粗疏的钝感。

洛伦佐把莫高瓶子给鬼洋和大笨仔细看了一遍，两人都说不出个所以然来。洛伦佐相信，这附近一定有瓷窑场。

洛伦佐领着鬼洋和大笨去街上打问了许多人，都不知道敦煌附近哪里有瓷窑场。还是一个在墙根晒太阳的老汉给他说了些不确定的话。老汉说，距敦煌八十公里开外有一座废弃的瓷窑遗址，那里原来生产瓷器。老汉说他父亲早年曾在那里做过拉坯的匠人。老汉说拉坯也是很苦的活，说他也懂拉坯的技术……

洛伦佐不想听有关他父亲的什么拉坯技术，他只想知道瓷窑的具体方位。

老汉说："那已是百年前的老事了，窑场早不存在了。世事沧桑，岁月无情，没有什么是属于人的……"老汉的语气中满是慨叹。

老汉的话让洛伦佐忽然就有了些感触，他抬头望了下远处的天空，天空有些昏黄，像滚动倒置的沙海。

洛伦佐领着鬼洋和大笨坐车去老汉说的地方。路很难走，一路颠簸，下了车，眼前是一片荒滩戈壁，更远处是无尽的沙海，旷野寂静而辽远，那苍凉的呈现有如旷古的岁月尘烟，萧瑟迷蒙中似乎到了蛮荒的尽头。冥冥中似有种遥不可及的横亘千古的灵动色彩，让心绪的渴望变得更加迫切。

没有一户人家。放眼望去，茫茫四野，不知该去哪里寻找。鬼洋发现远远的地平线下，有一座拔地而起的土墩，会不会是早年的窑址呢？几个人决定去那里看个究竟。

戈壁滩上碎石密布，走一会就硌得脚疼。可土墩离现实的距离还很遥远。鬼洋发现自己脚上的鞋已经撕裂开一条口子，看得见里面发红的脚指头。他嘟囔着骂了一句："意大利小牛皮，一样的名不副实。"

三个人出门时连一瓶水都没带，阳光倾泻，戈壁赤裸裸的没有遮拦，三个人走得汗流浃背，饥渴难耐，大笨异想天开地想找什么水源，前面的凹坑里倒长了些杂草灌木。

大笨用手刨挖，水没有挖到，却惊扰了一只灰色的沙滩跳鼠，踮着两只细长的后腿一蹦一跳地逃走了。

洛伦佐掏出一包烟，才点着，嗓子就冒烟了，他将整包烟都丢掉了。

走了大半天，累个半死，近了才发现是一座烽燧，并不是什么窑址。烽燧的一半已经坍塌，土筑的墙体依然显得厚实。

大笨居然不知道什么是烽燧。

鬼洋说："你还是中国人吗？这个都不知道！这就是古代打仗，用以传递信号的烽火台。"

大笨仍是一脸茫然。

鬼洋说："有外敌犯我疆土的时候，把柴火丢进去，把狼粪也丢进去，烟生起来，远处的兵士就得到了信号。"鬼洋说这话时还专门看了一眼洛伦佐，洛伦佐似乎并没有听鬼洋在说些什么，他的目光一直望向远方，鬼洋顺着他的目光望过去，远方是连绵不断的沙丘。

可是大笨依然搞不清为什么要丢狼粪。

鬼洋调侃说："因为狼烟四起！"

鬼洋让大笨去找他的水源去，再懒得理他。

大笨委屈地说："我从小就生长在国外，哪里知道这些。什么烽燧、狼烟的，几千年前的事了，知道了又有什么用！"

两个人都有些闷闷不乐，不知接下来该怎么办，洛伦佐也是一副茫然无措的样子。

大笨不满地小声嘟囔着说："老板也真想得出来，找什么瓷窑场，这里鬼都没得一个。"

洛伦佐问他在说什么？

大笨谎称说自己去找水源，慌忙躲开了。大笨才走下土丘，就喊了起来。

洛伦佐和鬼洋跑过去看，一处低矮的土丘边，有一个石头垒砌的院落。人还没有到近前，狗的狂吠声已经传来。

主人喝住了狗。大笨急着向主人讨要水喝。那个有些木讷的中年男人回屋拿来一个水壶，三个瓷碗。

洛伦佐一口气喝了两碗，鬼洋喝了三碗，大笨喝了四碗。

洛伦佐发现墙角边有几个破碎的瓷坛子，看了半天，哪一种都不是他要找的。

三个人的样子让男人感到奇怪：一个外国人，两个中国人，他们来这里干什么？

洛伦佐向男人打听附近可有什么瓷窑场。他的话男人一句都没有听懂，于是鬼洋又把洛伦佐的话重复了一遍。

男人说："老辈子人那会的事，早废了。"

鬼洋把男人的话又给洛伦佐学了一遍。

洛伦佐喜出望外，忙问在哪里？鬼洋便用汉语重复了一遍。

男人说在东边的沙梁下。鬼洋以为就在附近，结果还有十几里地。

洛伦佐看看空旷的四野，再看看天色，已经是太阳西斜的时候了，不敢冒险。

洛伦佐让男人领他们去。

男人问洛伦佐去那里干什么？

大笨有些凶巴巴地说："你管那么多干吗，让你去你便去，啰嗦什么……"

话没说完，鬼洋就制止了他。鬼洋谎称自己和外国人合开了个陶瓷厂，想到那里看看有没有更好的陶土资源。

男人称羊群还在滩里，晚上还要拦羊回来，去不了。

鬼洋将男人的话向洛伦佐做了解释，洛伦佐掏出几张百元的钞票在男人眼前晃晃。男人便不再犹豫了，决定带他们去。

男人带着他们走的是一条便捷的小路，不像他们进来时那么难走了。路上男人在一丛刺蓬前停下了脚步，附身用放羊铲刨了几下，就看到一个生长奇怪的东西：样子像个棒槌，微微的有些发紫，摸上去滞涩而绵软，感觉怪怪的。

男人说是锁阳，一味药，男人吃了那个就很厉害。

洛伦佐问男人指什么？

男人笑而不答。

鬼洋说："老板，壮阳的，男人吃了会很强壮。"

男人将那个东西很快挖了出来，居然很大，有一只成人的胳膊那么长。男人掰了一块给洛伦佐，他才咬了一口，就吐了出来，连说上当。

男人笑了几声忽然唱了起来：

九月里到了好冷的天

我赶上羊儿了入深山

尕妹妹打柴我放羊

好像个孔雀戏牡丹

……

洛伦佐问鬼洋男人唱的是什么？

鬼洋说："山野小调，唱哥哥妹妹。"

洛伦佐说："锁阳，哥哥妹妹，有意思。"

大笨看着男人唱歌，脸上露出不屑的表情。

不知为何，男人的歌声忽然让洛伦佐感到了一丝凉意。

终于到了沙梁，三个人都被眼前的景色震撼到了。

那是一处古瓷窑的遗址，窑身依山而建，努力地挺拔向上。时光的雕琢总是无法容忍，那羁绊让曾经的耸拔不得不委顿下来。但那颓败并未让人感到厌弃，相反，给人的感觉竟是那般的厚重，在釉质的裹挟中，洛伦佐完全可以想见它昔日的显贵和尊荣。

而更让他震撼的是那深厚的陶器的堆积。那醒目的簇拥或陈列是如此地丰厚，仿佛时光停滞在他所未知的某个历史时期，或挚爱的片断。

那阵势是如此浩大，又是如此缜密而严谨，这让洛伦佐感到惊恐不安。陶器们羞涩地在阳光下裸露着曾经的华丽，那截面的锐利刺痛了洛伦佐的目光。这让他看到了瓷器光洁和粗粝的两面。粗糙的一面有如旷漠的劲风；而柔细的一面又婉约如水。信手拿起一只青灰色的小碗，轻轻叩击，感同于编钟或罄的萦绕、回响。碗的断口成月牙状，有如夜空中的一弯清月。洛伦佐由此联想到了风沙掩映下的莫高窟和月牙泉……此时，这弯月牙就静卧在他的手中……在瓷器的开裂处，在质感光洁的一面，他看到开片致密的碎裂。那色彩像迟暮的黄昏，拖着时光的背影匍匐而至。那游弋的凸显如此强势，尽管在火的历练中她们退却了完整，但又不甘于平庸，因此固执地保留着自身的洁净，试图对人们讲述着最初的完整和美好。

大笨用男人的牧羊铲挖掘起来，在一处厚集的堆积中，洛伦佐找到了一个残破的黑色瓷瓶，跟莫高同属一个品种。瓷瓶保留了带有飞天图案的那部分，另一部分已残破得不见踪迹。但这已足以说明问题了。

二十二

马淳约莫妮卡在月牙泉见面，商讨找回莫高的事。

莫妮卡来得较迟。莫妮卡没有来过敦煌，一路走走停停留恋景色：她被月牙泉的景色吸引住了。

月牙泉处于鸣沙山环抱之中，那形状酷似一弯新月，且水质甘冽，清澈如镜。大漠中竟然还有这么一处美景，扎入眼帘，不由得让人怦然心动。

马淳已经等在那里了，是一处露天的凉亭，这样一边喝咖啡，一边可以观赏景色。从凉亭望出去，鸣沙山、月牙泉山色水光相映成趣，美妙无比。莫妮卡看得有些忘情。

马淳不无自豪地说："千百年来沙山环泉而不被掩埋，地处干旱沙漠而泉水不浊不涸，却也实属罕见。"

莫妮卡赞叹说："的确是大漠奇观呀！"

马淳说："我们这里有一种说法，鸣沙山怡性，月牙泉洗心。"

莫妮卡觉得那弯月般的泉水的确让自己烦乱的心清净了

不少。

两个人边喝着咖啡边欣赏着景色。

有游人骑骆驼在湖边绕行，骆驼们高昂着头颅，迈着轻缓的脚步，悠闲地在月牙泉边漫步，夕阳的余晖下，那被拖长的倒影像不断移动的沙丘。

两人把话题最终还是扯到了莫高相思红上。莫妮卡想找回丢失的莫高心切，迫切地希望马淳能给她提供帮助。

马淳没有告诉莫妮卡，莫高酒庄也有这样一瓶莫高相思红，和莫妮卡的那瓶一样，马可儿把它奉为至宝。马淳更想知道，莫妮卡怎么会有这样的一瓶莫高相思红？天使酒庄和莫高酒庄会有怎样的一种牵扯？

马淳说：“你相信洛伦佐真的会把莫高相思红还给你吗？”

莫妮卡的脸上涌上了羞赧之色，说：“这肯定要付出代价。但他休想得逞。”

一拨一拨的游人从他们的面前走过去了，大家都是来欣赏月牙泉的，特别是接近黄昏的时候是欣赏月牙泉最好的时间。

马淳说：“莫高相思红这么独特，天使酒庄为什么不作为品牌开发呢？”

莫妮卡摇头：“爷爷留下来的酒，父亲作为珍宝一直深藏不露。父亲说，莫高相思红绝无仅有，技术难题目前无法攻破。”

马淳说：“那实在是太遗憾了！”

莫妮卡自责地说：“莫高相思红作为家族的最后珍藏，我不该把它丢失的。”

又一拨游人从凉亭边走过去，在人群里，马淳忽然看到一个熟悉的面孔，像在哪里见过，可一时又想不起具体在哪里见过。那个男人个子不高，矮矮胖胖的，马淳努力搜索记忆，猛然就想到了那次酒会，那个叫鬼洋的男人。马淳一直怀疑那晚在酒店，与自己抢夺莫高相思红的就是他。他怎么会在这里？他来敦煌干什么？马淳立刻就想到了洛伦佐。

马淳说："洛伦佐就在敦煌。"

莫妮卡有些怀疑："他真的到了敦煌？"

马淳说："我好像看到了他的随从。"

莫妮卡拧着身子看走过去的人群，说："在哪？是哪个？"人群愈走愈远，莫妮卡看到的只是一些背影。

马淳让莫妮卡给洛伦佐打电话确认。

莫妮卡拨通了电话，依然用的免提。电话通了。

洛伦佐的声音透出一丝得意："我的天使，真高兴又接到你的电话，你想我了对吗？"

莫妮卡说："我一直在等着您带给我莫高相思红。"

洛伦佐说："我的天使，酒已经找到了，因为一件事暂时抽不开身。"

莫妮卡表现出兴奋的样子说："真的吗？感谢上帝，你是怎么找到的？"

洛伦佐说："费了很大很大的周折，当然，为了你，一切都值得！"

莫妮卡说："我已经等不及了，这真是太让人激动了。"

洛伦佐说："就这一两天，很快，你相信我，我马上就会飞往敦煌，当然，会带着你的莫高……"电话里突然出现一个汉语说话的声音："先生，您要的茶……"

马淳冲莫妮卡摆手示意她可以挂电话了。

莫妮卡："喂？您怎么不说话？您听见我说话了吗？信号不好……怎么回事……喂……那明天再联络吧……"

洛伦佐还在电话里喊："喂？就这一两天……喂？我的天使……你很快就能见到莫高相思红了……"

莫妮卡已经将电话挂了。

马淳："这次是确信无疑了。"

莫妮卡说："我们该怎么办呢？怎样才能拿回莫高相思红？"

马淳说："会有办法的。"

马淳打了个电话，时间不大，阿尤就来了。阿尤的打扮很清爽，藏青的T恤，紧身的牛仔裤，看上去娇媚而又不失清纯。看惯了她妖艳的装扮，今天的着装让马淳感觉是换了一个人。

阿尤看到马淳身边坐着一位金发美女，显得有些吃惊，她目光在莫妮卡身上停留了半天，脸上带着些醋意。

阿尤说："有美女作陪，还约我出来。"

马淳把莫妮卡介绍给了阿尤，听说也是做酒类生意的，阿尤脸上的妒忌稍稍得到些缓解。

阿尤望着马淳说："很有气质嘛，品位不错，新谈的？"

马淳略显尴尬，马淳知道，莫妮卡精通汉语，怕阿尤的话伤到她。

阿尤直入正题，问马淳找她来何事？不是来做电灯泡的吧？说着话毫无拘束地掏出烟来，点上，忽然又想到了身边的莫妮卡，忙客气地相让，莫妮卡礼貌地拒绝了，称自己不吸烟。

马淳疑惑地看了莫妮卡一眼，他记得在莫高酒庄，他看到莫妮卡是吸烟的。

阿尤吸烟的姿势和莫妮卡竟有些相似：中指和食指都爹得很高，那姿势很有女人味。

马淳问阿尤有没有在酒吧看到过一个领着两个中国随从的外国人？

阿尤并不回答，她吸一口烟，故作姿态地朝空中吐去。看着那个烟圈渐渐扩大并消失，然后才转过头来说："找老外？你身边不就坐着一位？"

马淳被她说得不好意思，向她解释说："是一个男的，随从是中国人。"

阿尤说："老外满大街都是，不知你要找哪个？"

马淳说："跟着他的一个随从叫鬼洋。"

阿尤说："有什么特别之处？"

马淳目光去望莫妮卡，莫妮卡也说不出有什么特别之处。

阿尤说："听说是有一个老外，这几日在酒吧品酒还闹了些事端。可是我没见过他。"

马淳说："叫你来，就是想请你帮个忙。"

马淳避过莫妮卡，附在阿尤的耳边轻声说了些什么。

阿尤对马淳说的事不以为然，但马淳有求于她而对她表现出来的亲昵动作让她很开心。她原本还想和马淳再做一些亲昵的动作。

莫妮卡突然惊叫了起来。

马淳不知发生了什么事，扭头猛然看到一辆失控的沙滩摩托车，左右摇摆、横冲直撞，并以极快的速度朝他们这里冲了过来，驾驶者显然无法控制摩托车了。而就在前方不远处，一个五六岁的小女孩正埋头在沙堆上堆沙人。

马淳飞身跃出凉亭，疾步冲到女孩跟前，抱起女孩的一刹那，摩托车已经到了近前。马淳瞬间空翻，动作极其漂亮，就像一只鹰凌空腾越。

摩托车贴着他的腰身冲了过去。马淳和女孩安然无恙。

莫妮卡被马淳瞬间的表现惊呆了，想不到马淳身手会这么敏捷，还具有这般的侠义心肠。莫妮卡目光中流露出的惊羡让阿尤心里酸溜溜的，很不是滋味。

二十三

洛伦佐拿着他从瓷窑挖到的那个残破的瓷罐，如获至宝。他反复把玩，悉心揣摩、品味，虔诚地感受历史不啬的给予，他没想到，这个蕴藏佛教文化的地域，竟然也有酒文化的珍藏，两者在品行上应该是有所抵触的，奇怪的是却共同得到了颂扬，相互间好像并无矛盾，尽管有年代的差异，尽管有相互排斥的前嫌，但彼此包容却得到了公众的赞誉。

瓷器断裂的碴口已经很陈旧了，说明有了一定的年代。洛伦佐不懂瓷器，他只能依据个人的学识和想象对器物聊以判断。陶器应该有些年份了，具体有多少年，他一无所知，通过陶器他会洞悉莫高相思红酿制于哪个年代。这样他就找到破译的密码，这很重要，这将成为他驾驭至上酒类品牌的尊者代言，就像人们对莫高窟壁画中佛的顶礼膜拜，他将收获所有的尊崇和财富。

在敦煌能找到盛莫高相思红的器皿，足以说明，莫高相思红的产地应该就是这里了。想揭开或复制莫高，必须要掌握它的历史和全套的工艺流程，以及原始的成因材质，缺一不可。

在他看来，一切渐入佳境。他现在需要的是时间，至于莫妮卡，他现在好像俘获的情绪没有最初那么迫切了，他不急，他相信，一旦破解莫高，一切都会迎刃而解。至于莫妮卡，自然也会投怀送抱的。爱江山更爱美人，他觉得自己正是如此，届时，他会有双重的收获，获得他所希望得到的一切。

鬼洋给洛伦佐联系了个文物鉴定的专家，据说曾参与过对敦煌壁画的鉴定修复工作，是这方面的权威。

鬼洋说："老家伙收费不少，张口就是钱，要钱干啥，还能活几年？"鬼洋对专家颇有微词。

洛伦佐知道鬼洋是想冲他要钱。于是掏出钱来给了他。

鬼洋很高兴地说："谢谢老板。"嘴里便不再骂专家了。

伦佐带着那个残破的瓷器去拜访了专家，专家的屋子里摆满了坛坛罐罐、各种青铜器，以及造像。收藏之多令人震这惊，有点像一个小型的博物馆。阴暗的光线下，那些不同时期的文化表现让洛伦佐想到它们曾经的彰显、活跃，以及被历史无情删除的可悲。洛伦佐说不清是什么感觉，他觉得那些东西多少都带有一些腐败的气息。

那些陈旧的收藏和老迈的专家，在隔世的时空里，有着一种冥冥中的认可，彼此间是那么的相融。

洛伦佐看到一尊佛头的造像也摆在那里。造像光头、阔耳，面容慈祥。佛头的模样和莫高窟壁画上的佛的影像极为相似，洛伦佐觉得佛像不应该摆放在这里，他的尊位应该是寺庙或石窟。

专家手持放大镜看了半天，用指头敲了敲，声音清脆，似乎没有听到历史音率的回响。专家浑浊的目光里似乎蕴藏着时空以外的信息。

专家说："最远过不了民国。"

专家给出的答案让洛伦佐不甚满意，尽管他对自己的信心产生了动摇。但专家对瓷瓶轻率的定论让他存有质疑，他坚信应该更早一些。当然，这并不重要，民国也是个值得回瞻的年代。洛伦佐没太过失望。他需要的不是瓶子本身的价值，他要的是生发陈酿的那段时空。

专家不屑的表情，让洛伦佐不以为然。

临出门时，洛伦佐又仔细看了看那尊佛头，那慈祥的面目，那看似平静的一尘不染的目光直视人的内心。

洛伦佐与鬼洋在街上走着，一个人向他兜售文物。不知道什么东西，被几层布包裹着，小心翼翼的样子让人不再怀疑里面的确是珍品。一层层展开来，是一块汉画像砖。灰陶的质地，画像上粘着尘土，似才刚刚出土，上面的图案是车骑出行图，浅浮雕的表现。一个古代的战车，马昂首向天，车上一武士手持长戟，侧身作势，策马者表情沉稳，手中拉直的缰绳可见车行速度。

卖者言辞卑微，但极尽蛊惑。

洛伦佐问了价格，卖者索要两千元。

鬼洋说："假的，满街都是卖这个的！"

卖者却缠着推销，说便宜些也行。

鬼洋让卖者滚开。

卖者却将价钱突降到了五百。

洛伦佐掏出二百块钱，卖者说太少，太少！居然就接过了钱。

鬼洋很是不解，说："明明知道是假的还给他钱？"

洛伦佐并不搭理鬼洋，独自朝前走，拐过一条街后，顺手将画像砖丢入路边的垃圾箱里。

鬼洋问他这又是何苦？

洛伦佐说："我只是不想破坏自己的情绪。"

一个乞丐蜷缩在阳光下打盹。洛伦佐没有视而不见，给了乞丐一些零钱。乞丐的目光有些迟钝，什么也没说，只是朝他行了个佛教的合手礼。乞丐相信这一切都是来自佛的恩赐。

洛伦佐想到自己小的时候，父母死得早，他很小就成了孤儿，靠给人擦皮鞋艰难度日。有一位先生每天从那条街上走过时，都会停下来擦皮鞋，又总是给他双份的钱。这让洛伦佐很是感激。日子长了，他发现先生上班的公司并不在这条街上，他是绕了两条街专门来这里擦皮鞋的。无疑，他是在刻意帮助自己。

那天，先生又去了那条街上。谁知暴雨突至，大家都纷纷躲避，洛伦佐紧跟先生追出了一条街。先生看到满身湿透的洛伦佐两只小手朝他递来的是一把伞时，先生的眼睛湿润了……后来洛伦佐知道，先生是个酒商。后来那位先生收留了他，成为了他的义父。

想起这些，洛伦佐忽感一阵伤心，他为自己苦难的童年，更为自己现在的贪婪。

街边一个算卦的吸引了洛伦佐。

鬼洋向他解释说："中国的占星术，能洞晓人生，预知未来。"

洛伦佐觉得有些意思，便让算卦的给自己卜一卦。

算卦的观了洛伦佐的五官，又看了手相，最后把几个方孔的钱币撒在了一张画有八卦图的麻布上。算卦的认真观察了八卦图上钱币排列的秩序，表情忽然变得严峻而又神秘起来。他告诉洛伦佐，最近他可能有一劫。

洛伦佐不懂他说什么。

鬼洋向他做了解释：一劫就是会有不好的事情发生，比如灾祸什么的。

洛伦佐颇有兴趣地说："会有什么意想不到的事情发生呢？"

算卦的说："天机不可泄露。"

洛伦佐仍是不可理解，说："劫在何处？"

算卦的说："劫在东方。"

洛伦佐笑起来："那会是多远的距离？"

卦师掐指一算，说："不远，离敦煌有百十公里。"

洛伦佐抬头仰望东方，日出的地方是绵延不断的黄沙，天地的接壤处那厚重的堆垒像耸拔的边墙，让他忽然感到了些压力。

二十四

自从找到那个与莫高相思红一样的黑色的瓷瓶后，洛伦佐更加确定了莫高的产地。盛酒的器物的出现，就是最有力的说明。专家的断代之言让他相信，莫高离现实并非久远。他相信它的存在就在不久前的昨天。

现在唯一让他困惑的就是酒的生产地在哪里？离现实的距离跨度有多大？或者说曾经的生产地在哪里，不可能这么快就销声匿迹了。它的生产原料会是怎样一种独特的品种？洛伦佐疑问重重，但这愈加使他不肯放弃对这一神秘之品的获取。

洛伦佐又换了一个酒吧，继续找那种纯粹到无法形容的品味。

这次他不像一开始的时候了，这次他的品尝相对慢了一些。一口酒含在嘴里他会品半天，反复认证，细细体会，让酒的每一个分子都发挥到极致，以此来判断酒中的成分和莫高是否有着某种关联，一星半点儿的失误都不能有，纤细如蛛丝般的牵连他也不肯放过。他突发过这样一种想法：莫高相思红会不会是几种酒的融合呢？为此他也做了些尝试，显然不是。那样一来味道更糟，就像吞咽了一只苍蝇。

现在他要从头再来一遍，这对他来说不亚于是一种精神负重的考验。想到还要喝那些劣质的酒，他的胃就跟火燎般地翻滚起来。但为了获取，寻找那渴望的精确程度，他别无选择。

洛伦佐皱着眉头慢慢品着酒，酒吧里的气氛让他忽生厌恶。光线阴郁有如遮蔽下的仓房里，墙壁上图案的渲染故弄玄虚；空气混浊，酒的色彩沉重滞闷。他真的受够了，假如不是什么狗屁莫高，他真懒得到这里来。洛伦佐的情绪变得越来越坏，直到阿尤的出现。

阿尤走进来的时候正好背对着阳光，这让她有了一种朦胧的神秘感。直到那身影完全显现，真实的阿尤才完全暴露在了大家的面前。没有故作姿态的表现，却攫住了所有人的视线。

洛伦佐只是不经意地看了一眼，那目光就被锁定了一般，再也没有收回来。

那完全是一种性感外在的特殊体现——极具风情的姿态，优美的体型，风流时尚的气质，扭动的身子……虽然是穿着长袖的上衣，但胸以上的几颗扣子全开着，文胸薄如蝉翼，基本上就是半透明的网，肌肤的裸露对她来说似乎理所当然。

阿尤的身材极佳，两条颀长的腿，高跟鞋，黑色的长筒丝袜，尽管不动声色，但却显得很招摇。举手投足都带着一种说不出的魅力。

从她进门的那一刻起，洛伦佐的眼睛就没有离开过阿尤。

人间极品！洛伦佐想。

阿尤就那么轻脚慢移地走了过来。洛伦佐欲望的目光饱含挑衅，他伸手做了个OK的动作，把自认为满意的笑容递了过去。

他的轻浮举动非但没有引起阿尤的反感，相反倒让她停下了脚步。阿尤笑起来的模样似乎更加迷人，她具有挑逗性的目光让洛伦佐浮想联翩。

洛伦佐之前的郁闷和不快一扫而光。

洛伦佐搭讪道："小姐美貌迷人啊！"

阿尤看到洛伦佐面前摆满的酒瓶、酒杯略显吃惊地说："先生，一个人喝得了这么多酒吗？"阿尤说的是英语，这让洛伦佐更显吃惊。洛伦佐没想到在这个简陋的酒吧里，竟然有人还能够用英语和他交流，何况还是一个韵味十足的美女。

洛伦佐说："对酒当歌，人生几何！"这句诗词，他也是来到敦煌才学到的。那是鬼洋的功劳。

阿尤说："先生好雅兴，独自畅饮！"

因为莫高窟的壁画，敦煌成了老外们经常光顾的地方，接触的外国人多了，阿尤自然也就学会了一些英语。

洛伦佐善意地邀请阿尤说："不介意的话，一起喝一杯？"

阿尤没有表示同意，但那撩人的目光却让洛伦佐欲罢不能。

洛伦佐说："小姐不必顾虑，只是喝一杯而已。"

阿尤的笑有些耐人寻味，说："看着您这么孤独，那就喝一杯吧！"

恰逢那动感的音乐响起，阿尤合着节拍扭动了几下身子，姿势舒展极尽诱惑。

洛伦佐嘴里说着："漂亮。"端起两个酒杯，一杯给了阿尤，目光望着阿尤，意味深长地和她碰了一下。

阿尤一口干了，而洛伦佐喝得却有些痛苦，含在嘴里的酒让他有点倒胃，但洛伦佐还是把它咽下去了。

阿尤说："如此难以下咽？先生不会是借酒浇愁吧？"

洛伦佐说："这味道不属于我……"

阿尤说："先生对酒的味道太过敏感。那么您喜欢哪一种味道呢？"

洛伦佐说："我渴望一种醉心的，绝无仅有的，让人欲罢不能的诱人味道！"

洛伦佐目光直视着阿尤："就像小姐您给我的感受……相遇小姐真是很高兴啊！"

阿尤不无赞赏地说："您的语言好有个性。很喜欢和您交流！"

洛伦佐焦渴而又爱抚的目光一直在阿尤的身上游弋着。阿尤摆个姿态，这更展露出她优美的身姿。这无疑让洛伦佐那颗不甘寂寞的心变得更加骚动了。

洛伦佐说："这里的酒没有档次，不如我们回酒店去，我那里有品牌一流的意大利美酒。"

阿尤有些受宠若惊地说："意大利美酒？……好啊，不过，初次相交，我们只是喝酒哦！"

洛伦佐笑说："任何人都无法驾驭美酒，当然，那要看在什么时候，我相信，酒会成为我们最好的媒介。"

洛伦佐站起身，绅士地伸出胳膊，阿尤犹豫了下，但她最终没有拒绝，而是亲昵地挽起洛伦佐的胳膊，朝外走时，那样子很像是一对亲密的恋人。

二十五

阳光很敞亮，天蓝得没有一丝瑕疵，建筑物外表鲜活的装饰色彩和远处沙丘的黄色形成鲜明的对比。城市街道的布局规整而又极具格调，街边的树木散发着绿意，而一丛丛盛开的花卉如此抢眼，这让黄沙掩映下的这座边塞小城看上去那么温馨、和谐。

洛伦佐搂着阿尤在街上走，时不时地浅吟低笑，样子完全就是一对情侣。街上行人很多，来来往往，两人亲昵的表现引起了许多人的艳羡。

洛伦佐故作深情地望着阿尤说："你的美貌征服了我，你知道你有多迷人！"

阿尤做出小鸟依人的样子说："先生很会恭维人啊！我还真被您的话打动了。"

鬼洋和大笨跟在后面，样子懒洋洋的。

鬼洋看着走在前面的老板和阿尤，有些自嘲地说："老板的品味无所不有。"他记得有一次，洛伦佐跟一个黑妞也是这般亲昵地相拥。

大笨说："一看就不是什么好货色！"

鬼洋笑说："吃不上葡萄说葡萄酸吧！"

大笨竖起中指，"切"了一声表示不以为然。

洛伦佐和阿尤回到酒店，才进门，洛伦佐就将阿尤抱在了怀里。洛伦佐太过急切的动作让阿尤有些透不过气来。她用手堵住洛伦佐正要亲吻自己的嘴巴，说："先生，您的意大利美酒，不会是故弄玄虚吧？"

洛伦佐豁然省悟，说："当然，意大利美酒，这必不可少。"

洛伦佐从酒柜中拿出了两瓶红酒。他举着其中一瓶说："BAROLO巴洛洛！"又举起另一瓶说："BRUNELLO DI MONTALCINO 布鲁尼洛，不知小姐喜欢哪种品味？"

阿尤故作惊喜地说："都很出色，但我还是喜欢BAROLO巴洛洛！"

洛伦佐说："好的，就来BAROLO 巴洛洛！"

洛伦佐起开瓶塞，斟了两杯。那色彩太过通透，鲜红如宝石，似乎整个房间都因它而鲜亮起来。同时一缕淡淡的醇香逸散开来，像美妙的香水挥发出来的至纯气息。

阿尤做出一副很陶醉的样子轻声说了句："BAROLO 巴洛洛！"

洛伦佐和阿尤又碰了一杯，就急切地要抱阿尤上床。

阿尤推开他急于求欢的身体，说："您说过的，我们只是喝酒。"

洛伦佐风趣地说："我也说过，酒是最好的媒介。"

洛伦佐想做更进一步的动作，阿尤顺势机灵地闪开了。她纤细的手轻柔地滑过洛伦佐敞开的胸襟，另一只手端起桌上的酒杯说：“干吗那么急，对女孩子不该这么粗野……我们有的是时间……”

洛伦佐望着阿尤，会意地笑了。

喝酒是讲究气氛的，酒和音乐从来都是最完美的匹配，那种艺术烘托的激情格调，会让人的情绪在绵软的激越中欲罢不能。

洛伦佐打开了室内的音响。奏鸣的音乐便水波一般在整个房间里激荡起来。

是探戈舞曲《只差一步》的旋律。在小提琴高调又内敛的引领下，那细碎而又平稳的节拍，强弱有度的旋律，热烈而又活泼的态势，以及切分节奏带给人的心灵撞击，让人无法不为之痴迷……

催情的旋律使洛伦佐愈加不能安分，他一把揽住阿尤的腰，手慢慢向阿尤臀部滑去，阿尤优雅地顺势拉住洛伦佐的手，和他轻步舞动起来。

洛伦佐贴身揽住阿尤的腰，说：“你的舞姿不错，像是受过专业的训练。”

阿尤轻抚着洛伦佐的肩，说：“您的表现更出色呀。”

洛伦佐说：“能和小姐共舞是我的荣幸！”

阿尤在洛伦佐狡黠的目光中看出他内心是多么急迫。

这充满诱惑的探戈是让洛伦佐心醉神迷。洛伦佐很想去吻阿尤那张娇柔的脸和诱人的嘴唇，每次阿尤都借助舞姿的摆动避开了。两人跳得都很投入，借助一个慢拍，洛伦佐的脸贴到了阿尤的胸上。忽然，音乐骤变，踩着探戈舞步的阿尤，忽然有了高贵的傲视一切的态度，对舞伴欲迎还拒，纠缠其中……

洛伦佐嗅着阿尤身体的气味，一边感受着她身体的柔和，他变得更加不能自持了，渴望触摸的手掌在阿尤身体上缓慢游弋——胳膊、脸颊、后背、腰身、大腿……在旋律又一个高潮迭起之时，洛伦佐急不可耐地将阿尤按在了床上。

看着身下的阿尤，洛伦佐忽然想到了莫妮卡，他的内心震动了一下，像一首锐利的弦曲的撩拨……但也只是一瞬间，激越的旋律再次唤醒了体能的欲望。面前的这个女孩太诱人了，体内的冲动已经不让他有任何的妥协。情欲的火焰快要将他焚毁了。洛伦佐动手开始解阿尤的衣服……

阿尤捉住了洛伦佐那双不安分的手，佯装不悦地说："先去洗澡。"

洛伦佐显然不想离开。

阿尤说："我不喜欢身上有怪味道的男人。"

洛伦佐扯住自己的衣领闻了下，他想起自己真的有两天没洗澡了。这里黄沙遍布，空气中都裹挟着尘土，身上肯定不会很干净。洛伦佐有些犹豫。

阿尤说："我相信，您是个绅士！"

洛伦佐赞同地点了下头，站起身来，有些不舍地望着阿尤说："等我，很快的。"洛伦佐在阿尤的大腿上轻轻抚摸了一把，这才去了浴室。

洛伦佐一进浴室，阿尤就翻身起来寻找莫高。衣柜、抽屉、沙发底下，鞋柜里，灯罩下……没有。

阿尤正在想瓷瓶会藏在哪里？

洛伦佐突然裹着浴巾从浴室出来了。

阿尤惊了一下，嗔怨说："不会吧？您才进去，难道浴室里没水？这可是五星级酒店。"

原来，洛伦佐是来问阿尤要不要一起洗，说两个人洗更有情趣。

阿尤称自己早上刚刚洗过。阿尤催洛伦佐快去洗澡，否则绝对不行。

阿尤说："不能敷衍，要认真洗干净哦！"阿尤朝他抛了个媚眼。

洛伦佐顺从地转身又进了浴室。

阿尤略作思考，忽然想到了书房，便轻手轻脚去了书房。阿尤的心跳加快，她一边紧张地听着浴室的动静，一边在书柜内快速翻找，还真给她找到了一个瓶子，和马淳向她描述的差不多，但这个瓶子是残破的。

难道酒瓶已被摔破了？阿尤不由得有些懊恼，想自己是来晚了一步。可仔细看看感觉有些不对。破口好像很陈旧了，上面还粘着泥土和苔藓的污渍，刚破的瓶子不可能是这个样子的，应该破了有些时间了。肯定不是装酒的那个。阿尤不知道洛伦佐将这样的一个破瓷瓶摆放在书柜上干什么？即便是文物，也是不值钱的。阿尤放下破瓷罐继续寻找。

终于，在窗帘的后面阿尤找到了那瓶莫高。阿尤喜出望外。她抱着瓷瓶，离开书房正准备出门，突然看到洛伦佐裹着浴巾站在浴室门口，正虎视眈眈地望着她。阿尤不禁惊叫了一声。

洛伦佐说："你原来另有目的。"

洛伦佐气急败坏地扑过来就夺莫高，情急之下，阿尤举起酒瓶朝洛伦佐头上用力一击，洛伦佐便瘫在了地上。还好，瓷瓶没碎。阿尤抱紧瓷瓶，慌忙逃了出去。

二十六

鬼洋和大笨的房间就在洛伦佐的隔壁，窗子很大，屋内的光线很敞亮，如在旷野中无遮无拦，这是十层，透过窗子可以看到外面的更多景色。远处是大漠，绵延万里，波澜起伏的沙丘连绵得不见尽头，几乎遮蔽了日月天地，那色彩凝重得让人无法形容，仿佛一张巨大的网让人无法挣脱，它给你压抑的同时，又给了你无限的遐想空间。那亘古的蛮荒是如何铸就的，它预示着什么？要给人类一种什么启示？它今后的走向又是何方？让人很难给出一个精确的答案。

大笨扶着窗沿朝下望，街道上车水马龙，一派喧嚣。不知看到了什么，他肆无忌惮地笑起来。

鬼洋说："你不会是看到了一只狗在狂吠吧？"

大笨对一只狗的狂吠不以为然。大笨说："我就奇了怪了！"

鬼洋骂他莫名其妙。

大笨说："国内许多事情都让人想不通。"

鬼洋问他指什么。

大笨说："你相信佛祖吗？比如莫高窟壁画佛的化身？"

鬼洋有些不认识大笨一般，目光深沉地看了他半天。

大笨被看得有些不好意思了，说："我从小在国外长大，感觉国内很多事都是那么有趣。"

鬼洋不知他指什么。

大笨说，举个例子："有个女的过马路，打电话，差点被一辆车撞到，竟不知悔改，依然打电话。"

鬼洋觉得他大惊小怪，说："或许是和情人正聊得火热，哪管生死！"

大笨说："很少回中国来，像我这样在国外长大的还算是个中国人吗？"

鬼洋说："那要看你内心的归属感。"

大笨感觉自己就是个四处流浪的傀儡，什么都不属于自己，包括家园，包括自身的属性！

大笨还在絮絮叨叨，鬼洋已懒得理他。

鬼洋拿一副牌为自己算卦。一副牌，洗了再洗，但每次都不如意。他就再重来，不厌其烦，结果还是不如意。由此他想到了自己的人生。鬼洋有个漂亮的妻子，在他人生辉煌的时候，他和妻子是那般的相爱，妻子对鬼洋无微不至体贴有加。后来他落魄了，妻子对他也从不言弃。鬼洋负债太多，讨债者经常追到家里，他无力应对，一个人躲出去，几个月都不敢回家。记得那天，他趁着夜色悄悄潜回家去，他开门进屋，心想妻子居然这么粗心，门都没有反锁。

显然妻子没有想到他的突然到来。妻子与他的一个要好的朋友，也是债权人之一，正行云雨之欢……朋友的表现惊慌失措，几乎跌下床来。妻子瞬间表现出来的恐惧，让他心生怜悯，觉得自己是不是有一点过分了。他对自己的鲁莽表示歉疚，觉得自己是不应这么鲁莽地闯进屋来，他应该事先给妻子通知一声。他不好意思地对两个人说，对不起，惊扰到你们了，你们继续，不急，慢慢来。我等会儿。他退出卧室，并礼貌地关上了门。

坐在客厅的沙发上，他点了支烟，慢慢地吸着，那一刻他不知自己在想什么。那一刻，他对妻子没有丝毫的怨恨，他认为这一切过失都是自己造成的，与妻子无关，妻子是一个无辜的受害者……想起这些，鬼洋的眼睛有些湿润。

鬼洋把牌再洗一遍，并依次排开，很不理想，再洗，结果一样衰，鬼洋不得不承认自己的确是个衰败之人。

鬼洋想到那次在泰国，住高脚楼，那个女孩真是喜欢自己的，女孩表示愿意跟自己走。女孩一直不离开他左右，饭吃得很简单，柴火上悬吊的铁锅中，蒸煮的是河鱼，木桶里是米饭，一张芭蕉叶，便是餐具。

晚上，女孩悄悄来到他房间，她的样子有些畏怯，这需要极大的勇气，女孩身体有些发抖，身子还有些冰凉，相拥的那一刻她的身体似乎得到了些许缓解。做那事的时候，她是慌张的，极度恐惧，但也包含了喜悦。有几次她差点叫出声来，她用手捂住了嘴。鬼洋抚了一把女孩的脸，泪水已经湿了脸颊。他有力的臂弯似乎让女孩感到了某种可依偎的温暖。他相信那一刻女孩是得到了她所需要的安全感的。

女孩说："我要跟你走。"声音怯怯的，完全没有自信。

鬼洋将她搂得更紧了。

女孩对他的依附是那种渴望而又无法确认的盲从。

夜晚起风了，潮气很大，雾弥漫过来，整个房间都是潮湿的，被子可以拧得出水，但那一刻他们不需要被子，两个温暖的身子，相拥在一起，内心已经足够温暖。他答应了女孩要带她走，但不是明天，是下一次，他让女孩相信自己，他马上就会回来。

女孩信以为真了，说，愿意等他，一定等他……女孩含着泪水的目光让他永远不会忘记。其实他对女孩说的也是真心话……一晃两年过去了，鬼洋不知道自己是不是还能再去那个地方。他想女孩或许还在等待，或许已经嫁了人，或许……他不知道，但已经有了一些想法，就是对女孩的承诺。鬼洋希望老板能尽早结束这次旅程。

鬼洋在记忆中徘徊时，听到隔壁阿尤的惊呼。

两人都有些警觉，但随即放松下来。

鬼洋觉得这女人太过夸张，自己送上门的，搞出这么大动静，还又装什么良家妇女。

大笨不无羡慕地说："老板艳福不浅啊，这妞儿身材真不错。"话音没落，隔壁又传来一声滞重的声响，像用钝器击打物体。

鬼洋似乎感觉到了哪里不对。

大笨笑他神经过敏，说："老板是竭尽全力，只是老板……太暴力了吧？那女孩怕受用不起！"

鬼洋觉得还是哪里出现了问题。

间隔不久，隔壁传来洛伦佐声嘶力竭的呼声："鬼洋、大笨……"

大笨还在发呆，鬼洋骂了一句："我靠！"立马冲出门去。

鬼洋和大笨快速跑进隔壁房间，看见洛伦佐正捂着头躺在地上，有气无力地喊："莫高……她拿走了莫高相思红……"

鬼洋要扶洛伦佐起来。洛伦佐怒气冲冲地说："那个女的是来偷莫高的，这是个阴谋，快，抓住那个女的……夺回莫高……"

大笨还在发呆，鬼洋说："还等什么？夺回莫高……"

两个人快速地冲出屋去。

二十七

阿尤跑得太急，忽然感觉到脚下高低不平，像走在崎岖不平的山路上。低头一看，一只脚上有鞋，另一只脚只有丝袜。由于太过慌乱，一只鞋给跑丢了，回头看，那只鞋正懒洋洋地躺在身后，独自享受着过道里的清净。

阿尤一瘸一拐地回去，刚拿到鞋，忽然看到鬼洋和大笨从房间里冲出来。阿尤鞋都来不及穿，一瘸一拐慌忙进了电梯。阿尤压了下行的楼层，电梯非但没下，反倒上行了。原来电梯里的人都是向上的。阿尤强作镇静，随电梯上到十八层。看到电梯里的人都用惊讶的目光望着她，她这才发现手里提着鞋。

人都下完后，电梯开始匀速下降，十八楼到地面的距离应该不是太长，也就一两分钟的事，但对阿尤来说却好像走了漫长的一个世纪。

终于，电梯到了一楼，电梯门刚打开，阿尤就愣住了，鬼洋和大笨像两个瘟神似的正在电梯口恭候着。

阿尤慌忙关了电梯门，按了向上的键。

鬼洋骂了一句“靠”，让大笨守着，自己也上了旁边的电梯。他并不知道阿尤在几楼下，犹豫着不知该压哪个键。二十多层高的楼盘，阿尤会选择那一层他根本无从知晓。另有顾客上来了，并选择了自己去的楼层，鬼洋没有再做选择，只能碰运气了。

阿尤只上到二楼，就下了电梯，顺着楼梯跑下去，看到大笨还守在电梯口。趁大笨不注意的时候，她慌忙跑出大厅。

她慌慌张张的样子引起了保安的注意。保安拦住她问，出了什么事，需不需要帮助。阿尤指指身后说：“有两个坏人，想抢劫。”

保安看到大笨正朝这边奔来，忙上前将大笨拦住了。

此刻鬼洋也下来了，趁着两个人同保安纠缠的时候，阿尤迅速逃离。

出了酒店，阿尤上了一辆出租车。司机问去哪里？

阿尤只说：“开车，快开！”

司机一连问了几遍去哪里，阿尤才想到自己还没有说要去的地方。

车子没有跑出多远就碰上塞车。行进的速度像蜗牛爬。一步一停，后来就完全不能动了。

越急越乱，阿尤说了句：“倒霉。”然后下了车。

阿尤下了车，走了一截，发现两手空空，莫高不见了，刚刚还在，忽然想起来是落在了出租车上。阿尤感觉到自己是昏了头了，又急忙往回赶。还好，由于塞车，自己坐的那辆出租车还停在那里。现在，阿尤不得不感谢塞车了。

阿尤从后座上拿了莫高相思红。司机还不知道她将东西落在了车上。

阿尤以为已经彻底甩掉了鬼洋和大笨。正得意的时候，忽然听到身后有急促的脚步声。一回头，发现鬼洋和大笨又追了上来。真是阴魂不散。

阿尤加快了脚步。

鬼洋和大笨更是穷追不舍。

阿尤从街边一个卖包的摊上拿起一个包，跟摊主说，后面那两个男人付账。转身就走。

摊主："喂！喂……"

阿尤已经跑远了。

摊主自然不干，慌忙去拦后面的两个男人。

对摊主的无理纠缠，大笨极其恼怒，一脚就将他踹翻了……

阿尤跑得上气不接下气，看到旁边一个花店忙闪身进去。

花店里摆满了各种花卉，阿尤佯装着看花，目光留意着窗外。

店主看到店里进来了个美女，便表现得很殷勤，将各种花卉的名称和产地介绍给她听。

阿尤敷衍地应承着，看到自己一手拎着一个瓷瓶，一手拎着一个包，于是打开包，将瓷瓶放了进去。

看着鬼洋和大笨跑了过去，阿尤才从花店里出来。鬼洋和大笨已经不见了踪影。阿尤长出了一口气，那颗慌乱的心这才稍稍有所平静。

这个冷冰的毫不起眼的瓷瓶，费了自己这么大的劲才弄到手。究竟它的价值何在呢？但马淳认为它有价值，那它一定是有价值了，她想。

阿尤冒这么大的风险去偷莫高相思红，险些失身，又被人追得疲于奔命。她知道，这一切都是为了马淳，为了马淳她才乐于这样去冒险。她不知道自己这么做值不值，但一想到马淳对自己的叮嘱，想到他无比信任有求于她的目光，她就觉得自己这么做是值的。

阿尤心里一直喜欢马淳，那种喜欢是从骨子里透出来的，阿尤喜欢马淳的帅气，喜欢他的正直；喜欢他的直率，喜欢他冷漠的样子；喜欢他的笑，他的言谈举止，甚至于他的行走坐卧她都喜欢。这喜欢是无来由的，突然就喜欢了，没有任何理由。马淳在她心里的形象是任何人都无法比拟的。阿尤喜欢马淳这么多，她不知道马淳对自己是怎样一种看法，有没有过一次、哪怕是对她有过一次动心，有过一丁点儿的想法也算。阿尤无从知道。

阿尤知道这个男人并不属于自己，可是自己还是忍不住要喜欢他。她知道这叫一厢情愿，或者说白了就是犯贱；犯贱就犯贱吧，她管不住自己，管不住自己就由着性子走吧。想到马淳，阿尤心里总是那么愉快。阿尤边走边胡思乱想，不知不觉就走到了街心公园。在出租车上，她给马淳打了电话，在这里碰头。

马淳和莫妮卡早就等在那里了。

马淳接过包，拿出莫高相思红的那一刻，莫妮卡已经激动得哭出声来了。莫高完好无损，那黑色的、细腻而富有光泽的外表看上去颇具内涵。莫妮卡不由得想到了自己的父亲罗列，父亲永远是那么沉稳，又有城府，那么富有包容心。看到莫高的那一刻，莫妮卡那份对父亲的歉疚得到了释放，她真是太激动了。

握住瓶子的那一刻，莫妮卡几乎说不出话来。为这失而复得的天使酒庄的荣誉，为这无偿的给予，莫妮卡沉默了半天。

莫妮卡望着马淳不知该说些什么，她的目光中不全是感激，还有一些不可言说的莫名的情绪流露。

那情绪很微妙，就像敦煌天空中那层萌动的色彩，像鸣沙山流沙那轰鸣的倾诉，像月牙泉的洁净清澈……莫妮卡突然情不自禁地给了马淳一个热烈而又耐人寻味的亲吻。

莫妮卡抱着马淳的一双手没有急于松开，而是轻轻地在马淳的耳边说了句："你真是太好了！"

声音虽然不大，还是被阿尤听见了。

阿尤的表情很复杂，她忽然有些后悔要帮他们找什么瓷瓶了。瓷瓶找回来了，她感觉她和马淳的距离更远了。这么一想，她的心里忽然有一种丢失了什么珍爱的东西似的一下空了。

为了掩饰自己的情绪，阿尤有些自嘲地"喂"了两声说："冒风险的是我，你抱住他不放干啥？"阿尤相信自己的表现是强颜欢笑。

莫妮卡松开抱着马淳的手，转过身来，说："对不起，对不起，我太高兴了！谢谢你美女！"

马淳的表情似有歉疚，他望着阿尤说："你……没事儿吧？"

阿尤想笑一笑，可忽然感到一阵伤心，她把头转过去了。

马淳的表情有些沉重，说："真的没事？"

阿尤转过头，有些自嘲地笑了下，说："能有什么事？被小小地揩点油罢了！"

马淳有些愧疚地说："真是……不知道怎么感谢你才好。"

阿尤装着无所谓地摇了下头，说：“没什么，只要你开心就好！主要你开心……”

阿尤忽然发现，人群里出现了鬼洋和大笨的身影。显然，彼此都看到了对方。

阿尤说：“这里不宜久留，我们分开走吧，有话回头再说。”

马淳望着阿尤有些担心。

阿尤说：“酒瓶在你们手里，我没事的。”

阿尤的话提醒了马淳，他拉着莫妮卡的手，和阿尤道别。双方各自朝着不同的方向走了。

阿尤走了几步回头看到了两个人拉着手的亲密动作，心里酸溜溜的，视线顿时模糊。

二十八

马淳拉着莫妮卡和阿尤分开后，一个向东，一个向西，朝着各自不同的方向走了。双方除了方向有别，似乎有某种意向的特殊表示。

马淳确信鬼洋和大笨是跟着自己而不是阿尤的时候，他不再紧张担忧，那颗牵挂的心得到了些许的安慰。对马淳来说，阿尤依然是纯净的，尽管混迹在风尘之中，但阿尤有着她质朴纯真的一面，她不同于其他风尘中的女孩，她保留了自我的纯净内心和无私的给予。保留了善意的本性；她有着自己应对外界事物的能力和运筹帷幄的方式。出污泥而不染，他觉得这么说一点都不夸张。他知道阿尤是真心喜欢自己，真心为自己付出一切，真心地渴望给予；可这份真心自己却无法接受，他不回避，自己的内心也是喜欢她的，但这不同于爱。他只能把她当需要娇惯的妹妹看待，一个需要呵护的、有些任性的、有些飞扬跋扈的妹妹。他知道阿尤在心里怎么对自己，他对她那份爱只能作为感动，是精神上的，有关亲情的，和真正相爱的恋人无关。这个女孩，虽然不是他作为恋爱考虑的那种，但他还是发自内心对她充满好感，是内心极度喜欢的，虽然这种喜欢不同于另一种男女之间的喜欢，但他还是在内心给予她真心的关爱和祝福，他希望她永远都那么快乐，永远都那么充满朝气，永远都那么任性骄傲……

马淳还沉浸在阿尤离开时的情景中，莫妮卡拽了下他的手，示意他鬼洋和大笨已经跟了上来。马淳想，莫高相思红在自己手上，他们一定会找机会下手的。马淳和莫妮卡要做的就是尽快撇开他们。

忽然马淳和莫妮卡遇到了一支送葬的队伍，唢呐声哀怨、凄切。队伍很庞大，孝子们披麻戴孝，拄着哭丧棍，悲哀地缓慢行走。马淳拉着莫妮卡的手也加入到送葬的队伍。

莫妮卡问马淳："这些人要去做什么？"

马淳说："死了人！"

莫妮卡感到惊讶，她搞不明白死者的亲属为什么会做出这种事。

马淳说："这是一种祭奠的形式。"

莫妮卡还是搞不懂，死者的家人为什么不送死者到墓地，却要搞这种张扬的仪式，目的又是什么？

马淳无法向她解释，这不过是一种传统，中国人传承千年的对死者悼念的传统。

马淳看到鬼洋和大笨也在送葬的队伍里。两人一边佯装抹泪一边随送葬的队伍缓慢前行，那样子比逝者的家属还悲伤。

哀婉悠长的唢呐声空前绝后。莫妮卡不知道这是一种什么乐器。

马淳说："唢呐！"

莫妮卡还是不懂，还想问什么，马淳已经拉着她离开了送葬的队伍，进了路边的农贸市场。马淳以为甩掉了鬼洋和大笨，莫妮卡却发现，两个人依然如鬼魅般跟在身后。

市场里闹哄哄的，人头攒动，拥挤不堪。

大笨几次要握紧拳头动手，抢回莫高，鬼洋都拦住了他，让他不可轻举妄动。市场里人太多，太扎眼，会坏事的，不但夺不回莫高，自身都会难保。

鬼洋告诉大笨，要在人少的地方下手，否则脱不了身。

大笨说："如果拿不到莫高相思红，老板只怕……"话虽没说完，但鬼洋知道他要说什么，他想到了洛伦佐那张冷酷无情的脸以及不肯妥协的残酷内心。

鬼洋记得一次在赌场，一个人输光了钱，无力支付欠费，作为赢家的洛伦佐并没有发火。两者间了断时的残酷情景让他刻骨难忘。洛伦佐将一把锋利的刀撇到了那个人的面前。那个人恐惧地捉不住刀子。洛伦佐便让鬼洋替他完成本人无法完成的残酷程序。鬼洋捉住刀子的手也是抖得不行，但他最终还是将那个人的两根指头切了下来。鲜血喷涌的那一刻，鬼洋的心都在颤抖，而洛伦佐眼睛都不眨一下。鬼洋知道，商人只有利益，没有情面。

鬼洋和大笨追得太急，为躲让一辆三轮车，大笨撞倒了一个水果摊位，水果滚了一地。摊主不依不饶地同他理论，让他赔。看到马淳和莫妮卡的身影已经离开了自己的视线，大笨急了。摊主是个女的，周围又围了许多人，他不好动手，但又无法脱身，鬼洋无奈，甩了几张钞票给摊主才算了事。两人慌忙追赶上去。

农贸市场已经走到尽头了。这里人少了很多。

莫妮卡突然看到了那些等待宰杀的鸽子。她似乎忘了自己所处的环境，以及身后的鬼洋和大笨。莫妮卡不敢相信那些被象征和平的鸽子也是供人食用，可以来宰杀的！她想到了那些翱翔在罗马广场上空的和平鸽。它们灰色的翅羽下所预示的和平，以及向往美好未来的祝愿。而现在它们却不能完成求生本能的自我救赎。

莫妮卡的目光中充满怜悯的爱意，却再也不肯挪步了。

大笨已经有些不耐烦了，他觉得时机已到，决定要抓住这次机会。他之前已经看到了莫妮卡身上挎着的那个包。他知道莫高就在那个包里，他跃跃欲试。

马淳问摊主鸽笼里有多少只鸽子？

摊主说："三四十只吧。"

马淳说："我全要了！"

摊主以为自己听错了。马淳于是又重复了一遍。

马淳付了钱，让摊主打开鸽笼，说："全部放生。"

摊主有些不能理解，说："这么多全部放生？"

马淳想告诉他，这是敦煌，几千年前佛教就在这里盛行！但马淳忍住了没说。

摊主还是不能理解，但收了钱，他便不再犹豫，打开鸽笼，将所有的鸽子都放了出来。

莫妮卡看到马淳的做法喜出望外。这太出乎她的意料了，她抱住马淳又亲了一口。她相信她没有看错这个男人。

大笨快步冲了过来，恰好鸽子全部被摊主放飞，那瞬间腾越的气势让所有的人都为之动容，连大笨和鬼洋的视线都被扰乱了。大笨不知发生了什么事，会突然有这样的一群鸽子腾空而起。他被鸽子的舞姿诱惑，完全迷失了自我。连鬼洋也被鸽群奋飞的壮观景象惊呆了，忘记了自己是要来抢夺莫高的。

待鸽子从他们的视野里消失，激越的情绪淡定，鬼洋和大笨重回到现实中来的时候，马淳和莫妮卡早没了踪影。

……

㊦㊫

一

马淳和莫妮卡摆脱了鬼洋和大笨，带着阿尤抢回来的那瓶莫高相思红，来到马家祖屋正房，去见姑奶奶马可儿。马可儿把自己珍藏摩挲了一辈子的那瓶莫高也拿了出来摆放在了一起。

看着面前的两瓶莫高酒，老太太激动得浑身颤抖，像得了疟疾似的。这位进入耄耋之年的老太太，突然两腮泛红，现出少女脸上才有的光泽和红润。马淳以为老太太血压升高了，赶紧把姑奶奶扶到太师椅上坐下，翻箱倒柜找来降压药，让姑奶奶服下，马可儿只是摇了摇头说：

“六十多年啦，六十多年啦，真没想到，我老太婆还能活着见到这两瓶莫高相思红又到了一起！天意，真是天意啊，感谢上帝，感谢圣母玛利亚，感谢耶稣基督，感谢我的传教士莫西！阿门！”

姑奶奶一连串的感谢，把马淳搞晕了，他隐约觉得这其中一定有着不同凡响的传奇故事。如同每个猜谜人，都急不可耐地想得到谜底一样，他迫不及待地问道：

“姑奶奶，您能把您知道的都告诉我们吗？”

姑奶奶两眼微闭，似乎沉浸在了对往昔的回忆中，抑或还没有从对上帝的感恩中回过神来，半晌，只说了一句：

“你们，看看两个瓶子的瓶底。”

这是一对非常精美的黑色瓷瓶，大约有30公分高，瓶肚浑圆丰满，瓶颈纤细修长，瓶口像牵牛花一样绽放而又内敛，一根软木塞带有侵略性地从瓶口插入，严密结实地封住了里面的琼浆玉液，也封住了长达半个多世纪的秘密，现在这秘密似乎到了要揭开的时候了。

马淳和莫妮卡各拿起一瓶莫高相思红，倒过来看瓶底，只见两个瓶底上各刻着两个汉字，虽然因年代过久，字迹已不是很清晰，但还是能够看出一个上面是“可儿”，另一个上面是“莫西”。看过各自手中的莫高酒瓶后，马淳和莫妮卡交换了一下眼神，又交换了各自手中的瓶子，如同鉴赏一件珍贵文物，细细进行观察。

“原来这是一对儿啊，姑奶奶！”马淳惊讶地说。

“不，这不光是一对儿。”莫妮卡说，“这里面肯定有比罗密欧与朱丽叶还感人的爱情故事，奶奶，能给我们讲讲吗？”

马可儿的嘴角微微翘了翘，露出一丝笑容，脸颊上的红晕晕染开来，释放出一种甜蜜、羞涩，抑或幸福的眩晕。马淳和莫妮卡同时看到一个初恋的少女的灵魂，附着在了姑奶奶的身上。是的，除了神奇的爱情而外，还能有什么力量会使一位八十多岁的老太返老还童，成为一个天真无邪、人见人爱的清纯少女呢？

莫妮卡和马淳充满期待地看着马可儿。

马可儿静静地向马淳和莫妮卡讲述了两瓶莫高酒的故事。

民国27年，即公元纪1938年的秋天，正是西域敦煌瓜果飘香的季节。沙漠绿洲中种植的水果甜美无比，向来为历代贡品，这里所产的葡萄尤为驰名，一串串紫色艳丽如珍珠玛瑙一般诱人的葡萄，结晶了天地精华——圆润、饱满、丰腴、充实，个个鼓胀欲裂，望一眼都让人口舌生津，垂涎欲滴。

马可儿家族作为敦煌当地的大户人家，经营着一个硕大的葡萄园，同时兼营一个葡萄酒作坊。葡萄成熟期，便是马可儿家族的欢乐之日，狂欢之时。有一半儿少数民族血统的马可儿家族，不同于纯粹的汉民族，在丰收的日子里，他们像维吾尔人一样，弹着土琵琶载歌载舞，不分男女老幼，尽情释放着收获带来的喜悦之情，一时间，整个葡萄园里充满了异域风情和浓郁的节日气氛，就连古板、守旧、恪守礼教，冥顽不化、不受家人待见的马可儿之父马东家，也像个玩疯了的孩子似的，或像喝醉了的酒鬼一样，情不自禁，又唱又跳，几乎达到一种忘乎所以的境界。这里简直就是一个世外桃源，天上人间，无论沙漠之外战事多么甚嚣尘上，无论战火纷飞，硝烟滚滚。这里始终保持了难得的清净和应有的欢乐祥和。

时值农历七月七，传统的七巧节上演的牛郎织女的爱情故事，更让每一个怀春少女信以为真，蜜意黏稠得难以释怀，于是每到这个节日，在牛郎织女“鹊桥相会”时，姑娘们便会情不自禁地偷偷来到葡萄架下窃听牛郎织女的情话。

马可儿当然不会落下。

马可儿记得，是在六岁那年听奶奶给她讲述了牛郎织女的故事。奶奶告诉她，七月七在葡萄架下会听到牛郎织女说悄悄话。对任何新鲜事物和话题都充满了好奇的马可儿，从此每到七月七的晚上，当大人们沉睡时，不管多么黑灯瞎火、夜深人静，都会跑到葡萄架下去偷听，但每一次都令她失望，第二天看到奶奶，就没好声气地向奶奶瞪眼睛、噘嘴、吐舌头，骂奶奶是骗子！奶奶听了又好气又好笑，便说："傻丫头，等你长大想嫁人的时候就能听到了，你等不住了吗？"

马可儿听到奶奶耍笑她、臊她，就红着脸扑到奶奶怀里撒娇、耍赖，甚至将头伸进奶奶的大襟子里，用热烘烘的鼻子拱奶奶两只干瘪的乳房，奶奶就又逗她：

"看我孙女儿不害羞了，这么大了还想吃奶奶的两颗干葡萄。"

马可儿也不示弱，从奶奶怀里挣脱出来说："去、去、去，园子里那么多新鲜葡萄，谁稀罕你那两颗葡萄干！"

奶奶说："好、好、好，那你就到园子里吃去吧，园子里的葡萄新鲜，园子里的葡萄跟牛郎的蛋蛋糖一样圆。"

马可儿说："葡萄本来就跟蛋蛋糖一样圆，还用你说？"

奶奶扑哧一笑，自言自语说，"我这傻孙女儿，还不知道啥叫蛋蛋糖呢。"

马可儿对马淳和莫妮卡说，当她终于听到葡萄架下发出的声音后，她差点崩溃了。

马可儿终于听到牛郎织女在葡萄架下说情话了。

那时的马可儿已出落成一个眉清目秀、美若天仙的大姑娘了。有着异族血统的女子本来天生丽质，更何况被鲜美葡萄汁浇灌出的美人坯子哪能不倾国倾城、闭花羞月！况且，马可儿那双乌黑如珍珠般的大眼睛，如同一汪深不见底的幽潭，让每一个男人一旦陷入便不能自拔，而那两根又黑又粗的大辫子，时常在浑圆的臀部扫来荡去，无不让整个世界随之动荡不安。于是葡萄架下牛郎织女的情话便不编自演了。

然而，当马可儿得知扮演牛郎的是自家庄园里喂马的小伙计时，她差点晕了过去！

在马可儿的眼里，那个小伙计根本就不解风情，不懂哪怕半点男女之间那种微妙复杂、根深蒂固的性情。但谁知小伙计竟被她艳若桃花的美色迷了心窍，被暗恋的苦酒和情欲灼烧得神魂颠倒，疯疯癫癫，最终竟死在了葡萄架下。

为了避免惹上官司，马家不惜花重金请来验尸的郎中，并在官方的监督下进行了验尸，验尸给出的死因结果和得出的权威结论仅四个字：精尽而亡。

喂马小伙计之死使马可儿之父马东家，深深感到了一种不祥，他觉得被自己视若掌上明珠、宝贝疙瘩的这个美艳绝伦的女儿如果不早点嫁出去，恐怕还会给自己惹出祸端来，而这个女子又不是一般男人能够驾驭得了的，于是他想到了镇上的军营，欲托媒给可儿找一个军官，好降得住她。

二

马可儿对莫妮卡和马淳说，在李莫西到来之前的很长一段时间内，她一直陷入一种无法解脱的内疚和自责之中。

喂马小伙计那双单纯、无辜的眼神，使马可儿不能原谅自己的美丽。

尽管后来李莫西对马可儿说美丽无罪，但喂马小伙计的确被马可儿的美丽所杀。

起初马可儿并不知道小伙计的死因，也不懂得验尸郎中给出的结论作何解释，与她有什么关系。晚上和奶奶睡在一个炕上时，她悄悄问奶奶，啥叫“精尽而亡”？她被奶奶臭骂了一顿，委屈得哭了。但跟孙女儿无话不说的奶奶，还是给了她一个似懂非懂的解释。奶奶给出的解释用了一句方言，一个粗鄙的土词，叫“chua”！说小伙计把自己给“chua”干了；说男人一旦被“chua”干就死了。马可儿虽然读过一些书，并上了镇上的最高学府——知书堂，但她还是不知道奶奶说的这个“chua”字究竟怎么写，可这个字作为当地土话中的一个动词，她打小就耳濡目染，例如他们时常把剥葱皮叫“chua”，杀羊羔剥皮子叫“chua”等。想到她在葡萄架下听到小伙计喘着粗气呼唤她的名字，再联想到小伙计边呼唤她的名字，边做“chua”这个猥亵下流的动作时，她似乎就明白了一切，而一弄明白其中的真实含义，她就羞得无地自容，即使在没有点灯的黑夜里，她都用被子蒙了自己的脸，不敢露出眼睛。

马可儿无人能招架得住的美丽迷了谁的心窍，她都能想通，唯独那个喂马小伙计被她迷了心窍，着实不可思议，因为那个小伙计太老实、太单纯了。她印象最深的是，无论是在马家的深宅大院，还是在酿酒的作坊、葡萄园，抑或马厩里，只要她和这个小伙计碰个照面，小伙计就跟做了贼似的，转身就跑了。她有些纳闷儿，自己真有那么可怕吗？这小伙计至于一见她撒腿就跑吗？有一次小伙计看见她又要跑，她把他叫住了，她走到他跟前，小伙计只看了她一眼，浑身就跟筛糠似的发抖，同时两股鼻血像两条蠕动的蛆虫从鼻孔里爬了出来。她以为小伙计得了什么病了，刚要喊人来看看，小伙计又连滚带爬地跑了，好像再迟半步命就没了一样。

马可儿说，直至后来她成为一名虔诚的基督徒，祈求耶稣基督帮她从罪恶中解脱时为止，小伙计在她面前抖作一团、流出鼻血的一幕，都始终在她的脑际挥之不去，她甚至一度无法原谅自己惊世骇俗的美丽，并一次次想到过自杀，想到用死来完成对自身的美丽的救赎。但在自杀未果、求死不得的时候，内心深处春潮般涌动着一股暗流，使她依旧期待自己心仪的牛郎能够在葡萄园里出现。

葡萄园的四周是绵延无尽的沙漠，在距离葡萄园不远处，有一座由黄沙堆积而成的山，叫鸣沙山，这沙山的峰峦比人们日常所见到的石山还要险峻、陡峭，放眼望去，山峰沙脊犹如锋利的刀刃，更为神奇的是，游人爬上沙山，耳朵里会传来嗡嗡的响声，若从山顶往下滑沙，沙子会发出轰鸣如雷的声音，震撼而又刺激，鸣沙山因此而得名，并声名远播。这种奇异的自然现象，使当地人也管鸣沙山叫神山，神山的奇异处还在于白天游人们爬山留下的脚印、被驼队踏平了的山峰沙脊，第二日便复原如初，仿佛从来如此，未有任何脚步踩踏过。

风尘仆仆的李莫西，从鸣沙山山后慢慢露出头来，他焦渴的双唇干裂，整个人已经脱水，身体摇摇晃晃，随时都有可能倒下去再也站起不来。当他使出最后一丝力气，爬上山丘，看见不远处出现一片绿洲时，以为是自己产生了幻觉，或者是沙漠里出现了海市蜃楼，他不敢相信自己的眼睛，便轻轻闭目，在胸前划个十字，将手抚在胸口向上帝祷告，祈求无所不能的上帝拯救他，并在心里许愿，若他重新睁开眼睛，那片绿洲依然存在，就说明那不是幻觉，亦不是海市蜃楼，他就能得救。若能得救，他要将上帝赐予他爱的种子撒播在那片绿洲，开花结果，酿出甘露。祈祷过后，他睁开眼睛，那片绿洲果然还在，他又使劲儿揉了揉眼睛，打了一个激灵，就更坚信了那片绿洲的存在！

“啊，上帝啊，这不是幻觉，不是海市蜃楼！”他喜出望外地喊了出来，玩命似的冲下鸣沙山去。

马可儿对马淳和莫妮卡回忆说，莫西来到敦煌的那天下午，她和丫鬟娟子正在葡萄园里采摘葡萄。

娟子能感觉到小姐的闷闷不乐，想说几句宽慰开心的话，又找不到合适的话题。自从喂马小伙计死在葡萄园里，马可儿仿佛变了个人似的，以前那个活泼开朗、笑声灿烂，和娟子时常嬉戏打闹不分主仆的马可儿不见了，眼前的马可儿整天郁郁寡欢，脸上很难露出一丝笑容。娟子很心疼小姐，从心里憎恨那个该死而死的不是地方的喂马小伙计。但她心里的怨恨，在小姐面前不敢提一个字，她怕又惹小姐想起那件不愉快的事情。就在娟子不知说什么好时，她突然看见园子里闯进一个偷摘葡萄的人。

“小姐，小姐，你看，有人偷葡萄！”

顺着娟子所指，马可儿看见一个蓬头垢面、衣着不整的人，正大口大口地吃着葡萄。娟子跑过去，气呼呼地责问：

“你为啥偷我们家葡萄？”

“对不起，我实在是太渴了，看在上帝的分儿上。”这个蓬头垢面、衣着不整的人耸耸肩，摊开双手，用生硬的汉语说道。

“啊，还是个洋鬼子。”娟子嬉笑一声说。

随之赶来的马可儿看到这情景，马上制止了娟子的不礼貌，她用责备的眼光看了娟子一眼，又露出同情的面容，看了一眼偷葡萄的人，摇了摇头。

偷吃葡萄的洋人，向马可儿深深鞠了一躬，转身要走。

马可儿对娟子说：“把那篮葡萄给他。”

“凭什么呀？”娟子说。

“我说给，你就给！”

娟子不敢违拗，把一篮葡萄拿到洋人面前：“给，我家小姐送你的，留着吃吧！”

洋人看了马可儿一眼，竟然发起呆来。娟子觉得有点好笑，嘴凑到马可儿耳朵旁，嘀咕道：“连洋人看见小姐都惊呆了。”

马可儿一把将娟子推开说：“少胡说八道。”

马可儿回头又看了一眼洋人，突然一阵莫名其妙的心慌，为了掩饰这突如其来的心慌，她赶紧手忙脚乱地又开始继续采摘葡萄。

天色向晚，夕阳斜照在马可儿白色的衣裙上，使马可儿的身上笼罩了一圈金色的光晕。洋人李莫西仿佛看见美丽的天使降临在了人间，就在眼前。

三

马可儿对马淳和莫妮卡说，她爹曾打算把她许配给警备营的营长。

马可儿的父亲马东家托人给可儿找一个军官要嫁出去的事有了一些眉目。这件事儿不是托媒婆去说的，而是委托镇长大人亲自出面的。镇长介绍的这位军官是警备营的营长，三十多岁，年龄尽管比可儿大了近一半儿，但这并不是问题，问题是营长在老家还有妻室，可儿嫁过去只能做二房。镇长说，“好在大房不在身边，可儿过门后也是正经的营长夫人。”

马东家听完镇长的话一直没有吭声，只有水烟壶发出咕嘟咕嘟的声音，接着是“噗”一声，灰飞烟灭。

气氛显然有些沉闷。

“东家如果觉得这事不太合适的话，我再去说说，就说可儿不愿意。”镇长说。

“这不是可儿愿意不愿意的事儿！”马东家终于开口了。

“那东家的意思是？”

“先容我再斟酌斟酌！”马东家随之起身，是要送客了。

送走镇长，返回厅堂，马东家顺手抓起一只鼻烟壶摔在了地上。鼻烟壶与地面接触的一刹那发出的爆裂声，让马东家产生了一种说不出的心碎感。

这是一只上好的鼻烟壶，做工极为精细考究，人物勾画入微到能够看清每一根发丝。这是他用自己精心酿制的10箱葡萄酒从一个来自京城的商人手里换来的，据说这东西是从宫里流出的，在他手上也把玩了好多年，包浆醇厚得跟上好的和田古玉一样。

马东家摔了自己的心爱之物后，屁股重重地落在太师椅上，突然放声大喊：

“可儿，可儿！”

听见东家的喊叫声，丫鬟娟子急急忙忙跑到厅堂来：

“老爷，老爷有事吗？”

“可儿呢？”马东家问。

“小姐，小姐上街买丝巾去了，我这就去喊她回来？”

“算了，算了！”马东家不耐烦地说。

娟子“嗯”了一声退出厅堂，转身就跑，吓得心都快从嘴里蹦出来了。

马可儿在街上挑选丝巾的时候，看到了洋人李莫西。

李莫西在街上传教。

这是敦煌镇上最大的一条街。说是最大的一条街，其实也就是能够并排通过两辆马车的一条土路而已。土路两边的店铺高矮不一，依次是刘记客栈、李记火烧、张记铁匠铺、王记绸庄、孙记羊肉泡……店面虽说都不是很大，但并不影响这条商业街的繁荣和热闹。然而李莫西在街上传教的时候，遭遇的冷落与街上的热闹喧哗形成了巨大的反差，人们几乎出于本能地抵触和反感他满口的耶稣基督和以马内利，他们像躲避瘟神一样，唯恐避之不及，有的甚至不耐烦地让他走开。他无奈地摇着头，但又毫不懈怠。当他走进王记绸庄的时候，正好碰见了马可儿挑选丝巾。

“你好，小姐，我们又见面了，谢谢你那天的葡萄。”李莫西热情地向马可儿打招呼。

“噢，是你呀，没什么，你住哪儿呀？”马可儿略显慌张地回应道，但随之非常懊悔，干吗问人家住哪儿呀！虽说这只是无意中脱口而出的一句话，但不知为什么，她一看见这个蓝眼睛高鼻梁的家伙就感到莫名的紧张。

“我就住在前面的旅馆里，欢迎你来做客，尊贵的小姐，你很美丽，就像天使一样美丽，我爱你。”

听到李莫西的赞美，尤其听到他用生硬的汉语一字一顿地说出“我-爱-你”三个字时，马可儿的脸一下子红到了脖子根儿，羞得她不知该躲哪儿去，也不知道该说什么好，她想夺门而出跑掉，又怕引起众人的哄笑。

李莫西似乎也感觉到了马可儿的尴尬和窘迫，接着又说道：

“小姐，我是一个传教士，我的职责就是传播上帝的爱，上帝是唯一的神，神爱世人，甚至将他的独生子赐给他们，叫一切信他的，不至灭亡，反得永生……你知道耶稣基督吗？”

马可儿红着脸说：

“不知道。”

“他就是神的独生子，被派来拯救这个世界。”

“嗯，那他一定很伟大！”马可儿低着头揪着辫梢儿应付着。

“是的……”

李莫西还想继续往下履行他的职责，但还没等他说完，马可儿说：“我先走了。”就冲出门跑了。

来到街上，马可儿简直恨透了这个洋鬼子，他怎么能当着众人的面夸她美丽，还对她说出“我爱你”呢？但恨过之后，她心里又有一种说不清楚的甜蜜，这种矛盾的心理，使她无所适从，只感觉到自己的脸上一阵一阵火辣辣的烧。

四

马可儿对马淳和莫妮卡说，莫西是来自意大利的传教士。

自从大明万历年间意大利传教士利玛窦将天主教教义传入中国，打通了一条中西文化交流与信仰碰撞之路，一代又一代意大利传教士奉神的旨意，薪火相接，不远万里来到古老的华夏民族颂扬神的恩威，他们不辞辛劳，风餐露宿，甚至不惜冒着生命危险翻山越岭，走南闯北，进入这个神秘国度的城市乡村，在男女老幼当中传播基督圣典，同时承前启后，继往开来地将西方天文、地理、医学、数学等科学技术知识传播到神州大地，极大促进了东西方文化的交流和文明的演进。

李莫西就是手持薪火的后来者之一。

这个二十多岁的年轻人原本有一份非常可观的家族产业要继承，但因其祖父得罪了意大利臭名昭著的黑手党，致使世代延续下来的葡萄酒庄和数百亩葡萄园惨遭清洗，父母及家族成员为了逃命各奔东西，不知去向。莫西在逃亡过程中，不断向神祷告，祈求圣灵保佑，以获亲人不死、家族不灭、自己得救。莫西家族的每一个成员都是虔诚的天主教徒，其15岁就进入意大利艾米里亚耶稣神学院接受宗教传播学和语言学教育，这所学校主要培养传教士，所以中国的汉语，也是语言学的必修科目，而创办这科目的鼻祖正是先辈利玛窦。得缘于此，受神的启示，李莫西做出一个决定，到中国去做传教士，便在流亡法国时，搭乘法国通往中国的邮轮来到了南京。然而当时的中国并非理想国，南京也不是太平地，二战的硝烟在不断扩散弥漫，日本的侵略更使中国百姓惨遭涂炭。李莫西便再次向圣灵祈祷，祈求上帝拯救苍生，并给他一条出路。一个偶然的机会，李莫西在南京的一个偏僻小巷里获得一本翻译成意大利语的《大唐西域记》，对玄奘西行产生了极大的兴趣，加之他从小听说过来自中国的《西游记》故事，唐僧取经途中的种种磨难在他的印象中极为深刻，读了《大唐西域记》后，他得知玄奘便是《西游记》中的唐僧，唐僧被大唐皇帝赐姓李，所以他也给自己的名字前加了一个“李”字，决定学习玄奘的苦行僧精神，西行传教。莫西本名摩西，这个名字取自《旧约》之《出埃及记》中的“摩西”，当他决定西行，且把目的地定在敦煌莫高窟后，又将“摩西”改成了“莫西”，意思是向莫高窟西行，这样他就有了一个完整的中国人姓名——李莫西。

当李莫西慎重做出决定，并义无反顾、一意孤行地从南京出发，一路西行北上时，他才切身感受到了《出埃及记》里摩西的悲壮和伟大；而当他历经长达半年多时间跋涉，终于到达敦煌后，回顾沿途九死一生的经历时，也才真正体会到信仰的力量和信念的加持，如果没有神圣的宗教信仰的支撑，没有神给他信念和启示，他恐怕早就成了流落他乡的亡魂了。

马可儿对莫妮卡和马淳说，怎么也没有预料到她从王记绸庄跑出来，刚回到家里，李莫西就尾随而来了。可是马家的深宅大院却并不是那样好进。他敲打了半天门，出来了一位家丁，问他找谁？李莫西说：

“我找一位天使，她是上帝的使者安琪儿，她有着一双美丽的大眼睛，她的眼睛能够照亮整个世界。”

家丁看见这个金发碧眼的洋人说话时又耸肩又摊手，一字一顿的样子，心想这八成是个疯子，就轰他赶快走：

“你走吧，这儿没有你找的什么天使狗使（屎）。”说着就要关门，李莫西却用双手推住了门扇说：

“先生，你不能这样，你不能这样无理地阻止一个传教士，我是奉上帝的旨意来传播福音的，你不能阻止上帝的福音进入千家万户！”

家丁说：“我们不需要什么福音。”说着又要关门。

“这太可怕了，先生，你这样说太可怕了，我们都是有罪的人，你这样说就是罪上加罪，你更有必要向上帝忏悔，请求神的宽恕，阿门！”

李莫西正和家丁争执，丫鬟娟子跑了出来说：

“哟，怎么又是你啊？”

看见娟子，李莫西显得有些激动，说：

“哇，亲爱的，我们又见面了！”

娟子长这么大还没人对他说过“亲爱的”，甚至不懂“亲爱的”三个字什么意思，也就不去理会，直接问道：

“你是想找我们家小姐吧？”

“对对对，我是给她送丝巾来的，你看！”李莫西说着，从胸口掏出一条丝巾来，在手里抖了抖。

“那好，我这就去叫小姐出来。”娟子说着转身向院子里跑去，不一会儿，马可儿和娟子一起出来了。

“小姐，这是你喜欢的丝巾吧？”李莫西兴奋地问道。

“我没有买丝巾，我只是看了看。”马可儿说。

“是，我看见你没有买，那是因为我打扰了你，你才没有买，现在我买上了，送给你好吗？”

“我不要！”

“为什么？那天你送了我葡萄，你就是我的救命恩人，我给我的救命恩人买一条丝巾不应该吗？你为什么要拒绝我呢？”

马可儿不知所措了。李莫西接着说：

“耶稣基督告诉我们，世人要有一颗感恩的心，你用你甘甜的葡萄救了我的生命，我对你表示感恩，这是遵循神的旨意，虽然这条丝巾的分量，无法和你救我生命的分量相比，但如果你拒绝了我感恩的心，我会难过的，小姐，你是想看到我快乐呢，还是想看到我难过呢？我想，你的美丽和善良都不愿意看到我难过的，那么就请接受我感恩的心吧！”莫西说着，双手捧起丝巾，像他们西方人求爱一样单腿一跪，将一条金黄色丝巾敬献到马可儿的面前。

马可儿完全被李莫西这一举动搞蒙了，也被李莫西的真诚感动了，但当着家丁和丫鬟的面不知该如何是好，接也不是，不接也不对。就在进退两难、犹豫不决中，丫鬟娟子眼泪汪汪地说道：

“小姐，你就接住吧！”

但马可儿背过脸去，还是没接。娟子说：

“小姐，你要不接，我替你接了！”说着一把扯过丝巾，围在了马可儿的脖子上，然后转过身，拉起了李莫西。

马可儿突然泪流满面。

李莫西一双清澈如湖的蓝眼睛里也涌出了泪水。

当两双泪水模糊的眼睛相撞时，彼此的心空分别划出一道闪电，两道闪电交汇的刹那，天空中真的就响起一声炸雷，——沉闷、辽远，令人猝不及防。

雨就在这个时候下起来了。

沙漠地带难得下一场雨，而这场雨来得是时候又不是时候。说是时候，是针对葡萄来说，因为葡萄是需要来自远天的雨水来浇灌，仅靠本土的地下水，葡萄自己也会感到不爽；说来得不是时候，是针对人而言，因为现在正是人们采摘葡萄时。但无论如何，只要沙漠地带有雨，都是值得弹冠相庆的。据说莫高窟里的敦煌壁画中就再现过先民们庆祝下雨的场景，为一场雨的到来，人们赤身裸体，倾巢而出，载歌载舞，忘乎所以，真正达到了一种天地人合一的忘情境界。只可惜这幅壁画毁于那个声名显赫，抑或声名狼藉的王道士之手，因为在他看来，赤身裸体的男女不仅亵渎神灵，还会激起人们交媾的欲望，于是他用蘸满白灰的笤帚疙瘩，一疙瘩一疙瘩将那些伤风败俗的男女一个个打入了不见天日的十八层地狱！

五

马可儿的讲述越来越动情了。

莫西对她说："我们家的葡萄，只剩下这些种子了……送给你，你一定能让它重新发芽结果的。"

李莫西再次和马可儿见面是在马家的葡萄园里，马可儿为了感谢李莫西送她丝巾，她给李莫西送了一瓶她家酒坊酿造的葡萄酒，而莫西把一包葡萄种子给了马可儿。

李莫西家族遭黑手党清洗的时候，他们提前得到了消息，家族成员分头逃亡时，父亲把家里存放的现金银两分发给大家的时候，没忘记给每个家族成员分发一包葡萄种子。父亲说，他们家的葡萄种子是全欧洲大陆最好的种子，种植的葡萄酿出的酒连上帝都想一醉方休。父亲说，这是上帝赐予他们爱的种子，只要带上这些种子，无论逃到世界各地哪怕天涯海角，他们都会重新崛起，重振雄风。李莫西对父亲的话深信不疑，因为他们家的葡萄园在整个意大利都是数一数二的，他们酒庄酿造的葡萄酒驰名欧洲乃至世界，是西方上流社会及至皇家贵族餐桌上必备的名酒，这也因此而遭到黑手党的觊觎，他们绑架了李莫西的祖父，而当李莫西祖父没有满足黑手党提出的苛刻到足以让他们家族破产的要求时，他们杀害了老摩西，并疯狂地对李莫西家族进行报复，同时扬言要让莫西家族从意大利彻底消失。黑手党的心狠手辣向来闻名世界，他们说到做到，并且有时候做的比说的更为凶残、更令人发指。无奈之下，父亲在得到确切消息时，立即做出决定：分头逃亡，以免被黑手党发现一网打尽。在逃亡之路上，李莫西被人抢走过衣服、鞋子，以及随身携带的银两，但这包葡萄种子他看得比自己的生命还重要，甚至在他饿得发昏的时候，都没有舍得拿出一粒放进嘴里。

但现在他要把这包种子送给马可儿。

“这么珍贵的东西，你为什么要送给我？”马可儿静静地听完莫西的讲述之后问道。

莫西说：“因为你是我心目中的天使！”

马可儿又一次羞涩地低下头去。

因为置身葡萄架下，马可儿又想到了牛郎。莫非这个高鼻梁、蓝眼睛、满头金发、一脸络腮胡子的异乡人就是她所等待的牛郎？

马可儿感到一阵眩晕。

短暂的沉默使空气都凝滞了。

莫西也忘记了时间的存在。

那包葡萄种子什么时候掉在地上的，也没有人知道。

直到马可儿清醒过来时，才感觉到莫西紧紧地拥抱着她，她想挣脱开来，但那拥抱太有力了，她无力挣脱，只好仰起头来，对着莫西的鼻子说：

“你知道牛郎不？”

莫西说：“我不知道。我是莫西，李莫西！”

马可儿说：“我喜欢牛郎，我想得到一个像牛郎喜欢织女一样的人，但我不想天各一方！”

莫西说：“那就让我们做一个藤上的葡萄吧，我想让我带来的葡萄种子发芽，然后嫁接在你的葡萄藤上，结出这世界上最甜美的葡萄，酿出这世界上无与伦比的美酒！”

“那会是一种什么样的美酒呢？”马可儿问。

“我不知道，但我相信，那是上帝之手酿造的，那是用爱酿造的，她将会让整个世界陶醉！”莫西说。

马可儿说：“那世界就属于我们了！”

“是，世界就属于我们了，属于爱了，因为我们就是爱的化身！”莫西说。

“那就，把我再抱紧一点儿吧！”马可儿说。

“我想和你融为一体。”莫西说。

……

就在两颗心彼此融合的时候，一声沉闷的咳嗽就像远天突然响起的一声炸雷。

一对白鸽扑棱棱从葡萄园上空惊飞。

李莫西似乎比马可儿更敏感了一些，他在第一时间松开了马可儿，而当马可儿恢复意识时，已经看到父亲那张阴沉的脸像一尊冷峻的雕塑。李莫西走了，逃离的背影略显慌张。

一种五雷轰顶、玉石俱焚的惊恐过后，马可儿反倒坦然了许多，如同刚刚经历过死亡劫难的人面对再度出现的灭顶之灾一样，马可儿顺其自然地等待父亲的发作。然而父亲只冷冷地说了一句：“收拾一下回家吧！”就转身走了。

父亲走后，马可儿长长地舒了一口气，当她起身看到莫西留在地上的那包葡萄种子时似乎才明白了父亲所说的“收拾一下”所包含的意思。但她不想把种子带回家去，她想先埋到葡萄园里再说。

六

马可儿对莫妮卡和马淳说，李莫西往往会做出一些出人意料的事情。

马可儿在等待父亲的教训和惩罚，李莫西却做出一个让马可儿听了感到非常意外和惊讶的决定：他决定要去拜见马可儿的父亲马东家。

李莫西做出的这个决定是丫鬟娟子告知马可儿的。就在马可儿送莫西葡萄酒，莫西送给马可儿葡萄种子的第二天晌午，莫西在走家串户传教的时候碰见了娟子。莫西告诉娟子，请她转告小姐马可儿，他要去拜见她的父亲马东家，并且有重要的事情相商。娟子惊讶得瞪大眼睛说：

“你疯了吧，你不会是去找我家老爷提亲的吧？”

莫西说：“噢，我可爱的天使，我没有疯，我的行为很理智，我所做的一切都是奉神的旨意。”

“那你能告诉我，你找老爷要干什么吗？”娟子好奇地问道。

莫西说："噢，对不起，这是个商业秘密，原谅我不能告诉你！"

"嘘，还商业秘密呢，你是想找我家老爷，商量买我们家小姐的吧，告诉你，小姐家有的是钱，一点都不缺钱！"

"哇，我的天使，你怎么可以这样说话呢，人是不可以买卖的，人生而自由平等，我们都是上帝的子民，怎么可以把人当商品一样出售呢？你太误会我了！"

"那还有什么秘密不能说的呢？"娟子白了白眼。

"人虽然生而自由平等，但有些秘密是不可以随便对任何人讲的，我只想拜托你，请你转告可儿，我要去拜会她的父亲，如果方便的话，你让可儿先到我住的旅馆来一下，当然你可以陪同她一起来，我会感谢你的！"

"小姐恐怕不敢去见你，因为，她把你们俩昨天在葡萄园里被老爷撞见的事告诉我了，她现在难过得都不知道该怎么办才好呢，你还给她添乱！"

"哇，天呐，是我让可儿不快乐了，我有罪，但这样我更应该要很快见到她，也更应该尽快见到她的父亲，说明一切。"

"好吧，那我把你的话带给小姐，让不让你去是她的事。"娟子说着转身走了！

"谢谢，你就是天使，愿上帝赐福给你！"莫西说着，向娟子的背影鞠了一躬。

娟子回来，将李莫西的话转告了马可儿，可儿听了非常着急。昨天的事还像一把达摩克里斯之剑悬在她的头顶，不知父亲该怎样教训她呢，莫西却又要提出见她父亲，不知道这个疯子想干什么，也不知道接下来还会有什么事情要发生，她心急如焚，急切地想见到李莫西，制止他的疯狂行动。所以乘着晌午未过，父亲还在休息，她决定让娟子陪着她立刻去见莫西。

莫西回到客栈刚洗了把脸，没想到马可儿和娟子就来了，他异常兴奋。马可儿一进门，当着娟子的面，他就张开双臂要拥抱马可儿，但马可儿躲开了，让他略感失望。

莫西告诉马可儿，他喝了她送给他的马家酒坊酿造的葡萄酒，酒不能说不是好酒，但酒的品质显然还不够上档次，既比不上他家酒庄酿造的摩西酒，更和产自欧洲的各大品牌名酒无法比拟。

马可儿刚听到这儿就有点生气了，心想：送给你的，你还嫌不好喝，你家酒好喝，咋不回你家喝去。

但莫西并没有停下来，继续说，真正上好的葡萄酒，色泽要像珠宝一样晶莹剔透，香气要浓郁怡人而又难以言说，口感要像天鹅绒或丝绸一样绵软醇厚，美妙绝伦。色泽、香气、口感等感官因素的综合，决定了葡萄酒的品质和档次，具体表现在单宁、酒精、酸度、糖分之间微妙的均衡。莫西说，要想酿出美酒，除了原料和技术之外，首先要学会品酒，不会品酒，你就分不清酒的好坏，不懂美酒与劣酒的区别。

莫西似乎为马可儿的到来一大早就做了准备，为了直观地演示品酒的各个步骤，莫西在桌子上铺了一块白色的桌布，然后找来一只高脚玻璃杯，把马可儿送给他的葡萄酒倒了半杯说：

“品鉴美酒要分三步，第一步是看，Look。在充足的光线下，以白色作为背景，将酒杯倾斜放在眼睛下方45°角的位置，仔细鉴别酒的颜色、挂杯、沉淀，就能确定它的品质和年份，紫红色预示着酒体年轻，宝石红象征活力，砖红代表岁月悠长，但这杯酒很浑浊，跟葡萄汁儿一样，根本无法辨别。”

马可儿听到莫西说她家酒坊酿的酒跟葡萄汁儿一样，脸上微微泛红，心想这家伙给人一点面子都不留，简直让人无法接受。好在他的真诚让她很感动，觉得这真是个冤家，又可恨又可爱的冤家。但莫西并没有注意到马可儿脸上的变化，他完全投入到对酒的鉴别和讲解中去了，他的每一个动作和语言都像魔术师一样，配合得天衣无缝，显得非常专业、非常娴熟：

“第二步是闻，smell。轻晃酒杯，让酒的味道醒来，挥发酒的香气，然后把鼻子伸到杯口并用力吸气，闻一闻酒里面有没有石榴味、杏子味、苹果味，咖啡味、黑醋栗味、干草味……鉴别酒香是一场嗅觉和记忆的比拼，高手仅凭一款酒的香气，就能推测出葡萄品种和产地，再根据其他细微的特征，就能确定它来自法国、德国还是意大利，但很遗憾的是这杯酒的味道叫人失望。”

听到莫西说出“失望”二字，娟子也生气了，嘴噘得跟拴马桩似的，眼看就要说出不好听的话来，马可儿用胳膊肘轻轻碰了她一下，并使了个眼色，她才拉下脸去，听莫西继续往下讲。莫西说：

“第三步，尝，taste。用嘴唇适量抿一点酒，再用舌头搅动并吸气，请别担心发出“啧啧”声，这能使酒的味道随着舌头的温度发散出来，然后把酒慢慢咽下去，使舌根的味蕾感受到酒的柔和凛冽，但这杯酒是粗糙的，入口不细腻，后味还发苦。”

莫西毫不留情地完全把马可儿送给他的葡萄酒否定了，也等于把马家酒坊完全否定了！但马可儿听完后反倒没有刚开始那样生气，而深深地被莫西品酒的专业折服了，当莫西讲完，将两手一摊时，她惊叹地说道：

“天呐，你叫魔鬼还是叫莫西？你究竟是传教士，还是品酒师？”

莫西说：“我们家世代酿酒，打小祖父就教我们怎样品酒，品酒和传教一点都不矛盾，《圣经》中记载，诺亚乘方舟经历了大洪水之后建立了最早的葡萄园，并把葡萄酿制成美酒，视为上帝所赐的甘露。而在荷马史诗《伊利亚特》和《奥德赛》中也提到葡萄和葡萄酒。公元一世纪，古罗马军队征服高卢，法国葡萄酒就此起源。最初的葡萄种植在法国南部罗纳河谷，公元二世纪时扩展到波尔多地区和意大利。从此法国葡萄酒和意大利葡萄酒双爵并起，形成了欧洲浪漫、优雅、高贵的酒文化，并直接导致了欧洲文艺复兴时期的临盆，影响了全世界……”

如果说马可儿对莫西专业的品酒知识只是一种折服，那么现在她已经被他的博学彻底俘虏了，她甚至觉得跟这家伙在一起，死了都值。但她还不想表现出来，就又问莫西：

“那你为什么要见我父亲呢？”

莫西说：“我想帮助你的父亲，改善你家葡萄酒的品质，让你们马家酒坊的葡萄酒成为真正意义上的葡萄美酒，行销全世界，同时我也想得到一份工作养活自己，你觉得不可以吗？”

“这个……”

马可儿犹豫了。

七

马可儿对马淳和莫妮卡说，她被莫西征服了。

自打第一眼见到这个黄头发、蓝眼睛、高鼻梁的异国他乡的男人后，马可儿的心就莫名其妙地发慌，直至他给她送丝巾、送葡萄种子，她就隐隐觉得她的命运或被这个男人改变，而当莫西为她讲解葡萄酒的鉴别、葡萄酒文化时，她就想把此生都交给这个见多识广、博学多才的男人，并愿意为他付出一切，帮他做一切他想要做的。

爱情一旦萌发，所产生的力量和勇气是超乎想象的，而爱的力量爆发，会让整个世界变得更加完美，也会让整个世界为之毁灭。

马可儿不想被动地等待父亲来教训她，而是要主动去找父亲了。虽然父亲的威严和家法打小就让她胆怯，但现在为了莫西想要做的事情，为了马家酒坊的振兴发展，胆怯就不值一提了，哪怕是赴汤蹈火，也在所不惜。

晚饭后父亲照例去马厩里查看伙计们给骡马夜间添加的草料是否充足，给那匹快要下驹儿的母马是否单独饮用过米汤，还有那匹长途跋涉运酒归来驾辕磨破了屁股蛋子的彪悍公马伤势是否复原。查看询问完之后回到厅堂，已是掌灯时分。

吃晚饭时，马可儿看到父亲的脸依然是阴沉的。马可儿虽然被父亲疼爱，但宗法严明的家风，长幼有序、男尊女卑、等级分明的家教礼数，使她没有资格和父亲同桌吃饭，她是在给父亲端饭上菜时看见父亲那张阴云密布的脸的，那张脸告诉她，父亲不会将他在葡萄园里看见她和莫西拥抱在一起的那一幕置若罔闻、不了了之的。平日里为父亲端饭上菜是丫鬟们的事情，她之所以主动为父亲端晚饭，就是想观察父亲的那张脸。尽管父亲那张脸很难看，但她知道父亲不会在吃饭的时候发作的，这也是他们祖上传下来的一种有别于其他人家的教养——即使天大的事情，也要消消停停吃顿饭后再说。

看见父亲从马厩里回来走进厅堂，马可儿跟进去点上了灯，然后“噗通”一声跪在了地上：

“爹，我知道你还在为那件事情生气呢，我想给你解释一下。”

父亲刚坐在太师椅上拿起水烟壶准备过把瘾，看见女儿点上灯，跪在了地上，就重重地将水烟壶蹾在了八仙桌上：

“你还有脸点灯？还有脸跪在先人的牌位前？你把祖宗的脸都丢尽了！”

“爹，你听我说，我没做丢人的事情！”

“你做的丢人的事情还不够多吗？”

可儿听到父亲几乎咆哮着说出这句话时，脑子里“嗡”一声，感觉头都大了。这话显然话中带话，那个喂马小伙计颤抖流鼻血的身影又“呼”地一下浮现在她的眼前，一阵眩晕使她差点跌倒。半晌，她“哇”的一声哭了出来：

“爹，我好冤啊！”

“冤，你比窦娥还冤，我要把你冤了，那窦娥都是被我冤死的！”

父亲句句如锥刺股、似针扎心的话，把可儿提前想好的、在脑子里过了好几遍的要对父亲解释的话，全被打乱了，她不知该说什么好了，但一想到莫西，爱情迸发出的力量和勇气，使她无所顾忌了，也不怕顶撞父亲了，她抹了一把眼泪说：

“爹，如果你觉得这一切都是我的过错，那过错的根源就在你，谁让你给你女儿生就一张漂亮的脸蛋呢？”

“呸！”父亲往地上啐了一口唾沫，同时一只手握成拳头重重地击在了另一只手的手掌上说，“是，我的儿，根源在我，是我养儿不教、养女无方好吗？我该死行了吧！”

“爹，你死还不如我死，你不能死，这一大家子人还得靠你，这个家还得你来撑着呢，你要死了我们这个家族也就垮了！”可儿略微平息了一下情绪，冷静地说，“其实我早就想死了，现在如果你觉得你女儿该死，那我出了这厅堂门就直接撞死算了，反正在你眼里我活着就是个祸害！”可儿说着从地上站了起来，就要冲出门去。父亲“腾”地一下也跳起来抱住了可儿：

“可儿，你想干什么？”

“我什么都不想干，就想死！”可儿在父亲怀里挣扎着说，“你连我解释的机会都不给，我还哪有脸活着！”

“有话你好好说行不？”

“你几句话就把我往死路上逼，你让我好好说了吗？”

"好，算爹服你了，你好好说，行吧？"

可儿听见父亲说服了的话，腿一下子软了。

父女俩都同时瘫坐在了门槛上。

八

马可儿对马淳和莫妮卡说，莫西用他的魅力征服了她，她用死征服了父亲。

在沙漠与绿洲的接壤处，马可儿对莫西说：“你可以去见我的父亲了！”

“你父亲同意我去你家酒坊工作了？”莫西有点狐疑地问道。

“没有，但我想他会同意的！”

“为什么？”

“因为我征服了我的父亲，就像你征服了我一样！”马可儿一字一顿地说。莫西听见马可儿说话的语气突然有点像欧洲人说话的腔调了，他感到惊讶。

“你拿什么征服了你的父亲？”莫西欣喜地问道。

“死！”马可儿平静地说出了一个字，平静得让莫西感到震惊。

“可儿，你到底做什么了？”

“我什么都没做，就想到了一个‘死’字！”

“你为什么会想到死呢？我不让你死，我宁可下地狱，也不会让你去死的！”莫西激动了。

“为你死，我觉得值！”马可儿还是那样平静地说。

“不！”莫西说，“亲爱的，我怎么会让你为我去死呢，你如果为我去死了，这个世界对我来说还有什么意义呢？”莫西的情绪突然有些失控，他一把抱住马可儿说，“我的天使，我的宝贝儿，请你不要再说这个‘死’字好吗，我们得好好活着，为上帝活着，为爱活着，你懂吗？”

“懂，如果不懂，我早就死了！”

“为什么？可儿，你说的话我怎么越来越听不懂了呢？”莫西摇着马可儿的肩膀说。

“因为美丽！”

“什么？美丽？”

“是的，因为美丽，一个无辜的男孩儿被我杀了？”

“天呐，这是怎么回事？你能告诉我这是怎么回事吗？”

“本来这事我不想对任何人说，也害怕任何人再提起这件事，但我总想对你说，不知道为什么？”

“如果这不是你的个人隐私，我想听听；如果你所说的是你个人隐私的话，你可以选择不说。”

“就是我的个人隐私，对我来说再没有比这更隐私的了，但我还是想对你说。”

“好吧，既然你相信我，不想避讳我，那你就说出来吧，但无论如何，我都会尊重你、爱你的！”

马可儿尽可能用莫西能听懂的语言，依然很平静地向莫西讲述了喂马小伙计的死，并说："自从喂马小伙计死了，我一直觉得他是被我杀死的，我始终从那个阴影里走不出来，多少次我都想到过死，我想用我的死来赎罪，但自从见到你以后，我才仿佛看到一缕阳光，我觉得只有你才能拯救我，所以我愿意为你做一切，包括为你去死！"

"不，可儿，你不要再提这个'死'字！"莫西把马可儿抱得更紧了，他说，"可儿，你太善良了，你善良得连上帝都会动容，但是你要知道，这不是你的过错，美丽不是过错，更不是罪恶，如果说美丽是一种过错和罪恶的话，那只能怪上帝了，因为你的美丽是上帝赐予的，凯撒的归凯撒，上帝的归上帝，即使你的美丽会让整个世界疯狂，包括我在内，也不能怪罪你，不能怪罪美丽，就像我们酿造出的美酒，喝多了会让人发疯，但不能怪罪酒太美了一样，美永远是我们无止境的追求，而不应唾弃。特洛伊战争为一个叫海伦的美女整整打了十年，死了无数英雄，但这罪过不能强加于海伦的美，而只能归罪于人的贪婪和得不到遏制的欲望，我们基督徒信奉上帝，向上帝祷告，祈求的就是美，一切美好的东西；我们向上帝忏悔，就是想得到上帝赦免我们无法遏制的欲望所犯下的罪恶，从而让我们的灵魂得到救赎，找到归宿，让我们属灵的生命得到永生……"

可儿在莫西的怀里静静地听着，像一只乖顺的羔羊依偎在牧羊人的怀抱，她的心里从未感到过如此安详、如此熨帖、如此踏实。直至莫西讲完后她仍然在静静地等待着、等待着，好像还没有听够似的。半天，她抬起头，望着莫西的脸，像婴儿吮吸过母亲的乳汁后抬起头望着母亲的脸一样，说：

"我也想信教，想成为基督徒！"

“真的吗？那太好了！”莫西兴奋地说，“你能够皈依基督那我就太有成就感了！”

马可儿说：“真的，我好像打出生就等着这一天！”

“噢，可儿，难怪我第一次见到你，就感觉你跟天使一样，你真的就是安琪儿，是上帝的使者，我今天收获太大了，我收获到了我传教士生涯中的第一份成功，这太令我激动了！”莫西说着，松开可儿，举起双臂，欢呼跳跃起来。

等他安静下来，马可儿问道：

“你除了收获到你传教士生涯中的第一份成功而外，难道就再没有别的收获吗？”

“别的收获？”莫西开始有点疑惑，但马上心领神会，“哇，还有爱情，可儿，你太可爱了，我爱你，我没法不爱你！”他再一次欢呼雀跃起来，再一次将马可儿拥入怀中。

沙漠与绿洲的接壤处，这对情侣的双唇紧紧地热吻在一起。

清澈见底、静若处子的月牙泉突然激荡起来了，与鸣沙山金戈铁马的轰鸣声，共同演奏出一曲撼天动地的交响乐，热烈、奔放、激越、幽远、古老、苍茫。这乐曲似乎从混沌未开的远古飘来，从大漠戈壁荒凉的地心飘来，从中世纪的古罗马教堂飘来，像一块辨别不清的古老化石，一尊埋在流沙里的千年古陶重见天日，被飞天女神的故乡敦煌，渲染得格外激情澎湃，荡气回肠。

九

马可儿说，他爹让莫西去了马家酿酒坊。

李莫西收获了爱情，收获了他传教生涯中第一位耶稣基督的教徒马可儿后，信心大增，他想这是一个好的开端，他要借助爱的力量、借助上帝赋予他的激情乘胜前行，使他的传教成果从“一”开始，不断扩大，以不负神的厚爱。所以无论敦煌镇上的人们多么反感他，他都极有耐心地走家串户，不遗余力地向男女老幼们讲述耶和华上帝的大爱，获得福音的快乐祥瑞。但令他始料未及的是，马可儿只是一个被爱情俘获和渴望得到救赎的例外。因为敦煌历代是佛教圣地，这里的人们只信佛菩萨，虽然他们不一定都皈依佛门，但佛菩萨才是他们心目中真正的上帝。

就在他传教受挫略感失望时，马家庄园的一个家丁找到他说，他们家老爷想见他。这是出乎他预料的，虽然他打算找一个合适的时机去拜见马东家，但没想到马东家会亲自召见他。

就在马可儿寻求一死征服了父亲的那天晚上，当父女俩的激烈冲突缓和下来的时候，马可儿向父亲讲了莫西品鉴了他们马家酒坊酿造的葡萄酒的事。马东家听了觉得莫西的品鉴绝非胡说八道。多年来马家酒坊葡萄酒的品质一直得不到提高，就是因为酒坊里没有一个真正懂葡萄酒的人，造成酒的产量和销量始终无法扩大，庄园里生产的大批葡萄仅有少量酿酒，其余大部分都被晒成葡萄干儿贱卖了。镇长也曾建议他，从欧洲聘请一位酿酒师来指导生产，但他始终没有同意，一来他觉得这样要支付一大笔额外开销，二来他对欧洲人从骨子里有一种敌对情绪，这源于欧洲人斯坦因和伯希和窃取了敦煌莫高窟数以万计的珍贵文物和经卷，马东家历来把他们当强盗一样看待，认为他们对中国人犯下了不可饶恕的罪行。但当他听女儿说莫西不仅懂葡萄酒的鉴别，也懂葡萄酒的酿造技术时，他倒想把国家仇、民族恨先放一放，如果这个传教士真有本事，不妨利用来他发展马家的葡萄酒作坊。

马东家在他的葡萄酒坊召见了莫西。他先邀请莫西参观了他的酿酒坊，莫西看到酿酒坊的场地和规模倒也不小，但设施简陋，几乎是清一色的粗瓷大缸，采摘来的葡萄甚至不经过筛选就倒入大缸内发酵，酿出的酒直接盛入黑色瓷质酒坛内进行沉淀，而看不到酿制葡萄酒必备的橡木桶，整个酿酒坊内有一股酸腐刺鼻的味道，一点也闻不到葡萄酒的酒香味儿。

莫西边参观边摇头，马东家从他的神色中判断出莫西对酿酒坊是不满意的，但好在这种不满意并不是通过傲慢表现出来的。他对这个来自欧洲的年轻人的成见也就多少有所消解，他把莫西请进酒坊的会客室，想虚心讨教，就如何改造酒坊，看他有何高见。

马东家把莫西邀请到会客厅的贵宾席上就座，并让酒坊跑腿的小伙计泡了一壶上好的碧口龙井，他亲自为莫西斟到茶盅里，做了一个请的动作。莫西说：

“谢谢，谢谢马老板的盛情！”

马东家说：“不客气，我还要向你讨教葡萄酒的酿制呢，希望不吝赐教。”

莫西抿了一口茶，放下茶盅说：“这真是好茶，马老板，这也是你种植的？”

马老板笑了：“你还懂茶？这是陇南碧口龙井，是明前茶，我哪能种得出来啊！”

“是的，这茶比你酿的酒可好喝多了！”莫西说，“马老板，恕我直言，您的酒庄几乎还停留在原始的酿酒状态中，而且设备太简陋了，酿酒工人几乎不懂葡萄酒的酿制程序和工艺，至于你们的配方，我就不知道了，但连起码的盛酒器橡木桶都没有，这就太不可思议了，这样酿出的葡萄酒怎么能有高品质呢？”

“那依你之见呢？”马东家虚心地求教道。

“如果马老板信任我的话，我愿意到你的酒庄来，首先对酿酒工人进行培训，再想办法改造设施，然后根据当地葡萄的品质要求和中国人喜欢的口味进行配方，这样我想酿出的酒会得到人们的喜欢和认可的！”

马东家说：“欢迎你来，如果你能让我葡萄酒坊的生意火起来，我不会亏待你的！”

莫西说：“亏待不亏待都无所谓的，只要我能够在敦煌待下来，完成上帝交给我的使命就行了！”

马东家对莫西所说的“完成上帝交给的使命”有所不解，想问，又觉得不太恰当，直至送走莫西，他仍在琢磨，上帝交给这个家伙的使命究竟会是什么呢？

十

马可儿对莫妮卡和马淳说，莫西天生就是个酿酒师，比他传教的能耐大多了。

经过莫西一个冬天对酒坊工人的培训和对酒坊的改造，连马东家都感觉到酒坊开始像模像样了，起码看上去感觉很舒服，不像以前到处都是坛坛罐罐，乱糟糟的。更令人感到惊奇的是，莫西像施了什么法术似的，酒坊里那股酸腐刺鼻的烂葡萄味儿也闻不见了，一股葡萄酒香的气息散发了出来，让人闻之即有一种微醉之感。马东家甚至开始有点喜欢上这个来自意大利年轻的传教士了，但心里总有些说不清楚的拧巴。

刚开始的时候，培训进行得异常艰难，令莫西感到吃惊的是，酒坊从老板马东家到酿酒工人，再到聘请的当地土生土长的配料调酒师，居然没有一个人知道葡萄酒当中的一种重要物质“单宁”是什么。莫西说：

“单宁，是英文tannin，翻译成中文就是单宁。”

莫西刚开始讲，就有工人说：

“我们不想学英文！”

接着就有好几个工人跟着一起起哄：

“对，我们不想学英文！”

幸亏自始至终，马东家和他女儿马可儿都在参加培训，马东家立即制止了这种挑衅和不友好的起哄。

莫西接着讲道：“单宁，是葡萄酒中所含有的两种酚类化合物其中的一种物质。”

莫西紧接着想解释一下什么叫“酚类化合物”，但想到这些酿酒工大半时间在沙漠里跟骆驼打交道，是面朝黄沙、背晒太阳的农民出身，没有一个人学过化学，也无人懂得什么化合物，解释也解释不清楚，所以干脆就不做解释了，只想尽可能用最通俗易懂的语言，让这些人知道“单宁”是怎么来的，在葡萄酒中添加单宁有什么作用。但即使这样，他也感觉到，由于这些人缺乏最基本的文化科技知识，给他们讲课太难了，几乎跟他在敦煌传教一样难。所以，接下来他只想从中选出一个有一定文化知识、理解能力比较强，能听得懂的人重点培训，再通过实际操作，教会他怎么培育和提取单宁。但选来选去，他觉得除了马可儿，再没有一个合适的人选。因为马可儿比这些粗壮的酿酒工更有文化。

马可儿念完镇上的知书堂，一直想和她哥哥、弟弟一样到武威，或者兰州去上新学堂，接受新的教育，但被父亲拒绝了，这也是她对父亲一直心存芥蒂、耿耿于怀的原因。尽管父亲打心眼儿里喜欢她、爱她，但这种喜欢和爱的表现方式，却是对她的管教更为严厉和苛刻。因此她觉得父亲是个无情的人，他眼神里透出的一种冷峻，经常让她感到恐惧，甚至不寒而栗。而当莫西出现后，那双充满柔情的蓝眼睛，就像清澈透明的湖泊一样，而那湖泊又跟温泉一样，释放出的爱与温暖，和父亲冷峻如铁的眼神折射出的阴冷形成了巨大的反差，这种反差使她简直难以置信，一个如此高大威武、充满阳刚之气的男人，竟会有这样一双柔情似水的眼睛，所以从这双眼睛投射出的目光第一次落到她的身上时，她就无法抑制地产生了一种跳入那湖泊的欲望和冲动，即便被那湖泊淹没，也会感到无比幸福、无比快乐！

此刻，她就沉浸在这湖泊般的幸福和快乐之中。

莫西一边神情专注地教马可儿如何提取单宁，一边告诉马可儿，葡萄酒中的单宁一般是由葡萄籽、皮及梗浸泡发酵而来，单宁的多少可以决定酒的风味、结构与质地。缺乏单宁的葡萄酒质地轻薄，没有厚实的感觉，单宁丰富的葡萄酒可以存放经年，并且逐渐酝酿出香醇细致的陈年风味。当葡萄酒入口后，感觉口腔黏膜会有褶皱感，那便是单宁在起作用。

在酝酿提取单宁的同时，马可儿从葡萄园里取回莫西送给她的葡萄种子，一并进行培育。

他们在两只木桶里装入最肥沃的泥土，然后将葡萄种子撒播进去，等待发芽。

在莫西小心翼翼地将他从遥远的故土意大利舍生忘死带来的葡萄种子撒播进马可儿家木桶里的那一刻，竟忍不住掉下眼泪来。马可儿亲眼看到两颗泪滴和种子一起植入土里时，突然觉得那种子和泪滴仿佛植入了自己的体内，这突如其来的感觉，让她不禁有些羞涩，而莫西并没有注意到她脸上的变化。他抹了抹自己的眼睛，在胸口划了一个十字，做了一个祈祷的动作。马可儿明白，他是在默默地祈祷种子能够快点发芽。

十一

马可儿说，李莫西通过对马家庄园生产的葡萄进行剖析筛选、抽样发酵、提取单宁、配方调制，以及无数次的口感品尝，得出一个结论，认为敦煌沙漠里这片绿洲所产的葡萄虽然色泽鲜美、个儿大、饱满、肉质肥厚、含糖量高，却并不是生产高档红酒的首选原料，所以他急切地希望他从意大利带来的那些葡萄种子能够尽快发芽，等春天到来，天气转暖的时候，就可以嫁接，改良葡萄品种，生产出酿造高档葡萄酒的优质葡萄原料来。

其实马可儿的心情比莫西还要急迫十倍不止，她几乎每天都要到葡萄酒作坊去，一去总是忍不住想掀开捂在培育葡萄幼苗木桶上的破棉被，看看那些葡萄种子发芽了没有，但她的冲动举止总是一次次被莫西制止。这种急不可耐的心情，让她晚上睡觉都睡不踏实，在被窝里辗转反侧，像有无数蚂蚁在身上叮咬一样。有时候她抚摸着自己的身体想，如果那些种子真的植入她的体内该多好啊，这样葡萄籽儿在她的肚子里发芽，她就能够感觉到了，就不用天天往酒坊里跑了，而跑去了莫西又不让看，真是无可奈何。这样想的时候，她的浑身就更加躁动难耐，感觉像蚂蚁钻入她的骨头，就真想从莫西送给她的葡萄种子剩余部分拿出几粒放入体内，看能不能发芽，但即刻她又为自己这种荒唐的想法感到害臊，羞得她又一次在暗夜里用被子蒙上了自己的眼睛……

有一天乘莫西上街传教的时候，她一个人又偷偷跑进只有她和莫西两个人才知道的培育葡萄幼苗的那个隐秘空间，正要解开捆绑捂盖在木桶棉被上的草绳时，莫西突然像个幽灵一样出现了。她受惊了，像做贼被人逮了正着似的，僵在了木桶旁边。莫西看到她那双被惊吓瞪大的眼睛和无辜又无助的眼神，突然哈哈大笑起来，莫西一笑，她竟“哇”一声哭了，然后扑到莫西怀里，用拳头一阵乱打，边打边喊：

“魔鬼魔鬼魔鬼，你不叫莫西，你叫魔鬼，你就是上帝派到我身边来的魔鬼魔鬼魔鬼！”

打闹够了，她疲惫地躺在了莫西的怀里，安详得像一只羔羊。

莫西说：“等春天来了再看吧！亲爱的。”

“好吧，我等，莫西！”马可儿说。

莫西的双唇又紧紧地贴在了马可儿的双唇上，同时一只手伸进了马可儿的衣服里，马可儿睁开眼睛摇摇头说：

“不，莫西，等春天来了吧！”

十二

马可儿对马淳和莫妮卡说，当她终于看到那些嫩黄色的葡萄芽儿从木桶中破土而出的时候，她被莫西彻底改变了。

大漠敦煌的春天就要来了。

马可儿马上就能看到那些葡萄种子发出的嫩芽了。

为迎接这些葡萄种子嫩芽的问世，莫西做足了功课，仪式显得得极为神圣，充满宗教色彩。

他不知从哪儿弄来了一件黑色长袍穿在了身上，把自己装扮成了牧师的模样，然后在两只孕育葡萄苗的木桶上盖了一块干净的白布，在白布上摆放了一部黑色封皮的《圣经》。

马可儿看到莫西在做这一切时，感到有些滑稽，忍不住想笑，但又被莫西的神圣举动所震慑，而不敢造次。

做完这一切，莫西示意马可儿到他身边来，并变魔术似的从长袍的袖口扯出一条黑色的纱巾，披在了马可儿的头上，将马可儿打扮成了一个修女的模样。然后把马可儿拉到自己的身边，与他并排站在一起，让马可儿的右手放在《圣经》上，他的左手压在马可儿的右手背上，另一只手按在胸口，同时也让马可儿的另一只手放在自己的胸口。

一切准备工作就绪之后，马可儿听到一个来自遥远国度的声音，在充满神秘色彩的育苗室中响起，浑厚、悠远、庄重、虔诚、谦卑："我们的天父，愿你的名受显扬，愿你的旨意奉行在人间，如同在天上。求你今天赏给我们这些茁壮的幼苗，结出甜美的葡萄，酿成无与伦比的甘露；求你宽恕我们的罪过，如同我们宽恕别人一样；不要让我们陷于诱惑，救我们免于凶恶。阿门——"

莫西是用意大利语祷告的，马可儿尽管一句都听不懂，但能心领神会，她知道莫西是在祈求这些葡萄苗能够培育成功，茁壮成长。

当完成这神圣的祷告仪式后，莫西捧起《圣经》放在一边，又撤去白布，交给马可儿叠起来。

在莫西就要解开木桶上捆绑棉被的绳索时，马可儿突然感到有些紧张，心跳都有些加快，想那里面会不会突然蹦出一头小小的怪兽来，伴随着这怪异的想象，她竟下意识地摸了一下裤腰带，提了提自己的裤子。

揭开盖在木桶上的棉被时，马可儿简直惊呆了，那幼小的生命可爱得让她战栗，那纤细的娇嫩让她对它们的存在或是幻觉产生质疑。那已经分开成两瓣儿的嫩芽，像小鸟张开的嗷嗷待哺的嘴巴，不，是破壳而出的小鸡的嘴巴，马可儿想起了奶奶养的那只老母鸡孵化出的毛茸茸的小鸡，那些小鸡可爱极了，心疼极了，爱怜得她忍不住一个个捧起，伸出舌头，让小鸡吮吸她舌尖上的口水。现在，她又产生了伸出舌尖的欲望和冲动，她真想把这些娇嫩的葡萄芽儿挨个儿舔一下，但又怕她的鲁莽，冲撞了这些可爱的小精灵，遭到莫西的反对，就收敛了她的欲望，舔了舔嘴唇，说：

“天呐，太可爱了，这真是太可爱了！”

莫西说：“这是用爱孕育出的生命，我们得感谢上帝！”

马可儿说：“愿上帝赐福给我们。”

莫西说：“可儿也学会向上帝祷告了，我们拥有了共同的天父之爱。”

可儿说：“我们什么时候把这些可爱的葡萄苗嫁接到葡萄藤上去呢？”

莫西说：“等葡萄苗再长大一些能承受得住阳光和风雨的时候。”

可儿问：“那会是什么时候呢？”

莫西说：“等春暖花开的时候。”

可儿说：“我有些等不及了。”

马可儿说出“等不及了”的时候脸颊上一下子潮起一抹绯红，心跳再次骤然加速。莫西对可儿说的话似有心领神会，他一把揽过可儿，两只眼睛紧紧盯住可儿绯红的脸颊，呼吸开始有些变粗，以致喘息着说：“我也等不及了！”

可儿赶紧摇了摇头，但她看见莫西的两只眼睛已经充血。那本是一双蓝滢滢的如同清澈的湖泊一样的眼睛，此刻仿佛漫过一道霞光，将要连同她一块儿染红，她有些恐惧了，说：“不，莫西，还是等春暖花开吧！”

但莫西的喘息声告诉她，他身体里潜藏的一头魔兽已经出笼，无法控制了，现在不是他说了能算，更不是她说了能算的。

莫西喘息得越来越厉害了，他说："不，可儿，我现在就要让……花开。"

说着，他又一下子松开可儿，把从育苗木桶上取下的那两床破旧的棉被三下五除二铺展到地上，又把马可儿刚刚叠整齐的那块儿白布铺在上面，一把将可儿抱起，放到铺了白布的破棉被上躺下，然后几乎跟撕扯一样地脱去他身上的那件黑色长袍，顺手撂在一边，就猛扑到了可儿的身上。马可儿已不止一次和莫西接过吻了，但像这种魔兽扑来的一吻，她还从未领教过，这一吻太过猛烈、太过刺激了，他已经完全跟他身体里释放出的那头魔兽一样，要将她整个吞没了，这使得她的呼吸也越来越紧张，几乎喘不过气来，以致大脑出现缺氧，神志开始模糊。但就在莫西的手解开她的衣服，扯去她的抹胸，触摸到自从发育成熟除她之外还没有被任何人触摸过的双乳时，她仿佛遭到了电击，神志又恢复了，她哀求道：

"不，莫西，不要……不要！"

但莫西身体里释放出的魔兽是不会听从她的哀求的，他非但没有收手，反而将嘴巴离开她的双唇，猛地叼住了她鼓胀饱满的乳房上那颗美妙绝伦的樱桃。她"啊"叫了一声，神志再次迷离，只觉得双乳之间热烘烘的，像爬了一只小狗儿，在左右来回地拱舔着她，让她浑身感到一阵又一阵酥麻、失控，连那最后一道防线，也已潮水泛滥，而那只贪婪的手正不失时机地，伸向潮水泛滥的幽暗私处。

堤坝就要彻底崩溃，她浑身开始震颤、抽搐，发出最后一丝哀求："不，莫西，我怕，不要……不要，看在上帝的分儿上，不要！"

这一次的哀求，莫西总算听到了，他的嘴巴这才恋恋不舍地离开那两颗樱桃，附在她的耳边说：

“这是上帝赋予我们的爱，亲爱的，不要怕，天父与我们同在。”

莫西说完后，就像刚刚解开育苗木桶上捆绑棉被的绳索一样，解开了可儿裤腰上的那根红绳儿，不由分说地将可儿穿的棉裤连同那件湿漉漉的丝绸内裤一并从脚腕上褪去。此时不知可儿是否又想到姑奶奶提到的那个“chua”字，但她实实在在被莫西chua光了，当她一丝不挂地横陈在那块儿白布上时，真的就像一根剥了皮的白葱一样鲜嫩无比，诱人至极，搁谁都会垂涎欲滴，欲罢不能。而莫西看到的却不是一根白葱，而是一幅立体感超强的油画，这幅油画的名字叫《折断了翅膀的天使》，就挂在家乡金碧辉煌的教堂里，但现在这幅价值连城的画作，却出现在马家酒坊简陋的育苗室里。

莫西是十二岁那年在教堂里实施割礼的时候，看到那幅油画的，画面上天使那美妙的胴体，让他产生了一种不可遏止的冲动，导致他的青春期提前到来，虽然他并没有看到最渴望见到的隐秘。而现在这从头到脚的完美裸露，连同那丛让每个男人都甘愿赴汤蹈火、为之献身的隐秘，都一览无余地展现在了他的眼前时，使他在震撼之余，也产生了一丝怜惜：这么伟大、华丽、高贵的杰作，这么完美的一件艺术品，却呈现在一堆破絮之上，而不是那富丽堂皇的洞房花烛之下，这无论如何都让他感到有些内疚，而且这种内疚随着时间的推移愈久弥深，以致使莫西进入垂暮之年不能原谅自己，追悔一生，即使无数次祈求上帝宽恕，也无济于事。

但此刻那丝怜惜和内疚不足以阻止那蛮不讲理、甚至带有侵略性的进入！那具有开天辟地、脱胎换骨般意义的进入，令每个女子都神魂颠倒、刻骨铭心，使可儿浑身一阵痉挛，恍惚中她看见一道不知来自天堂还是地狱的闪电，从她脑门划过，紧接着轰隆一声雷鸣，将她彻底击中，她犹如躺倒在沙漠里突如其来的暴雨中，连五脏六腑都沦陷了。

一阵潮湿。

一阵黏稠的、色彩绚烂的潮湿。

也不知那阵潮湿是潮水泛滥引起的，还是处女之身失守引起的，抑或育苗的泥土潮气熏染的。总之，她从失去意识中恢复过来后，感到身下一阵潮湿。

十三

马可儿说，在购置储酒器橡木桶的问题上，莫西与她父亲一直没有达成一致性意见。

马家酒坊没有橡木桶储酒器，莫西提议从欧洲进口一批纯正欧洲红酒口味儿的橡木桶，以提高酒的档次，但马东家觉得这个代价太大，不划算。莫西说，欧洲的橡木一般香气比较幽雅、细致，易与葡萄酒的果香和酒香融为一体，而美洲白栎的香气较浓烈，较易游离于葡萄酒的果香和酒香之上。如果中国人喜欢橡木味浓重单一的葡萄酒，选择美国的白栎也行，如果想酿造橡木香、果香、酒香协调幽雅的葡萄酒则还是选择欧洲橡木好。

马东家说，沙漠里有一种树木叫胡杨，木质纤细柔软，树叶阔大清香，耐旱耐涝，生命顽强，活着千年不死，死了千年不倒，倒了千年不朽，被他们视为神树。马东家还特别介绍道，胡杨树的树脂，还具有药用价值，他们当地人头疼脑热、咳嗽打喷嚏，经常用来清热解毒，止酸止痛，治疗咽喉肿痛、牙痛、淋巴结结核、十二指肠溃疡、胃痛、胃酸过多，甚至还可以外用，治中耳炎、痔疮等。马东家介绍完之后说，如果可以用胡杨木制作储酒桶的话，不仅可以就地取材，生产出来的酒说不定还具有药用价值，可谓一举两得。

听了马东家对胡杨木的介绍，莫西觉得这个老先生适合做个江湖郎中，而不适合开酒坊酿造葡萄酒。但莫西对马东家说的胡杨木“活着千年不死，死了千年不倒，倒了千年不朽”非常感兴趣，他想找个时机，一定要到胡杨林去看看上帝赐予沙漠的这种让人崇敬的物种究竟有多么神奇，他必须去表达他的敬意！

莫西当然希望和马可儿一起去向胡杨林致敬。

但他已经好几天没见到马可儿了。

自从跟马可儿发生过关系后，他感觉到马可儿似乎在有意躲着他，她一连几天都没有到酒坊去，就连她最操心最惦记的那些刚刚发育出的葡萄苗儿，都没有去看。想到这儿，莫西开始有点悔恨，如果那场注定让他终生难忘的性爱，不是马可儿乐意的，那将不仅令他终生难忘了，而必将让他悔恨一世，甚至连上帝都不会原谅他。所以现在他急切地想见到马可儿，但又不知道在哪里才能找见她。

大漠敦煌的春天虽然来了，但春天也是沙尘暴成灾的季节，沙尘暴一旦刮起来，遮天蔽日的黄沙会在瞬间将整个绿洲淹没，让人回到创世纪初的混沌状态中。敦煌镇的人们对沙尘暴的到来相当敏感，阳春三月，一旦连续两天以上艳阳高照，气温骤升，接下来必有一场沙尘暴的到来。但李莫西显然还不懂得敦煌天气的脾气，只想在如此阳光灿烂的春天如果不能和可儿一起去沙漠里看看胡杨林真是太可惜了。所以一大早他就来到街上，看能不能碰见可儿，并在可儿家门口踅摸了好几趟，但都没有看见可儿的身影，他有点失魂落魄了，也开始有点焦躁不安，就想回到酒坊里去看看那些葡萄苗还需不需要喷洒水。

现在能给他最好的抚慰，也就是那些葡萄苗了。

莫西回到那间隐秘的育苗室里，简直惊呆了，他看见葡萄苗上好像刚刚有人喷洒过水，那些嫩芽上的水珠都还没有蒸发掉，他想这是可儿回来了，一定是可儿回来了，因为除了他俩，不会有人再进到这个隐秘的育苗室里。他高兴得疯了一般，大声呼喊了起来：

"可儿，可儿，你在哪里？你出来！"

可是一连呼喊了几遍，都没见可儿出来，他又跑到室外。

"可儿，你在哪里，你回来！"

"可儿，我想看见你！"

"可儿，我想见你！"

"可儿，我想你！"

"可儿，我爱你！"

"可儿！"

莫西疯狂地呼喊着，但哪里也看不见可儿的身影，倒是看见酿酒坊几个打杂的工人，偷偷探出头来观望着他的疯狂，他跑过去问他们看见可儿了没有，这些人都一脸坏笑地摇头。

回到育苗室，莫西又到处翻找。他想可儿不会走开，说不定就躲藏在这育苗室的哪个角落里和他开玩笑呢。但他翻遍了每一口酒缸和每一个木桶，都没有找到可儿，倒是翻出了那块儿白布，那块儿白布上留有一片血迹，那是可儿的血，初夜的血，一个女孩儿一生最珍贵的血！那片血因他而流，将他随身携带多年的用来包裹《圣经》的那块儿白布渲染得无比艳丽，那是他与可儿共同创作完成的一幅作品，那是最纯贞、最圣洁的爱的作品，世界上任何一件艺术品对他来说都与这件作品无法比拟，莫西打算今生今世珍藏。但现在可儿却躲着他，不想见他了。

莫西突然将那块带着血迹的白布捂在脸上号啕大哭。

屋外，一场沙尘暴说来就来了。

十四

马可儿对马淳和莫妮卡说，她想给莫西一个惊喜。

马可儿在家里闷了几天，还是忍不住想去酒坊，想去见莫西，想去看看那些葡萄苗长得怎么样了。

她穿了一套大红色的衣服，浑身喜庆，正如一个新娘子一般。这是一套传统的中国红服装，姑娘一般只有在出嫁的时候，才会穿得如此艳丽。

过年的时候，母亲要给她缝一套新棉袍，在镇子上让她选布料的时候，她执意选了中国红布料。母亲说，你还没有找婆家呢，又不急着出嫁，做这么红的棉袍，能穿得出去吗？她说能，有什么穿不出去的，过年不就图个喜庆嘛！但她也就过年穿了那三天，便收起来了，因为她穿上这身衣服出门，显得太招眼了，那时虽说还没有“回头率”一说，但只要她穿了这身棉袍出去，回头率绝对百分百，无论男女老幼。尤其讨厌的是，街坊左邻右舍那些小屁孩儿们，看见她穿这身棉袍上街，就跟在她屁股后面喊：

“新媳妇，上花轿，屁股后面放大炮！”

“新媳妇，上花轿，屁股后面放大炮！噢，新娘子来喽！”也不知谁给他们教的，羞得她过完年后就再没敢穿过。

但现在她想穿上这身中国红棉袍要让莫西看看，因为她已经成莫西的人了，成为莫西实际意义上的新娘子了。

这套红棉袍的确显得过于招摇了。走过通往酒坊的那条街道时，过往行人的目光没有一个不盯着她看的，一个身穿制服骑着高头大马似军官的人，后面跟着两个随从，都从她身边过去了，居然回马过来又看了她一眼，这一眼看得她着实有一种说不出的心慌。那凶狠而执著的一眼让她感到似有不祥袭来。

马可儿不光想让莫西看她穿这身喜庆的衣服，还惦记着那些可爱的葡萄苗呢。昨天她偷偷跑去喷洒过水了，但去的时候没有看见莫西，就觉得他太有些粗心了，这些娇嫩的如嗷嗷待哺的小鸟一样的苗苗，一天不洒水，就有可能会干死，所以她仍然放心不下。

其实马可儿并没有躲避莫西的意思。

她只觉得本该新婚之夜才会发生的那件事来得有点早了，太有点突然，她还没有完全做好心理准备。那对于每个女孩子一生来说都是羞于启齿而又神圣无比的事情发生以后，她躲在家里谁也不想见，连自己的贴身丫鬟娟子也没有告诉，娟子问她怎么了，她只是说身上不舒服。

她一直觉得那就跟做梦一样，她反反复复回忆那场梦，有一段非常清晰，有一段又非常模糊，那是一个让她一想起来就战栗的梦，但那又是一个极具诱惑力的梦，值得反复咀嚼、反复回忆，虽然刚做完这个梦后，她羞于见人，甚至一连几天连莫西都不敢见，但在一遍又一遍品尝咂摸过这个梦的滋味后，她又觉得这辈子能做这样一场梦，就是死了，也值!

一旦想开，她便急切地想见到莫西。可来到酒坊那个隐秘的育苗室里，马可儿又感到了一阵失望。

莫西不在。

她看了看木桶里的葡萄苗，培育葡萄苗的土潮洇洇的，就不打算再洒水了，这也是莫西嘱咐过她的，培育幼苗时，水不能洒得过多。

在她准备出去要找莫西的时候，突然发现一张纸。这张纸放在一个倒扣的木桶上，木桶上苫着那天莫西围在她头上的黑纱巾，纸上压着莫西买来的那把准备用来嫁接葡萄苗的刀子。她拿起一看，纸上用铅笔写着几个汉字，字体就像小学生写的一样：

可儿，我去胡杨林了。李莫西。

可儿一看日期，是昨天写的。她一下子急了，拿上那张纸连同纱巾和那把刀子就冲出门去了。

回到家里马可儿给谁也没打招呼，就偷偷到马厩里牵了一匹马出来，刚出门正好碰见了喂马的老伙计，他问可儿牵马去哪儿？她只说了一句：去胡杨林！就上马跑了。

胡杨林距敦煌镇有二十多公里，在沙漠腹地。

马可儿是在去年秋天和从兰州回来的哥哥带着他的新娘，一块儿去过胡杨林的。大漠无际，碧空如镜，秋天的戈壁落日长虹，壮美至极。棵棵胡杨就像哥哥刚刚迎娶的新娘一样娇媚艳丽，远远望去，一棵棵胡杨树似金色的火焰在燃烧，像片片黄色的云朵在缭绕。当一缕缕秋风吹着欢快的口哨将胡杨笼罩在大漠的腹地时，胡杨叶用铺天盖地的嫩黄、鹅黄、金黄一层层重叠铺落在荒枯干涸的沙漠，可儿感觉自己好像在梦境里燃烧，那满树辉煌的灿烂将秋日的大漠风情渲染得如同浓墨重彩的山水画一般，壮观得让人心存膜拜。

但人们很少在春天去胡杨林，因为在春天极易遭遇沙尘暴。

出了镇子，马可儿打马一路向西而去。枣红色的马匹载着身穿一套大红色衣服的马可儿奔跑起来，像一团燃烧的火焰在驰骋，那是一团撩人的火焰，一团被爱情燃烧昏了头脑的火焰，也是一团所向披靡无所畏惧的火焰。但即便被爱冲昏了头脑，在飞奔的马背上，可儿还是嗅到一股沙尘的味道。久居沙漠边缘的人对这股味道特别熟悉，也特别敏感，熟悉得就像自家厨房里飘出的油炝葱花的味道，敏感得就像情侣之间忽明忽暗的言行暗示。

“莫西，你这个魔鬼，沙尘暴就要来了，你去胡杨林怎么不告诉我一声呢？”

从酒坊里跑出来的时候，马可儿就是这样在心里骂着莫西的，现在闻到那股沙尘味儿后竟然骂出了声，并一股脑儿把气撒在马屁股上。

马在沙漠与绿洲之间的一条沙土路上飞奔，可儿的心比奔跑的马蹄还急！

天空似乎一下子就不像早上那么清澈明朗了，阳光也不是那么灿烂了，伴随着那股沙尘味儿的到来，天色开始发黄。毫无疑问，这是沙尘暴到来的前兆。

在沙漠中遇到沙尘暴是危险而恐怖的。可儿虽然没有过被困沙漠的经历，但几乎每年都听说过有人在沙漠里失踪，或被沙尘暴卷走的事情。现在正值春天，正是沙尘暴说来就来、飞扬肆虐的时候。

一个个沙浪向身后涌动着，奔跑着。飞奔的马蹄像一只无形的巨手，将一个个沙丘向后推去，犹如逆行的帆船，转瞬即逝，又扑面而来。

快到胡杨林的时候，一股一股的旋风，把黄沙卷起，像平地冒起的云烟，打着转在沙漠中飞跑。几乎就在马可儿还没有反应过来的一瞬间，她放声喊了一句："莫西，你在哪里？"突然狂风大作，沙粒飞扬，天昏地暗。马可儿感觉到连她骑乘的马匹都要飘起来了，接着她重重地摔在了地上。

视线不足十米远，所幸的是她还能模模糊糊地看到前方有一棵胡杨树，在狂风中摇曳。她从地上爬起来，死死拽着马缰绳，向那棵胡杨树挪去，耳边是狂风撕心裂肺的吼叫声。她知道现在再不敢贸然前行一步了，她用马缰绳把自己捆绑在胡杨树上听天由命。

十五

马可儿说，莫西是头天中午出发去胡杨林的。

莫西本来打算和马可儿一起去胡杨林，向胡杨木致敬，但马可儿一直没有露面，他有些伤感，也有些沮丧。中午在镇上的饭馆里草草吃过午饭后，他决定只身前往胡杨林。他在传教的时候就打听到，胡杨林在敦煌西北面的沙漠腹地。莫西有着流亡和在野外生存九死一生的经验，并且领教过沙漠的威严，对进入大漠寻找胡杨林、向胡杨木致敬一事，还是做了足够充分的准备：他在足以装下五斤酒的一个皮囊里装满了水，并在一家维吾尔族人开的饭馆里买了两块大馕，同时还没忘记在兜里揣些葡萄干儿。他想这已经足够奢侈了。

途经莫高窟时，莫西被莫高窟奇谲的洞窟吸引了。莫西早就知道位于中国古丝绸之路敦煌重镇上的这座佛教文化艺术宝库的魅力，来到敦煌后，为了急于传教，履行上帝的旨意，也为了在敦煌落脚，帮助马可儿家族改造酒坊，他还没有抽出专门的时间来参观拜谒莫高窟，现在既然路过，就没有错过的道理。

当他只身一人进入莫高窟时，一位老喇嘛接待了他。这位喇嘛没有因他是黄头发、蓝眼睛、高鼻梁的欧洲人而联想到莫高窟被欧洲人劫掠进而对他产生敌意，尽管莫西一再为此致歉，老喇嘛始终以一颗慈悲为怀的平常心，陪着莫西参观洞窟，并向莫西耐心细致地讲解着莫高窟洞窟中的各种塑像、壁画、文物的年代背景和寓意。莫西无不为东方古国这些久远的历史、神圣的宗教和精湛的艺术而震撼，同时也无不为这璀璨的文化艺术宝库被惨遭劫掠而惋惜。因时局动荡，世人的愚昧，掌管者的无知，这些劫掠者又大部分都是和他具有相同血统的欧洲人，所以他来参观拜谒莫高窟还带有某种谢罪的情怀。

参观了几个洞窟后，已是夕阳晚照，日头西下，天色向晚，莫西打算告别老喇嘛上路。老喇嘛问莫西：

“施主还要往何处去？”

莫西说：“我还要去胡杨林向胡杨木致敬，听说胡杨木生长在沙漠里，生命力极其强盛，即使死了也千年不倒，倒了也千年不朽，这太伟大了！”

老喇嘛说：

“噢，人向物去致敬，这倒也十分难得，不过此时天色已晚，此去沙漠又无人烟，倒不如在窟内喝杯粗茶，歇息一晚，明日再去不迟！”

面对老喇嘛的挽留，莫西想既然在沙漠过夜，不如在莫高窟逗留一晚，也顺便向高僧请教一下佛陀与基督的关系，因为他听说过释迦牟尼与耶稣曾在喜马拉雅山有过会晤，不知是真是假。于是莫西双手合十，对老喇嘛深深鞠了一躬说：

“既然高僧盛情，莫西就恭敬不如从命了，只是打搅高僧，让莫西感到诚惶诚恐。”

老喇嘛说：

“施主不必客气，一切皆是缘分，阿弥陀佛！”

用过简单粗糙的斋饭后，在一间禅房里，点上昏黄的清油灯，老喇嘛请莫西饮茶，莫西在介绍了他是传教士的身份后，向老喇嘛提出了他的问题，因为在提问时，莫西把释迦牟尼佛，称为释迦牟尼神，老喇嘛没有直接回答他的问题，在给莫西的茶碗里续了茶后说：

“我佛释迦牟尼，从未自称为神，他自己也说过，他未彻悟那掌管宇宙及宇宙之外强大的力量。这句话历史也好，佛经也好，都曾提及，虽然为了让你能听懂，但我说出来的不是原话，意思绝对不是大相径庭。按照你们西洋的公元纪年，也就是耶稣的诞辰来推算，释迦牟尼佛应该出现于耶稣之前。我佛与同时代中国这边出现的孔子、老子属同一个时期，这些顿悟者都诞于公元纪年前。我们之所以称释迦牟尼、孔子、老子为顿悟者，乃是他们悟出了人生从何来，此时又在哪，死后往何处去。但他们三位用尽一生思索探求，至终也没能悟明白宇宙之奥秘，世界之真谛，但他们又无愧为佛祖、圣人、道家，因为他们为善的本质与超凡的修为，为世人敬仰，甚至被尊之为神，但史上记载他们无一人曾亲口自称为神，尽管他们都有一个共同的目标，就是寻找神的奥秘。这些都是有史书记载来证明的。而史书记载的，唯一亲口承认，并不断向世人强调自己是亘古以来独一无二的神的爱子，那就是你们信仰的耶稣基督。耶稣诞生在马槽里，并为履行使命，被钉死在十字架上，以恢复罪人与神、爱的关系。复活后的耶稣，让一切信他的不至灭亡反得永生，这都是教人为善，不致陷入邪恶杀戮淫欲诱惑当中，既为善，即与佛的本质相同；本质相同，则殊途同归。那么至于佛陀是否与基督在哪里会晤过就显得并不重要了。时候已经不早，老衲尚有功课要做，施主明日还要赶路，就早点歇息吧！”老喇嘛说完，起身向莫西告别。

莫西本来还想与老喇嘛请教一些有关宗教的其他问题，但老喇嘛说还有功课要做，就不便挽留。老喇嘛离开禅房后，莫西略感遗憾，而老喇嘛的一席话使莫西陷入了深深的沉思中。老喇嘛显然是一位得道之人，大德高僧，令莫西深深钦敬。

第二天一早，莫西起来要向老喇嘛道别，却没有找见老喇嘛，他把兜儿里揣着的葡萄干一粒未剩地全部敬献在释迦牟尼佛像前，就不辞而别，向沙漠走去。

十六

马可儿对莫妮卡和马淳说，她至死都不会忘记那天晚上在沙漠里经受的恐怖和温暖。

马可儿用马缰绳把自己捆绑在一棵胡杨树上之后，想等待沙尘暴过后，继续去寻找莫西。但沙尘暴的袭击没有一点收敛的迹象。她将出门时随手拿起的莫西装扮过她的那块儿黑纱巾包裹在自己的头上，闭上了眼睛，只听见风声如鬼哭狼嚎一般，吓得她浑身哆嗦，感觉自己就像一只羔羊，被群狼围困，即使闭着眼睛，似乎都能看见饿狼龇着布满獠牙的嘴，与她对峙。

哆嗦不只来源于恐惧，还有冷，一股彻骨的寒冷。

牙齿在紧闭的双唇间互相摩擦、撞击。

时间在狂风的咆哮和沙尘的笼罩中仿佛是静止的，她不知道时间过了多久，也不知道现在是白天还是晚上。

早上出门的时候，为了穿那身红棉袍，马可儿脱去了臃肿的冬装，她觉得脱去那身臃肿不堪的棉袄，人一下子清爽了许多，而换上那套红色的棉夹袍，更显出了她迷人的身段儿。当可儿以身相许，把自己彻底交付给了莫西，并厘清了内心深处那份与生俱来的羞怯感之后，就一心想把自己所有的美丽都毫不保留地展示给莫西，让他惊喜、让他感叹，让他心无旁骛，将他那双清澈如湖的目光锁定在自己的身上。

然而，可儿怎么也不会想到，她仅仅想为莫西展示一下自己的美丽，竟遭遇了如此残酷的报复，这一始料未及的报复，使她感到一种从未有过的绝望。

狂风还在不停地呼啸，随风卷起的沙子像皮鞭一样抽打着可儿的脸，就像一个面目狰狞、穷凶极恶的暴徒一样无情地蹂躏着、摧残着可儿，连身边的枣红马似乎都感觉到了可儿的无助与无奈，它打了一个响鼻，嘶鸣了一声，就将嘴巴伸向可儿。可儿一下子激动地抱住了马头，眼泪就止不住地流了下来。枣红马的脸贴着可儿单薄的身子，感受着可儿身体的颤抖，鼻子里发出“吙儿，吙儿”的声音，似乎在安慰着她。

抱住马头，可儿感觉到了一股温暖，这股温暖使她把马头抱得更紧了，就像一个落水之人抓住了一根救命稻草一样，不，可儿感觉那股温暖来自母亲的怀抱、奶奶的大襟子，抑或莫西的拥抱。但就在这时，马头却挣脱了可儿的拥抱，一下子卧倒了，卧倒之后，鼻子里又发出“吙儿，吙儿”的声音。可儿明白了，马儿是在呼唤她，让她到它的怀抱里去。可儿把马缰绳松了松，就蜷缩在了马的腹部与四蹄的围拢之间，她一下子感觉到比先前更温暖了，这种温暖的感觉，马可儿后来即便在莫西的怀里都从未感觉到过，那是一种说不出的温暖，一种感天动地的温暖。

马可儿蜷缩在马的怀抱里，像一个小马驹儿一样，卧在母马的怀里，这使她想起自己的名字叫“马可儿”，就觉得这简直就是一种天意。这样胡思乱想的时候，她的恐惧感减少了，尽管狂风丝毫没有减弱，仍旧在肆无忌惮地怒吼着。来自马身上的温暖，使她快要冻僵的身体慢慢有了知觉，她又刨了一堆沙子把自己的腿脚覆盖住，这样就感觉又暖和了一些。一旦寒冷减轻，她就又想到了莫西，又开始念叨：

“莫西，你在哪里，你冷吗？”

“莫西，你还活着吗？莫西。”

“莫西，你个魔鬼，谁让你跑到这天荒地老的胡杨林里来呢，你怎么不告诉我一声呢？”

“莫西，我这辈子都不会饶过你！”

她这样念叨着、咒骂着，竟不知不觉睡着了。

马可儿突然看见莫西赶着一群马来了，马匹在荒原上奔驰着，呼啸着，被马蹄卷起的沙尘像云雾一样，又像沙尘暴一样，可色彩又如此绚烂靓丽——深红、枣红、清灰、黑、白、黄……那不同色彩的渲染像滚过天边的云霞，动感十足；那些迎风飘扬的马鬃像扯展的一面面旗帜，在黄色的沙尘之上，以磅礴的气势，如劲风般地疾行……马可儿看到了莫西挥着马鞭，羸弱而彪悍的身影在马背上起伏着、跌宕着……她似乎听到了莫西的呼喊：

“可儿，我来了！”

“可儿，你在哪儿？”

马可儿突然被惊醒，可莫西和马匹都消失得无影无踪了。兴奋中的失望，让她格外沮丧。而唯一让她欣慰的是，此时沙尘暴已经减弱，天色微明。

十七

马可儿说，莫西和她同一天在沙漠里遭遇了沙尘暴。

莫西第二天早上起来要离开莫高窟的时候，去向老喇嘛道别，遗憾的是却没有见到老喇嘛。他来到大殿里把兜儿里揣的葡萄干颗粒未剩地全部敬献在释迦牟尼佛像前，就不辞而别了。

早晨的阳光格外灿烂，这让莫西的心情感到愉快，几天以来的郁闷也有所化解。

金灿灿的阳光洒在沙漠上，满眼都是金子般的世界。莫西回首望了一眼莫高窟，也是金灿灿的，这让作为基督传教士的莫西想起一个中国成语：佛光普照。他想，这莫非真的就是佛显灵了吗？看到这一耀眼辉煌的景象，再联系到昨晚老喇嘛的一席话，让莫西感到，人们的信仰选择或许不是唯一的，或者说根本无法判断谁的信仰正确，谁的信仰错误，只要本质向善，无论信仰基督也好，佛陀也好，或许都是对的，这也使他意识到，他在敦煌宣扬基督是唯一正确的选择。他也明白了致使他的传教事业屡屡受挫的原因。

莫西在做这番思考的时候，他的脚步已踏入沙漠腹地。

放眼望去，前方沙丘轮廓清晰、层次分明：丘脊线平滑流畅，迎风面沙坡似水，背风面流沙如泻。

一旦视野中那片绿洲不再出现的时候，到处都是单调的黄色，连一棵树木都没有，无数道流沙涌起的皱褶如凝固的浪涛，一直延伸到远方金色的地平线。绵绵的黄沙与天际相接，根本想象不出哪里才是沙的尽头！

广袤的大漠，死寂的沙海。雄浑，静穆，总是给人一种单调的颜色——黄色、黄色，永远是焦灼的黄色。仿佛大自然在这里把汹涌的波涛、排空的怒浪，刹那间凝固了起来，让它永远静止不动。无边的黄沙蔓延在这片无边的土地上，凭你耗尽眼力，也看不到一丝绿意。

胡杨林会在哪里呢？

沙漠的广阔使人很容易感到疲倦，似乎永远也走不出去。天是蓝的，地是黄的，这里除了蓝黄两色，再也看不到其他的色彩。而时近中午，天也变成了黄色，太阳也被黄色的光晕熏染、笼罩，逐渐变暗。莫西产生了一种莫名的压抑感。而当莫西意识到沙尘暴有可能要来了的时候，风就已经刮起来了。

风与沙似乎是天设地造的一对激情舞伴，这对舞伴一旦相拥狂舞，无形的灯光师就会将舞台打造得天昏地暗，好让这对久别重逢的舞伴尽情宣泄，而无暇顾及观赏者已进入天地未开的洪荒时期。莫西此刻便是这风沙狂舞的唯一的观赏者，而与其说是观赏者，还不如说是受虐者。因为他根本睁不开眼睛，只能用耳朵来听这狂舞的伴奏声，这声音似金戈铁马，横扫而来，让人感到眩晕，这声音是有质感的，似挥舞的铁棒；这声音带着一股泥土的腥味儿，这声音黄得比黄沙还黄……伴随着这飞扬跋扈的声音，莫西突然感觉自己真的就飞起来了，是的，他真的飞起来了，一股龙卷风将他卷了起来，他好像坐在了阿拉伯神话中的飞毯上一般，或如中国《西游记》中的孙悟空腾云驾雾一般，如果有旁观者在现场，定会看到他腾云驾雾的壮观景象。但他还没有来得及体会这腾云驾雾带来的刺激和快感，还没有来得及睁开眼睛，看一下自己飞得究竟有多高，就重重地摔在了一座沙丘上。而那一刻，马可儿也被摔下马。

莫西感觉自己头有点晕，感觉自己轻得像一片纸，随时都有可能被再次卷起，不知飘向何方。他使劲睁开眼睛，看见黄沙像大海的波涛一样从沙丘的底部向顶部涌流，而他的双脚已被黄沙掩埋。经验，抑或本能的直觉告诉他，他只能逆沙而行，向沙丘的底部滑行，否则他极有可能被黄沙掩埋。

十八

马可儿说，没想到爹会去找她。

直到快吃晚饭的时候还不见马可儿，丫鬟娟子首先着急了，她顶着狂风跑到酒坊没找见，又跑到葡萄园也没找见，就回来汇报给了太太——马可儿的母亲。太太把娟子骂了一顿后，就想该不该给老爷说一声。正在犹豫间，喂马的老伙计来了，说接近晌午的时候，马可儿牵了一匹马出去了，他问可儿牵马去哪儿，可儿说去胡杨林。

在胡杨林的那一夜，让马可儿体验到了从未有过的惊恐，也体验到了从未有过的温暖，她想，要不是那匹马，她怀疑自己还能不能活到天亮。

天色微明，马可儿从梦中惊醒，庆幸自己还活着，而那时沙尘暴的魔爪也收回去了。她抱住马头，将脸贴在马脸上亲了亲，那马就“忽”地一下站起来了，她拉着马准备继续去找莫西，就在这时，恍惚中听见有人又在呼喊：“可儿，你在哪儿？”她以为自己还在梦中，就用右手掐了掐左手，手的确有些麻木，她又使劲儿揉了揉眼睛，首先看见了自己牵着的马，接着看到身边的胡杨树，她又往四周、远处看了看，是一望无际的戈壁、沙丘，以及东一棵、西一棵的胡杨树。可儿觉得自己的确是醒着的，就想刚才听见的喊声或许还是遗存在大脑中的梦境。但接着，她又听到了喊声：“可儿，可儿！”

这回她听得很仔细，就判断出这不是梦境，一定是有人在找她。但她听见呼叫的声音不像是莫西的，这非但没有令她兴奋，反 而感到了一种不祥，她想，这一定是家里人在找她。

可儿的母亲听喂马的老伙计说，可儿去了胡杨林，吃了一惊，立马不再犹豫，直接去厅堂找老爷了，一进门儿她就说：

“你的宝贝女儿去胡杨林了！”

“什么？你说可儿去胡杨林了？”

“是，喂马的老伙计说的。”

“她跑胡杨林干啥去了，这么大的风。”

“干啥去了我也不知道，只是这么晚了，又刮沙尘暴，我担心……”

“嘿，这个死妮子，咋就这么不消停呀，这昏天黑地狂风大作的，可咋办呀？”

“咋办，赶紧得去找呀，还能咋办，都急死我了！”

可儿的母亲说着，急得都快哭了。

“好了，好了，我这就招呼人去找！”

马东家来到马厩，向老伙计又问了问具体情况，老伙计也没说出个什么来。就让老伙计找几个人来，一块儿去胡杨林。

老伙计找来五六个伙计，连同马东家每人牵了一匹马就要出发，但外面已经黑得什么都看不见了，就让伙计们去准备火把。火把准备好了，外面的风却大得根本点不着，在屋里点着了，拿到外面，迎面的风吹来，又烧得人没办法举。于是只能摸黑前行。

伙计们不让马东家去，但马东家执意要去。

一行人从马家大院出来，向胡杨林进发，悲壮无比。

去胡杨林的方向，狂风正好迎面吹刮，人刚上马，就从马背上被刮下来了，只能人牵着马，或马牵着人往前挪步，一路之上真可谓“寸步难行”。好在马东家和这帮伙计都是从小在胡杨林拾过柴火的，路比较熟，赶天亮总算到达了胡杨林。

当马可儿再次听见有人呼叫她的名字时，她听出来了，是她的父亲，她简直惊呆了，她没有想到父亲会来找她。听见声音越来越近，她就越发着急，心想，绝对不能让父亲知道她是来找莫西的，如果让父亲知道她是冲着莫西来的，那她就没脸见人了，就活不成了，即使她死不了，至少莫西在敦煌、在她家的酒坊就待不下去了。想到这儿，她就下定决心，打死都不能说实话。

想好应付父亲的话以后，当又一次听到呼叫时，她大声回应了一句：“我在这儿呢！”

听到可儿的回应声，马东家一行很快就顺声而来，不一会儿可儿就看见父亲带着五六个人向她走来。看到父亲猫着腰，吃力地朝她走来，可儿一下子感到有些心酸，眼泪唰地下来了。父亲那么大年岁了，半夜三更顶着狂风来找她，她觉得确实对不住父亲，她甚至突然觉得父亲有些可怜。但当她松开马缰绳，喊了一声“爹”，跑过去扑向父亲。马东家僵直地立着，任由女儿抱着他，眼神冷峻得令人战栗！

“你给我说，你跑到这胡杨林干什么来了？”

父亲就像抓住了一个盗贼一样地审问她。

可儿“扑通”一声跪倒在父亲的脚下说：

“爹，我是来找胡杨木的，我是想看看有没有适合做酒桶的胡杨木！”说完泣不成声。

马东家一听，心一下子软了。

在那紧要关头，马可儿想起，莫西曾以嘲笑的口吻说，她父亲想用胡杨木替代橡木做酒桶。

十九

马可儿说，莫西在沙漠里迷失了方向。

莫西一刻也不敢停息地和沙尘暴搏斗着，他知道只要他停歇下来，黄沙很快就会将他掩埋。他感觉到他的口腔、鼻子、耳朵里都填满了沙子，他打开酒囊，给嘴里灌了一口水，涮了涮又喷出去，将嘴里的沙子清了清，又灌了一口，含在嘴里将下唇卷起到上唇沿上，用力吹气，将水泵到鼻腔里，把鼻腔里的沙子也冲了冲，才感觉到呼吸顺畅多了。单就这一会儿工夫，沙子已经埋到了他的大腿部，他顺势翻了一个跟头，才将双腿拔出，继续往沙丘下滑。但滑到两个沙丘之间的谷底滑不动了，他索性顺着狂风奔跑。就这样折腾了一夜，在沙尘暴减弱，天快亮了的时候，他几乎一丝儿力气都没有了。

莫西什么时候睡去，连他自己也不知道。人疲乏至极限的时候，睡去和死去对自己的感觉系统来说，大概没有任何差异。

一觉醒来时，太阳已经升得老高，照得沙漠一如既往的金光灿烂。沙漠的天气就是如此喜怒无常，在经过一夜疯狂的发泄后，似乎将积攒了多日的由荷尔蒙或肾上腺素引发的能量彻底得到释放，现在重归静谧，显得如此安详，好像什么事都未曾发生过一样。

但莫西却感到一阵恐慌，他迷失了方向。

由于这一觉睡得太死，醒来后阳光已经直射，莫西无法以太阳为参照定位了。好在莫西还有水，还有两只大馕几乎还未享用，他心里就踏实多了。他打开背包，背包里也全是沙子，馕几乎被埋在沙子里了。但馕这种食物，充分体现了维吾尔这个久居沙漠边缘的民族智慧，只要取出轻轻一拍，再用嘴吹一吹，沙子就颗粒不沾，一尘不染了。馕存在的价值和意义，在沙漠里体现得更为充分，好像生来就是为闯沙漠的人享用的。

即便又饿又渴，莫西在享用馕之前，也没有忘记向上帝祷告，感恩上帝赐予这美妙的食物。他掰了一块儿馕，放进嘴里，馕又酥又脆，却难以下咽，因为他的口太干了，口腔的唾液难以融化没有一点水分的馕，他喝了口水冲下去，便有一种享受美食的陶醉感。

吃饱喝足之后，莫西想无论如何，先走出沙漠再说。他凭着第六感为自己确定了一个方向，因为他相信这第六感来自上帝的启示，是不会有错的。

莫西翻过一个沙丘，又翻过一个沙丘，连他自己也不知翻过了多少个沙丘，眼前突然就出现了一面镜子，镜子反射的光，照射得他眼睛生疼。那镜子形同一轮月牙儿，莫西马上反应过来了——啊，那就是敦煌久负盛名的月牙泉！

马可儿曾不止一次地在莫西面前提起过月牙泉，每次说起月牙泉的时候，仿佛那是她最要好的一位闺密，或最心仪的一件首饰。马可儿还向莫西讲述过一个她从奶奶嘴里听到的关于月牙泉的传说。

很久很久以前，敦煌石窟开凿成后，请了好多画工绘制壁画，其中有一位天资非常聪明、技艺非常高超，人也长得非常英俊帅气的画工叫莫高。有一次莫高在沙漠里找水的时候和河西王的女儿月牙儿相遇，两人一见倾心，就不顾一切地相爱了。河西王得知后，坚决反对，因为为了和蒙古王和好，他已经将月牙儿许配给了蒙古王子。有一天晚上，河西王正在喝酒的时候，月牙儿又偷偷跑出来在沙漠里和莫高约会，并送水给莫高。手下报告了河西王，河西王提了把剑追了出去。喝醉了酒的河西王在沙漠里的月光下将女儿误伤致死。月牙儿死于父王的剑下，父王在误伤了自己的女儿后悔恨不已，骤然老去。月牙儿临终前与莫高紧紧拥抱在一起，叮嘱莫高要完成他的壁画。并为了让画工们有水喝，她躺倒在沙漠里化身为月牙泉。月牙泉形状与当晚天空中的那轮初五的月牙儿一模一样。悲恸欲绝的莫高把思念与激情转化成为无与伦比的艺术天赋，绘就了令整个世界为之惊叹的敦煌壁画。后来，人们为了纪念这位杰出的画工，将敦煌石窟更名为莫高窟。莫高窟与月牙泉遥遥相望，似一对恋人深情对视。

马可儿向莫西讲述月牙泉的传说时，一双动情的眼睛令人心碎。莫西听完后痴情地说：“你就是我的月牙儿，可惜我没有那位画工优秀。”

马可儿说：“可惜我没有本事变成月牙泉。”

莫西说：“不，我不让你变成月牙泉，再说，你的父亲也不是河西王，他不会杀你的！”

马可儿听了忍不住“噗嗤”一笑，她觉得眼前这个威武高大的男人天真单纯得像个孩子一样，就对他的爱愈发不可收拾。

马可儿皈依基督后，莫西一直有个心愿，他想带马可儿到月牙泉做洗礼，但没想到他在沙漠迷失方向后，凭着第六感竟与月牙泉提前不期而遇了。

二十

马可儿说，我第一次对爹撒了谎。

马东家听女儿是为了找做酒桶的胡杨木而只身来到胡杨林的，不知该说什么好了，因为用胡杨木做酒桶是他自己的想法，女儿原来是为他分忧，为他而来的。想到女儿能有如此孝心，能为酒坊的发展如此操心，竟有些感动，鼻子都有些酸楚，就赶紧扶起女儿说：

“可儿，回家吧，要找胡杨木，爹也不会让你来找的，咱家里有的是伙计，怎么能让你来找呢？”

可儿说：“不，既然我来了，我就一定要找到它！”

可儿说这个“它”的时候，说得很重，有一种咬牙切齿的感觉，父亲只当她铁了心要找能做酒桶的胡杨木，殊不知，这个“它”未尝不指代她心里又爱又恨的那个“他”——莫西，只是发音相同，父亲哪能辨别得清呢。父亲说：

“可儿，你也不懂胡杨木能不能做酒桶，你找它有什么用？”

可儿说：“爹，你看我带着刀子呢，我要把每一棵树皮都割一点用嘴品尝，看有没有适合做酒桶的胡杨木。”

“我的傻孩子，胡杨木我比你懂，整个胡杨林的胡杨木性质都是一样的，你能品尝出个啥味道？赶紧跟我回家吧！”

“爹，你们先回吧，我得找找看，我不相信每棵胡杨木都是一样的，葡萄都分好几种呢，有的适合做葡萄酒，有的就不适合，我想胡杨木也不同，总会有一种胡杨木适合做酒桶的！”

“你傻吗？可儿，爹跟胡杨木打了一辈子交道了，还能不如你？想做的话，随便砍一棵都能做，还用得着你去逐个儿品尝吗？”

“我就想挨个儿尝尝看，胡杨木的味道一样不一样！”

父亲看到女儿如此执拗，就又黑下脸来说：

“不行，你得赶快跟我回家，你娘在家里都着急死了！”

可儿一听娘在家里着急，心想她出来时给娘也没有打招呼，昨夜一场沙尘暴，娘肯定会着急的，哪能不着急呢！但又想到莫西还没找见，是死是活还不知道，她心里就如撕扯一样。一面是娘的着急，一面是莫西的不知下落，她感觉自己的两只手一只被娘拽着，另一只被莫西拽着，一面是亲情，一面是爱情，她不知该如何抉择。但最终她还是一狠心，挣脱了娘的手，选择了莫西。她要去找莫西！她说：

“爹，你回去告诉我娘，就说我好好的，行吗？你让我去找吧，我求你了，我求求你了，爹！”说着她又“噗通”一下跪在了父亲面前。

可儿的这一跪，让父亲感到有些吃惊，他觉得这姑娘八成儿是中邪了，不就为了找胡杨木做酒桶嘛，至于急迫心切到下跪的分儿上吗？对，老辈人说，老树成精呢，这胡杨林里有不下千年的老树，这姑娘昨晚在胡杨林里待了一夜，况且又刮沙尘暴，邪风大作，一定是被成精的胡杨树缠上了，中邪了。这么一想，他的头发和寒毛都竖起来了，二话没说，举起马鞭，“啪”一声，抽在了可儿的身上——他要为女儿驱邪呢，不能让她被这邪气裹挟着。

可儿没想到父亲会拿马鞭抽她，吓得“哇”地叫了一声，就往后躲。几个伙计看见东家用马鞭抽打可儿了，赶紧把东家连拉带抱制止住了。第二鞭没有抽上，马东家吼了一声：“放开我，我这是驱邪呢！”有一个年轻伙计看这阵势不对，冲过去一把抱起可儿，放到马上，自己一跃上马，在马屁股上抽了一巴掌，马就飞跑起来了……

这位年轻伙计后来和其他伙计们谝起来，总是无不惋惜又无不得意地说：“唉，那个喂马小伙计真是没福气，连可儿的一根手指头都没摸上就死了，而我还在胡杨林里抢了一回亲呢，那身子骨抱在怀里可真叫一个爽啊！”

是的，可儿那天的确穿的是一身新娘的衣服。

二十一

马可儿对马淳和莫妮卡说，在月牙泉莫西又遇见了老喇嘛。

月牙泉的确有如天女遗失在沙漠里的一面镜子，虽被流沙遮盖去了大半儿，但依然清澈似鉴。莫西惊叹于这月牙泉的形成，——清泉和沙漠，这原本如同水火不相容的两种自然景观，却在这里完美地融会在了一起，且显得如此和谐。虽然传说毕竟是传说，但这月牙泉不能不让人感佩造物主的神来之笔。一湾清泉，涟漪萦回，静若处子，碧如翡翠。泉在流沙中，风吹沙不落，真是美妙至极，神奇至极。

莫西正在绕湖欣赏月牙泉的美妙，突然看见从月牙泉对面的一座寺庙中，走出一个身穿土黄色长袍的人，正朝着月牙泉、也朝着他走来。沙漠里很难遇见人影，莫西加快脚步迎了上去。走近一看，正是他在莫高窟里见到的那位老喇嘛。还没等莫西问候呢，老喇嘛一打躬，道了一声："阿弥陀佛，老衲等候施主多时了！"

莫西问："师傅怎么会在这儿等我？"

老喇嘛说："昨日清晨，老衲静修早课，未与施主话别，施主便已辞去，并供奉葡萄干于佛祖像前。你身为基督门徒做到这些实属不易，老衲要当面致谢，便料定施主今日必来月牙泉，才一早赶到。"

莫西感到有些惊讶，说："我是要去胡杨林的，在沙漠里遭遇沙尘暴，迷失了方向才到了月牙泉的。师傅怎么会知道我来月牙泉呢？"

"凡事皆有缘，施主与胡杨林结缘之日未到，而行色匆匆去寻胡杨林，又急于求成，企图走捷径，穿沙漠去寻，哪有不迷路的呢？迷路之人，往往会原地打转，虽然自我感觉走了好远，其实又回到了起点，此为行路之理，也可比人生之理。"

莫西说："师傅的话高妙精深啊！"

老喇嘛说："妙者，女少也；女少者，少女也。施主心中有一少女，如同这月牙泉一样美丽，施主与这少女有缘，虽隔千山万水而漂洋过海也要相遇，此乃造化之缘分，施主当好生看待，与其去寻胡杨林，还不如快去寻这女子，免得心急如焚而出事端，老衲告辞，你快回吧，阿弥陀佛！"

老喇嘛说完转身，头也不回地走了。

莫西站在月牙泉边看着老喇嘛的背影发呆，对老喇嘛的话似懂非懂。直到老喇嘛走远了，才回过神来，心想老喇嘛说的是可儿，可儿看到他留下的字条，知道他去胡杨林了，一定会着急的，他再不赶回去，说不定真会出什么事呢！

想到此，莫西撒腿往敦煌镇跑去。一路之上，他忘记了向上帝祷告，而不住感谢老喇嘛的神奇提醒。

这世上真有佛祖！他想。

二十二

马可儿说，她像被抢亲一样从胡杨林抢回了家。

从胡杨林回来，母亲迎出来，母女抱头痛哭，马可儿只说了句："娘，我冷！"就在母亲怀里晕过去了。母亲喊了一声："可儿！"又摸了一下可儿的头，火一样滚烫，就知道女儿在外面受了风寒，赶紧和娟子搀扶她到屋里火炕上去。看到可儿脸色蜡黄，嘴唇干得像贴了一层薄纸，就让娟子倒了碗凉开水，撒了些白糖，她一勺一勺地喂。接着又让娟子淘了一条湿毛巾，敷在可儿的头上。可儿看来真是渴了，闭着眼睛，什么都不知道，却喝得很香。

马东家拍打完身上的尘土后走了进来，看到可儿不省人事一样地躺在炕上，就想，这丫头是不是真的在胡杨林里中邪了，要是真中邪了，恐怕得找个道士给整治一下，就问可儿的母亲：

"你看这丫头中邪了没有？"

“没有，娃是受了风寒，头烧得烫手，你快打发人给抓点药去。”

“行，你注意，看醒过来说胡话不。这丫头刚在胡杨林里找到时像在说胡话呢。”

“嗯，你赶快去吧！”

可儿父亲刚走出去，莫西便颠簸簸地闯进院子里来了，他说他要见可儿。马东家看见莫西头上、身上全都是沙尘，就问：

“莫非你也到胡杨林去了？”

“是，可是我没找见！”

马东家以为莫西也去找可儿了，觉得这小子还真重情义，就说：

“谢谢，也真是难为你了，没去过胡杨林的人，那条路还真不好找。可儿现在回来了，你也去干你的事吧！”

“不，东家，我要看一眼可儿！”莫西神情焦急地说。

马东家说：“我们中国人和你们西方人不一样，女眷的住处是不允许外人进去的，请你理解。”

莫西无奈地挠了挠头说：

“好吧，东家，我尊重你们东方的礼节！”

莫西从马东家院子里出来，又急切地来到酒坊，他还操心着那些葡萄苗呢。

葡萄苗的确有些干了，他快速跑去弄来水，轻轻洒在葡萄苗上，就守在木桶边，看着这些苗苗喝水。有的葡萄苗已经发出了四片叶子，上面的叶子已经慢慢变绿，但大多数还是鹅黄色的，看上去还是那样可爱。可是，莫西的心并未被这些可爱的葡萄苗收拢，他还想着可儿。马东家不让他进屋去，也不知发生了什么事情，看见院子里出出进进的人很多，他想是不是可儿出了什么事？

莫西越想越焦急，而又无可奈何。他又把深藏着的那块儿带有可儿血迹的白布拿了出来，用手摩挲着，浑身震颤起来了。他轻声呼唤着“可儿，可儿”，并亲吻着那块儿血迹，用鼻子闻着她的味道，那片血迹虽然已经凝结、干透，但还有一股淡淡的腥味儿混合着可儿和他的体味儿，这股味道在他的鼻腔里弥漫的时候让他沉醉，有如一种绝世佳酿，令他陶醉。而再高明的品酒师都难以用语言表达出其中的奥妙，唯用心体悟，让血液一次次鼓荡……

马可儿好像慢慢苏醒过来了，母亲停止给她喂水的时候，她的嘴里发出“莫西，莫西”的声音，母亲听不懂她在说什么，便问娟子，娟子知道她在呼唤谁，但她不敢给太太说实话，就说我也听不清她说什么。

其实可儿还处于一种迷迷糊糊的状态，她人虽然已经回来了，但魂好像还在胡杨林里寻找莫西，她看见自己骑着马在胡杨林奔跑着，不停地奔跑着，嘴里也一刻不停地呼喊着：

“莫西，莫西，你在哪儿？”

“什么，你听她在叫什么？莫西？！”母亲听见女儿又在喃喃呼叫，转过身问娟子：“莫西是谁？”

娟子吓得有些发抖，也不敢抬头看太太，只摇了摇头，用小得连自己都听不清的声音说：“我不知道，我真的不知道。”

“你大声点！”太太显然被激怒了，声音虽然被控制着压抑着，但每一个字都是从威严的牙缝里蹦出来的。

娟子吓得脸色都发白了：“真的，太太，我啥也不知道！”

就在这时，可儿“呼”地一下坐起来，身子往前一倾，嘴一张，喷出一口血来。

太太和娟子一下子都吓蒙了。

“还不快找老爷去！”太太反应过来后，向娟子吼道。

就在可儿喷出那口血的瞬间，莫西捧着带有可儿血迹的那块白布，突然感到一阵胸闷，眼前一阵发黑，差点晕了过去。

二十三

马可儿说，父亲又连夜去了一趟胡杨林。

娟子找到老爷，说小姐吐血了，吓得老东家脸上的土都落下来了。他奋力地想往前跑，可腿却怎么也使不上劲儿，还差点绊倒。娟子赶紧把老爷搀住，一路小跑。进到屋里，他把药包往炕上一撂，鞋都没脱，就跳到炕上，抱起可儿喊了一声：

“我的儿啊，你这是要老子的命吗？”

可儿还处在迷迷糊糊的状态中，刚才吐血的时候她都不知道，她只知道自己骑在马上，还在胡杨林里到处寻找莫西，这时候莫西突然像个猴子一样从树上跳下来了，马受到了惊吓，撞在了一棵奇形怪状的胡杨树上栽倒了，她也撞在了胡杨树上，胸口感到一阵剧烈的疼痛，而莫西看见她却跑了……

父亲抱着可儿，感觉可儿浑身还在发抖，似乎一阵冷一阵热。他让太太先熬药，把药灌下去再说。太太说，还是先灌点米汤吧，娃一天一夜没吃东西了。这时娟子已经把熬好的小米粥盛在碗里端到了跟前，老东家接过碗，舀起一勺，“噗，噗”地用嘴吹了吹，再喂到可儿嘴里。娟子还是头一次看见老东家这样给可儿喂饭，竟感动得哭了。平常老东家的那种威严、那种令人胆怯的冷峻，丝毫也没有了。

喂了些米汤，可儿比先前安稳多了。

可就在马东家刚腾出他压得有些酸麻的手臂时，准备把可儿放到枕头上，可儿突然喊了起来：

“你别跑！你别跑！”

马东家惊出了一身冷汗，稍微平静了一下，他对太太说：

“一会儿你把药给灌上，我得出去一趟。”

马东家去了后院，他让人把管家找来，给了管家十块大洋，让他立马去莫高窟请个道士来。管家听了吩咐，从马厩里牵了一匹快马，直奔莫高窟而去。

莫高窟虽说是佛教文化圣地，但自从道士王圆箓掌门以来，佛道不分，窟内既有佛堂，又有道观，甚至道观的香火比佛堂更盛。方圆百里的黎庶百姓，家人或得怪病，或遇不测，便纷至沓来，求神问道，禳灾解难，尤其初一十五，香烟缭绕。而佛寺佛堂倒真成了名副其实的佛门净地，成了常人很少涉足的一方净土。

管家请来的这位道士，看上去真有几分仙风道骨。道士进门并未查看病人病情，而是在厅堂桌前摆了一碗水，然后焚香化表，口中默念咒语，咒语念毕，睁开眼看了看碗里的水，对马东家说：

“闺女把魂丢在了胡杨树林，得速去叫魂，不得过夜！”

马东家一听，果然和他猜想得八九不离十。

道士作法完毕后，马东家让管家伺候喝茶，他按照道士吩咐，招呼来几个家丁，抓了一只芦花公鸡，立马重返胡杨林为可儿去叫魂。

道士说，去的时候，鸡不能啼，返回时要一路鸣叫。马东家就让家丁把鸡的嘴先用细绳捆上，但鼻孔不能堵住，别给捂死。

马东家一行飞马上路，被莫西看得一清二楚，但他不知道这帮人究竟要去干什么，而在他心里又隐隐觉得，他们出门行色匆匆，一定和可儿有关，只不过打死他，他也不会想到这是为可儿去叫魂。他要是知道去胡杨林为可儿叫魂，不知该作何感想，又不知该做何行动。而令他欣喜的是，他这一趟的逡巡踅摸没有白来，他看见马东家出门了，真是好事，这让他有了足够的勇气和胆量再去敲马家大院的门了。

但他敲开门以后，看门的家丁又不让他进去。他死缠硬磨，就差给这个家丁下跪了，家丁依然忠于职守，没有丝毫妥协的余地。他求家丁能不能网开一面，让丫鬟娟子出来一下，他有句话要问。家丁看这个人实在难缠，就把门关上，插上门闩，去叫娟子了。

不一会儿工夫，娟子跟着家丁出来了，莫西把娟子拉到大门外焦急地说：

“你告诉我，可儿发生什么事？”

莫西一问，娟子一下子哭了，说：

“小姐病了，从胡杨林回来就病倒了。”

“胡杨林？可儿去胡杨林了吗？”

“是，一个人跑胡杨林去了，还遇上了沙尘暴，老爷找回来后就不省人事了？”

“什么，不省人事？可儿一个人跑胡杨林去了？”莫西立刻就意识到可儿跑胡杨林干什么去了，因为他给可儿留了字条。他一下子懊悔得双手撕住自己的头发，蹲在了地上。

娟子说："小姐回来一直发高烧，烧得糊里糊涂的，嘴里还不停地喊着你的名字！"

娟子越说越伤心了。

莫西听到这儿，心彻底碎了，他在自己的胸口重重给了一拳，叫了一声"可儿……"就失声痛哭起来。

一个大男人哭得如此伤感、如此动情，娟子长这么大真是头一回看到，但她不敢让莫西这么忘情地哭，就拉住莫西的胳膊说：

"你起来吧，这儿不是哭的地方，小心让人听见就不好了！"

莫西起来揉了揉眼睛说："娟子，你回去给太太说一声，能不能让我进去看一眼可儿？"

娟子说："这不可能，太太一直在问我'莫西'是谁，我都没敢说。"

莫西说："那你能不能跟我走一趟，我有一瓶葡萄露，你拿来给可儿喝，可以止咳退烧。"

娟子说："我不敢在外面待得时间长，你去取吧，我一会儿出来接。"

莫西说："好吧，我去取，十几分钟就回来，你等着我！"

莫西家族世代酿酒，在酿酒的过程中，他们把葡萄中的糖分离出来，制作成一种叫葡萄露的饮料。小孩子们不允许喝酒，过节的时候，就把这种饮料当酒喝。后来他们发现，这种饮料不但味道甘美，而且具有止咳润肺退烧的功效，比吃药还灵。莫西在马家酒坊研制配方的时候，也提取了一些葡萄露，但只是数量太少，仅有一小瓶，他没好意思送给可儿，他想等攒够一大瓶了再送，给她一个甜蜜的惊喜。但现在哪怕只有一滴他也要送给她。

莫西飞一样地跑去，又飞一样地跑回来，一看娟子就在大门口等他，立刻将葡萄露交给娟子，并叮嘱娟子，拿进去马上让可儿喝上，全部喝上！

娟子出大门之前，太太有事出去了，她返回去时太太还没回来，就打开瓶塞，将瓶口对着可儿的嘴，让可儿喝，葡萄露进入可儿嘴里的时候，可儿咂巴了一下嘴，脸上突然露出了一丝甜蜜的笑容，娟子就把那一小瓶葡萄露全部给可儿灌了，并在可儿的耳边悄悄说了声："这是莫西送来的。"没想到可儿一下子睁开了眼睛问道：

"莫西，莫西在哪儿？"

娟子又惊又喜，举着喝空了的小瓶子说："刚在门口给你送这个来了。"

马可儿看见那只小瓶子很眼熟，那还是莫西管她要的，就相信娟子没有说谎，然后一闭眼睛，说了句："莫西，你个魔鬼！"两股眼泪就从眼角扑簌而下。

娟子怎么也不会想到，莫西送来的这瓶葡萄露，果真比灵丹妙药还灵！

二十四

马可儿说，父亲一直对为她叫魂一事深信不疑。

马东家一行从胡杨林返回的时候，解开了公鸡的嘴，这只公鸡一路上可能给憋坏了，刚一解开嘴，就“嘎——”地叫了一声。

此时已是夜深人静之时，胡杨林里更静，这一声啼叫让人毛骨悚然，要不是他们早有心理准备，别说给别人叫魂，就连自己的魂恐怕早都吓跑了！

公鸡一叫，马东家扯开嗓子喊了一声：“可儿——回家！”

马东家这一叫喊不亚于公鸡的啼叫，同样令人毛骨悚然，魂飞魄散！

一路上，公鸡叫一声，马东家就扯开嗓子喊一声：“可儿——回家，爹接你回家了！”

马东家虽然人老了，但中气十足，嗓音嘹亮，每喊一嗓子，或许十里八乡都能听见，幸亏沙漠地带人烟稀少，不然沿途人家，这一夜恐怕都不得安然。

走了还不到一半路程的时候，公鸡就已经叫不动了，马东家的嗓子也嘶哑了。毕竟年事已高，他就想保存实力，等回到家门口再叫，于是这剩下的路途，好歹不那么瘆人了！

但就在这时，眼前的路上突然有几束光，贼亮贼亮，领头的马冷不丁扬起前蹄“呜——哼哼”叫了一声，差点摔下了充当开路先锋的家丁。他刚才还在心里嘀咕，这鸡叫人吼的，别把狼群给招来！没想到，想啥就来啥，此刻，眼前的光束，不正是狼群嘛！所以，在马的前蹄落下的时候，他就喊了一声：

“不好，有狼！”

后面的人听到前面喊“有狼”，个个汗毛倒竖，都起了一身鸡皮疙瘩，好像被公鸡给传染了似的。

走在最后面的马东家听到前面喊“有狼”的时候也吃了一惊，但即刻就镇静下来了，并且不忘说一声：“可儿，别怕，有爹在呢，你什么也别怕！”就打马来到前面，果然看见前面的路被几束蓝晶晶的光给封住了！

没错，是狼群！

从小在沙漠边缘长大的马东家，遭遇沙漠狼不止一次了，所以最初的惊悚过后，他并没有感到十分恐慌。

马东家的卧榻下至今铺着一张狼皮。那是二十岁那年，他在沙漠里徒手跟一只沙漠狼搏斗，并活活掐死了那只沙漠狼。

那是马东家二婚成亲后发生的事。

马东家十八岁时娶了头房媳妇，这个女子比他大一岁，他在这个女子身上揭开了男女之间所有的秘密，品尝了两性当中所有的甜蜜，可惜一年后，这女子死于难产，孩子也没有保住。第二年，他娶了第二房媳妇，就是现在的太太。新婚后第三天他送新媳妇回门去，送去当天，就只身返回了，返回的路上遭遇了一只沙漠狼。狼一般是不轻易主动攻击人的。一般而言，除了大型猫科动物，其他动物都是怕人的，狼也不例外。但那天这只沙漠狼看到马东家就不顾一切地扑了上去，也可能因为好长时间没有打到食水了，所以它这一扑几乎耗尽了所有的体力。马东家躲过这一扑后，狼一头栽进了沙堆里，年轻气盛、身形矫健的马东家一个鹞子翻身，就骑在了狼背上，然后两只手死死掐住了狼脖子，不一会儿，这只狼就毙命了。马东家后来跟人谝的时候多次讲述过他置狼于死地的故事，不过他讲述得更惊险，更生动，也更富有传奇色彩。

但无论如何，一个睡觉铺着狼皮的人，对狼的怯惧是不会大到哪儿去的；即使面对狼群，也会比常人面对独狼更为镇定。马东家此刻就表现出了他特有的镇定。

马东家知道，狼是怕火的，而当晚由于有月亮，他们准备的火把还没有用过呢。他勒转马头对随从说："都听好了，把火把都点起来，狼如果扑上来，就拿火把打！"

马东家和所有的随从都把火把点起来了，狼群看到了火，集体发出了"呜——噢呜"的吼声，显然是怕火了！

火把点齐以后，马东家喊了一声"冲！"就向狼群冲去，狼群看见一道火光冲了过来就四散而逃了。狼群被驱跑了，马东家反倒觉得有些不好意思，不够过瘾，也缺乏刺激，但他没忘此行是干什么来的，就喊了一声："可儿——别怕，狼跑了，咱们回家吧！"并让随从把公鸡再拍打拍打，让再叫两声，可那只公鸡任凭你怎么拍打都不叫了。

快到家的时候，已是三更时分，而那时可儿已经退烧，睡得相当安稳。二更时，娘摸了摸可儿的头，就已经不是太烧了。可儿感觉娘在摸她，就对娘说：“娘，我饿！”娘就让娟子把粥热了热，可儿又喝了半碗粥，安稳地睡了。看到可儿睡得如此安稳，娟子就一直在心里感叹莫西送来的那瓶葡萄露的神奇功效，并对小姐的福气感到羡慕，心想如果自己发烧的时候，谁能给她送一瓶葡萄露呢？这么想的时候她甚至心生嫉妒，竟偷偷地在被窝里抹起眼泪来。

到了家门口，马东家和随从都从马上下来，那只公鸡还是不叫，马东家就接过来使劲儿拍打，鸡只是浑身发抖，就是不叫。马东家喊家丁把大门打开，他一进门就把公鸡摔了出去，鸡摔疼了，“嘎——嘎”叫了两声，接着他就喊：

“可儿，到家了！”

随从们跟着应和：“到家了！”

“可儿，回家了！”

“回家了！”

“可儿，回家吃饭了！”

“吃饭了！”

叫声一直持续不断地来到可儿住的房门前。马东家开始叫门了：

“他娘，开门来，你的可儿回来了！”

可儿母亲听见叫门，一骨碌爬起来点上灯，就把门打开了。马东家一人进到屋里去，声音突然放小，跟平时说话一样：

“可儿回来了，他娘。”

可儿母亲赶紧应和一声：

“回来了，我娃回来了，回来找娘来了！”

可儿听见突然从炕上爬起来叫了一声：

“爹！”

“好咧，我可儿的魂回来了，好咧！”马东家还在叫着。

可儿母亲跟着又应和了一声：

“好咧，好咧，娃这回彻彻底底好咧！”

看到可儿突然爬起来，眼睛睁得好大，马东家感觉这魂叫得可真够灵的。

他走出门去，捡起被他摔在地上的公鸡。

那只公鸡已经死了。

二十五

马可儿说，再次见到莫西，她恍若隔世。

三天以后，可儿下炕了，虽然身子还有些弱，但她对母亲说，她想和娟子出去走走。母亲看天气不错，外面阳光正好，风和日丽，心想出去晒晒太阳也好，就同意了。

可儿和娟子出了大门，可儿告诉娟子，她想到酒坊去，娟子说，好，我陪你一块儿去。

到了酒坊，可儿让娟子在外面等她一会儿，说她去去就来。

娟子知道可儿要去见莫西。

她正是想见莫西。

自从莫西送了那瓶葡萄露之后，娟子就觉得这个黄头发蓝眼睛的洋鬼子，人真好，没有什么心眼儿，心底特别善良，尤其是一个大男人有时候单纯得像个孩子一样，让人有一种说不出的喜欢，连哭都哭得那样坦率直白，那样忘乎所以，毫不遮掩，这些完全都跟她周围那些猥猥琐琐的男人不一样。

娟子心里这么想着，但又不好意思说她自己也想去看莫西的话，再说她去了也不方便。就说：“那你去吧小姐，我在酒坊院子里玩一会儿，我等你。”

可儿说：“好，我去一会儿就回来了。”

可儿走进了他们的育苗室。那时莫西正为嫁接葡萄做准备工作。他已经从葡萄园里挖来了一根葡萄根，正在找他买来的那把用来嫁接葡萄苗的刀子，他想把葡萄苗提前嫁接好以后，等可儿病好了给她一个惊喜。没想到可儿来了。

可儿走进去以后，他突然有些发呆。可儿叫了一声莫西，他才反应过来，手里的葡萄根慢慢滑落，冲过去抱住了可儿。

在这短短几天时间内，这对情侣经历了一场生离死别的遭遇，两个人都有一种劫后余生和如隔三秋之感。莫西抱住可儿不知说什么好，只叫了一声“可儿”就如丧考妣般地哭起来。

可儿这时候反而倒很冷静，她搂住莫西的脖子，摩挲着他的头发，像哄孩子一样说：“莫西，不哭，我这不是好好儿的吗？”

莫西说：“是我对不起你啊，是我对不起你，让你跑到胡杨林里去了，可儿。”

可儿说：“你不是也去了吗？”

莫西说：“我没找到胡杨林。”

可儿说：“那你为什么不告诉我呢？”

莫西说：“那几天我一直找不到你，我疯了！”

可儿这时候实在忍不住了，她用拳头在莫西的肩膀上砸了一拳也放开声哭了：“莫西，你个疯子，你个魔鬼，你差点没把我急死，你差点没把我杀了，你知道吗？”

莫西说："知道，我都知道了，是我不好，可儿，你打我吧，你使劲儿打我吧！"

可儿这时候几乎失控似的在莫西身上一顿乱打，像要把几天以来积攒下的所有的爱和恨都要发泄出来，发泄完了，她又乖乖地将脸贴到莫西胸前说：

"莫西，咱俩以后还分开不？"

莫西说："不，死都不分！"

可儿说："要分开我就杀了你，看，我有刀子！"

可儿说着，从兜儿里摸出了那把嫁接葡萄用的刀子，在莫西面前晃了晃。

莫西说："可儿，我们的葡萄苗可以嫁接了，我正在找这把刀子呢！"

可儿说："真的吗？我要看看，我天天都想着我们的葡萄苗呢！"说着她就要挣脱莫西的拥抱，去看葡萄苗呢，可莫西却抱住她不松手，可儿看了看他的眼睛，轻轻闭上了自己的眼睛，嘴巴微微张了张，莫西就猛地噙住了那双让他日思夜想魂牵梦绕的红唇。

一场激情热吻过后，莫西说："可儿，我们嫁接葡萄吧！"

可儿说："好，我一直都等着这一天！"

可儿看了看木桶里的葡萄苗，非常惊喜，那些葡萄苗都长出好几片叶子了，还长出了细细的藤蔓。

莫西捡起了刚从他手中滑落的那根葡萄根对可儿说："你看，我从你家葡萄园里挖回来了一根葡萄，我们现在就嫁接。"

可儿说："这一根葡萄不够，我们要嫁接好多好多！"

莫西说："我们先做实验，嫁接成功了，再嫁接好多好多，好吗？"

可儿说："好，我们要让我们家葡萄园都种上我们嫁接的葡萄！"

莫西说："那你们家的葡萄园就成我们家的了！"

可儿说："我们家是谁家呀？"

莫西说："莫西家！"

可儿说："不，还是马家的，连你都是马家的！"

莫西说："你想霸占我吗？"

可儿说："你都把我霸占了，还不让我霸占你一回吗？"

可儿说完这句话，脸红了；莫西听了，脸一下子也红了，他又放下了手中的葡萄根，抱住可儿说："可儿，你……就让我再霸占一回好吗？"

可儿把莫西推开，右手拇指竖在双唇上："嘘，娟子还在外面呢！"

二十六

马可儿说，莫西和她把葡萄苗嫁接成功后，酿出了莫高相思红。

李莫西和马可儿把那根葡萄枝嫁接成功之后，又嫁接了十几根，在马家葡萄园里找了一块儿鲜为人知的地栽种上，很快就形成了一个单辟的葡萄架。开花传粉时节，又经过杂交，秋天就结出了一种上浅下深，由白变红，渐为紫红，艳如玛瑙，洁似碧玉，晶莹剔透得跟鸡血石一样的葡萄来。这种葡萄完全有别于马家葡萄园那种紫黑色葡萄，也有别于意大利莫西家族葡萄庄园出产的粉红色葡萄。

可儿和莫西看到两人亲手嫁接的葡萄结出如此美丽的果实，就像看到自己刚诞出的宝宝一样开心极了，幸福极了！

莫西捧着一串葡萄声音颤抖着说："这是上帝赐予我们爱的结晶，这就是我们的……孩子。"

可儿也激动得无法抑制天性，说："给我们的孩子，噢，给这葡萄起个名字吧。”

莫西说：“你来起吧，可儿。”

可儿红着脸说：“还是你来起吧，种子是你带来的。”

莫西说：“这些可爱的小宝贝儿让我想起，在南京见过的红豆，不过红豆是黑红相间，她却是红白相间，比红豆更加漂亮，更加晶莹剔透。”

“红豆？”可儿觉得这名字好熟。

莫西盯着可儿的眼睛说：“红豆生南国，春来发几枝。”

可儿马上接着莫西说：“愿君多采撷，此物最相思。”

说到“相思”两个字，可儿突然像得到了一种启示，一种灵感，很神往地说，“相思……红。”

莫西说：“对，就叫莫高相思红，多好的名字，也是对莫高和月牙儿的纪念，你看那红白相间，多美啊，就像红对白的坚守，白对红的思念！”

“莫……高……莫西……相思红……”

可儿又喃喃地念着，当把字音落在“红”字上，尤其听到莫西又一次说到红白相间的时候，她忽然又想起了莫西给她看过的，她留在莫西用来包裹《圣经》的那块白布上的红色血迹，那不也是红白相间吗？想起自己那片珍贵的红色血迹，她不禁又一阵心跳加速，脸也一下子比先前变得更红了，而一抬头看见莫西正深情地盯着自己，就害羞地转过头去，不敢与莫西对视，她怕他又要做出傻事来。

莫西经过对马家酿酒工艺改造和莫西家族工艺的融合，用他和可儿嫁接出的莫高葡萄酿出了两坛味道独特的美酒，闻之沁人心脾，品之让人迷醉。莫西说，这简直是神品，这绝对是世界上独一无二的，这世界上不会有比这更美的佳酿了。

可儿听见莫西如此赞美他亲手酿制的美酒，觉得就像在赞美自己一样幸福。她对莫西说："我们给这酒也起一个名字吧！"

莫西说："也叫莫高相思红，莫高酿造的，莫高相思红！"

"好，莫高相思红，永远的莫高相思红！"可儿如痴如醉地说。

莫西又提议说："我们把两坛酒倒进一个坛里，让两坛酒互相融入，你中有我，我中有你，好吗？"

莫西的提议，又让可儿的脸上泛红，心弦躁动。她又不敢看莫西了，只轻轻地说了声："听你的！"

李莫西和马可儿共同把两坛酒倒入了一个瓷瓮内，在酒互相融入的过程中，两人互相深情地对视了一眼，就再也无法控制了。可儿又听见了莫西那压抑至爆发的喘息声，听到这喘息声，她的呼吸也变得紧促了。莫西一把将可儿拥入怀中，双唇紧紧贴了上去。

"听你的！"

就在瓷瓮中的美酒完全融入在一起的时候，两人也融在了一起。

这时，门突然被踹开了！

二十七

马可儿对马淳和莫妮卡说，她和莫西的事被父亲撞见了。

莫西和可儿根本没有料到有人会踹开这个隐秘的育苗室的门，更没有想到这个踹门的人会是父亲马东家。

马可儿和李莫西的事，其实早就在马家庄园，乃至整个敦煌镇都传开了，而唯一没有听到这风声的大概只剩下马东家了，因为谁也不敢将这些风声告诉马东家。

然而，世上哪有不透风的墙。马东家纵然被自己的威严裹在铜墙铁壁之中，也总会有那能穿透铜墙铁壁的金钢钻，让这些风声通过钻孔，进入马东家的耳中。

又是一个葡萄丰收的季节。狂欢节过后的一天，镇长找到马东家，在表示庆贺丰收的同时，镇长说，由于外面战事吃紧，政府加大了赋税，今年马家葡萄庄园和酒坊的赋税要比往年加大一倍征收。马东家当时听了气得差点吐血，但听镇长讲了时局的严峻，赋税收取的严厉政策措施，甚至军方都要干预，只能无奈地妥协。

在谈妥赋税收缴后，镇长问马东家：“千金的婚事，东家考虑得怎么样了？”

马东家长叹一口气说：“唉，让可儿给人做二房，我这老脸上挂不住啊！”

镇长说：“也是啊，可儿可是咱们整个敦煌镇上绝无仅有的一朵花啊，做二房搁谁心上都下不去，在下完全能够理解东家，那毕竟是亲闺女啊，不过，我听到一些风声，不知东家……”

马东家说：“你我多少年的交情了，有啥话只管说来，没必要遮遮掩掩、吞吞吐吐的！”

镇长说：“这些风声大概除了我，不会传到东家耳朵里的。但既然我已经听到了，到我这儿还瞒着掖着，给东家不说，万一出个啥事，那就是我对不起东家了，所以我思前想后，还是给东家哥透个风儿，至于有也罢，无也罢，咱就当给自己提个醒儿。”

马东家说：“你平时说话丁是丁卯是卯，爽朗得很呀，今儿怎么罗里罗嗦的一大堆？”

镇长说：“是这么回事，我听说可儿和镇上那个传教的洋鬼子好上了？”

“屁话，没有的事儿！”

镇长说：“我就知道这话除了我，没人敢给你说。好我的老兄啊，这些风声在镇上都传遍了，你想，都传到我的耳朵里来了，这风声还能小吗？你不知道这些风声都传得离谱到啥程度了，说是那个洋鬼子和可儿在敦煌镇上没地方幽会了，两个人跑到胡杨林里去，遇上了沙尘暴，把衣服都刮跑了，是东家你在胡杨林里把女儿找到，用自己身上穿的棉袍把女儿裹了，驮在马背上回来的……”

“啊，呸——”马东家肺都快要气炸了，“这些吊死鬼转世的东西，造谣哪有这么造的，如果真有这事儿，我把她早都扔到沙漠里喂狼了，还能把她驮回来！这些杂种，造谣起码还要造得有个眉眼呢，就这风声，你也能信？”

镇长说：“东家哥，消消气，消消气！谣言毕竟是谣言，咱就当闲话听了。”

“这是闲话？这是往我头上拉屎，往我脸上撒尿呢，这叫闲话？”

“不，你听我把话说完，东家。我是说无风不起浪，现在既然风已经刮起来了，浪也掀起来了，咱就得多个心眼儿，多注意一下动静，话虽然传得难听，但也是有原因的。你也知道，洋鬼子给咱敦煌人心上扎下一根刺呢，莫高窟的文物古迹经卷被洋人窃取了，哪个敦煌人心里不是一本账？所以，如果敦煌镇上的一朵花再被洋鬼子给采走了、糟蹋了，你想敦煌人心里会是啥滋味儿？”

“我管他妈心里啥滋味儿，说实话，莫高窟的文物被劫，我心里比谁都难受，我能让自己的女儿跟洋人好吗？这闲话也传得忒他妈难听了！”

“既然难听咱也就不听它了。不过，兄弟还是那句话，多个心眼儿总没啥坏处。叨扰老兄了，见谅见谅，兄弟这就告辞了。”

镇长刚准备要走，马东家说：“兄弟且慢，我还有句话没说呢！”

镇长站住了。

马东家说："有劳你跑一趟，请你告诉那位军爷，就说我马某人同意这桩亲事，只要可儿过门儿后，能把我女儿当人看！至于啥时候娶人，给我捎个话，随时都行，越快越好！"

镇长略微有些惊讶："东家怎么突然又同意了呢？"

马东家苦笑了笑说："你镇长大人刚才不是说了么，眼下时局紧张，连军方都要干预收取赋税，我呐，想找个靠山！"

"识局势者为俊杰，东家哥果然与众不同啊！兄弟绝对给你把这件事办漂亮！"镇长说完，转身走了。

镇长走后，马东家心里可真叫不是个滋味儿。他觉得当初把李莫西留在酒坊是个错误，尽管酒坊的生意现在的确有起色了，但生意比起大义、比起他的名声，还真的不算什么。同时从他内心来讲，他觉得这些谣言也好，风声也罢，或许真不是空穴来风，无中生有。只不过出于他的尊严，他不想在镇长面前把他的内心所想表现出来而已，因为他早就感觉到莫西和可儿之间有事儿。所以对镇长的提醒，他从心里多少还是有些感激的，并随即做出决定，尽快把可儿嫁出去，免生事端。

镇长提醒以后，马东家曾想派人盯梢莫西和可儿，但即刻他又否决了这一想法，因为一旦让盯梢的人真发现两个人做出什么伤风败俗的事情，就等于把裤子脱了给别人看。所以想来想去，他觉得还是他豁出这张老脸，亲自干这不为人齿的事合适，即便真发生了什么事，哪怕是一泡屎，该他吃他还得吃。

马东家虽然没干过侦探，但一旦干了，就做得相当出色，相当老练。一开始他做得不动声色，哪怕偶尔看见可儿和莫西之间有什么亲昵的动作、挑逗的眼神也装作视而不见，无动于衷。殊不知，他这种“钓鱼执法”真正产生了后果的时候，未必是他能够承受得了的。所以当他一脚踹开那个隐秘的育苗室柴门之后，眼前的一幕就毫不留情地揭了他的天灵盖！

二十八

马可儿说，她和莫西的事，差点杀了父亲。

马东家踹开门，眼前的一幕使他感到有一股血“轰”地冲上了脑门，眼前一黑，就栽倒了。

而在那一瞬间，可儿和莫西同时感觉到魂从嘴里飞了出去。尤其是可儿看到破门而入栽倒在地的人是她父亲时，直接瘫了。

还是莫西比较冷静。

他迅速穿好衣服，并帮可儿也穿好衣服，用他们身下的那块儿白布，把那一瓮酒包了，打成一个包袱结，交给可儿说：“你先跑，把莫高相思红背上，到莫高葡萄树下等我！”

“那你……”可儿问。

“我得先救你父亲！”莫西说。

可儿背起那罐莫高相思红跑了。莫西抱起马东家，掐住了他的人中，——这还是他在中国学会的救人的方法，而那次被救的人是他，他晕倒在从南京到敦煌的路上，好心人就是这样救了他，他也从好心人那里学会了这一招。

莫西边掐马东家的人中边呼唤：“东家，醒醒，醒醒，东家！”

不一会儿马东家慢慢睁开了眼睛，苏醒过来了。莫西把马东家扶起，坐在地上，他跪在了马东家面前：“东家，莫西愿意接受你的一切惩罚，只要可儿跟我在一起！”

马东家摇摇头说：“我什么都没看见，你把我送回家吧！”

李莫西背着马东家回家的路上，好多人过来问候，老东家怎么了？莫西说，东家刚在酒坊晕过去了。

到家后，太太看见老爷被莫西背回来了，惊慌失措，问这是怎么了？莫西还是那句话，东家在酒坊晕过去了。

他没撒谎。

太太协助莫西把老爷放在炕上躺下，老爷对太太说：“你先出去一下，我有几句话要对莫西说。”

太太一看老爷还能说话，就放心了许多，老爷让她出去，她也就乖乖地出去了。

马东家对莫西说：“莫西，刚才的事，我啥都没看见，你让可儿回来一下，我有话要给她说！”

莫西说：“东家，我听你的，你说什么我都听，你怎么惩罚我，我也都接受，但我还是请求你，让可儿跟我在一起！”莫西说着，又跪在了地上。

“这不可能！根本不可能！”马东家说后面几个字时，几乎是一个字一个字吐出来的。

莫西说：“东家，刚才的事你也看见了，我们都已经……”

马东家说：“我说过了，刚才我什么都没看见，你们什么事都没有，必须没有！”

“这是为什么？”莫西问。

“不为什么，我说没有就没有！”

“就因为我是外国人吗？东家，我听可儿说过，你讨厌欧洲人，因为欧洲人窃取了你们敦煌莫高窟的文物经卷，但是东家，那是他们干的，跟我没有关系，耶稣基督说，上帝的归上帝，凯撒的归凯撒，他们所犯下的罪恶让我来承担是不公平的！”

“你别给我传教，莫西，我确实讨厌欧洲人，我从骨子里痛恨你们，是的，敦煌文物不是你窃取的，但你窃取了我的女儿！”

“不，东家，那是因为爱情，我爱可儿！”

“你走吧，别给我扯什么伤风败俗的爱情！我今天能给你说这番话，是因为在那种情况下你没跑，还能救我。但是你得给我记住了，出了这个门以后，你就要忘了那件事。就当那件事根本没有发生过！赶快让可儿回来，啥事都没有发生，你走吧！”

莫西无可奈何地走了。

李莫西走后，马东家狠狠地在自己脸上扇了两巴掌，并痛骂道：“羞先人了，这真叫羞先人了，我把先人羞得都没地方供了！”

一会儿，太太端了一杯茶进来，放在炕桌上问：“到底出啥事啦？”

马东家说：“没有，啥事都没有！你去把管家叫来，我给安顿个事情。噢，另外，我那天给你说的可儿的亲事，人家给准信儿了，那位军爷说了，他在镇子上碰见过可儿一回，所以安排见面的事儿就不用了，这两天就下聘礼，定个日子娶人。”

“老爷，这么大的事儿，你这么着急干吗呀？”太太不解地问道。

“唉，我觉得我这身子骨一天不如一天了，早点把可儿这桩事儿办了，万一哪天又像今儿个晕过去，起不来了咋办？今儿个也多亏莫西救了。”

“老爷，你没事吧？”太太越听越不对，感觉这老头子跟安排后事似的。

“没事儿，我这口气也不是说咽就一下子能咽掉的，你给我叫管家去吧。”

太太把管家找来就出去了。

马东家对管家说：“你去找一下镇长，就说我说了三天内下聘礼，一月内娶人，具体日子叫他们来定，越快越好。别的你啥也别问了，问了我也不给你说，另外，还有件事我给你悄悄说一下。”

管家把耳朵贴在老东家的耳朵旁，老东家说了几句悄悄话，管家点了点头，说了声：“是，我按照老爷的吩咐去办就行了。”

二十九

马可儿说，在准备逃离的时候，她想见见娘和娟子。

三天后，一支并不隆重的送亲队伍吹着嘀嘀嗒嗒的唢呐，冷冷清清地从鸣沙山脚下走过，轿内的马可儿哭得跟个泪人儿似的。

莫西从马家出来，在莫高葡萄树下找到了可儿，可儿眼泪汪汪地说："莫西，对不起，我把相思红酒洒了好多。"

可儿说，她慌乱中跑出来时，包裹在装莫高相思红酒的瓷瓮上那块儿白布被酒浸染了，她展开那块白布让莫西看，说："都洒在这上面了。"

莫西看见，白布的中间是不规则的血红，像西方油画颜料画上去的，——那是可儿身上的血迹，血迹周围晕染开的水红，像中国画的水墨泼出来的，——那是匆忙之间没有来得及塞瓷瓮口，可儿背上跑的时候洒在上面的。

莫西看过之后简直惊呆了，他说：“太美了，这简直是一幅中西合璧创造出来的超现实主义画作啊，这是上帝的手笔！”

可儿说：“相思红都洒剩一半儿了，你还在这儿说疯话呢！”

莫西说：“可儿，你知道你有多伟大吗，你创造出了这世界上没有哪个大师能创作出的一件艺术精品，这甚至比莫高相思红还要宝贵，这才是真正的伟大爱情的结晶，你真的太伟大，太了不起了！”

可儿说：“莫西，你是不是真的疯了，都啥时候了你还在这儿装疯卖傻呢，我爹怎么样了？”

莫西说：“你爹好好的，没问题，只是他让你回去。”

“我回去他还不把我打死？”可儿说着收起了那块儿已经不能叫白布了的白布。莫西说：“可儿，别收，让我再看一眼！”

可儿说：“还看，你有完没完，还不快想办法。”

莫西说:“可儿，你爹让你回去，你就回去一趟吧！”

可儿说:“你让我回去，就不怕我爹把我杀了？”

莫西说:“不会的，你爹不会杀你的，你爹是个善良的人，今天我本来打算接受他的任何惩罚，但他没有惩罚我，还因为我救了他，跟我说了好多话，虽然他没有答应我让你跟我在一起，但我还是很感恩他的，他是个善良的人，他连我都没惩罚，我想也不会惩罚你的，因为你是他的女儿，所以我想让你回去，向他求情，请他允许你和我在一起，因为他是你的父亲，你是他的女儿，他会同意你的！”

可儿说：“不，爹绝对不会同意的，他恨你，恨你们欧洲人。但现在他恨我，比恨你还厉害，因为我给他丢脸了，他的脸面比他的命还重要。所以宁可去死我也不会回去的，因为我没脸见他，我们中国人就活一张脸，脸比命重要，这个你不懂！”

“不，不管怎样你不能死，”莫西说，“可儿，你现在就是我的一切，我已经没有一个亲人了，你就是我唯一的亲人，你就是我一切的一切，宁可我去死，我也不会让你去死，假如我能为你去死，我感觉会很伟大，我为你去死，就是为爱去死的，就像耶稣为爱世人去死一样……”

莫西还没说完，可儿就捂住了他的嘴，说：“莫西，你不要再说了，你一句一个死，让人听了多难受，我们好好活着不行吗？”

莫西说：“好，我们好好活着，我们谁都不死，我们谁也不许离开谁，在敦煌如果我们活不下去，我们就到别处去，万一不行，我们就回意大利。”

“那我们现在怎么办？”可儿问。

“我们现在回酒坊的育苗室去，我们得准备一下，随时就走。”

可儿和莫西回到酒坊的育苗室，他们找来两个装葡萄酒的黑色瓷瓶，把瓷瓮里的莫高相思红灌进两只瓷瓶里，用软木塞紧紧塞住。还剩下一些，莫西倒在两只透明纯净的高脚杯里，每只高脚杯，刚好倒了小半杯。莫高相思红在高脚杯里显示出纯正的玫瑰红，显得高贵典雅，无与伦比。莫西把两杯酒端起来，递给可儿一杯说：

“可儿，再品尝一下我们的莫高相思红吧，这是世界上最美最美的葡萄酒。”

可儿接过酒脸上透出比玫瑰色更美丽的羞涩笑容说："我还没有好好品尝我们酿的莫高相思红呢。"

两人碰过杯后，莫西刚把酒杯送到嘴边要喝。可儿说："等一下。"

莫西说"怎么了？"

可儿说："你知道喝交杯酒吗？"

"交杯酒？"

"对，交杯酒，我想跟你喝交杯酒。"

可儿说着，把莫西端着酒杯的手拉过来，搂住她的脖子，她踮起脚尖揽住莫西的脖子，把她手中的酒递到莫西的嘴边，莫西默契地把他手中的杯子送到可儿的双唇间，两人各自抿了一口对方手中的酒后，可儿说：

"莫西，我们中国人只有新郎新娘才喝交杯酒，你知道吗？"

莫西说："知道。但你知道我们意大利新郎新娘是怎么喝酒的吗？"

可儿说："不知道。"

莫西说："我教教你吧。你先喝一口酒，但别咽下去，含在嘴里，等等我。"莫西说着自己也喝了一口，抿住嘴，凑到可儿嘴边，然后跟接吻一样，把他口中的酒送到可儿嘴里，再吮吸可儿嘴里的酒。

两个人把酒咽下去后，可儿说："莫西你坏，乘机欺负我！"

莫西幸福得哈哈大笑。

两人如此往复，直到把杯中酒喝完。

到了快吃晚饭的时候，马可儿突然说："莫西，我得回去看看我娘，看看娟子，不然我怕再见不着她们了。”

莫西说：“你不怕你爹惩罚你吗？”

可儿说：“不怕，有我娘呢！”

莫西说：“那你去吧，爱情不能剥夺亲情。但是可儿，你一定要学会保护自己。”

可儿说：“放心吧，莫西，我一定好好地为你活着。”

马可儿回到家，就再没让出来，只到三天以后被送上一顶迎娶新娘的轿子。

三十

马可儿说，在没办法逃出家门的时候，她想了个没办法的办法。

送亲的队伍还没出马家大门，丫鬟娟子就急急忙忙跑去告诉了莫西。莫西得到消息后，立即收拾好行李，把莫高相思红酒、《圣经》，还有那块在他眼里无比贵重的白布装进背包里，就准备出发了。娟子说她也要去，莫西不让去，她说这是小姐的安排，莫西就只好带着娟子一块儿走。走到葡萄园，莫西说要去看一眼莫高相思红葡萄树，但来到那块儿他熟悉的地方，他傻眼了，葡萄树已经被全部砍断，连根拔起，撇在地上，一片狼藉。莫西伤心到了极致，扑到那些被砍断的莫高相思红葡萄树上，放声大哭，娟子也跟着哭了，哭了一会儿娟子拉起莫西说："快走吧，救小姐要紧。"莫西这才爬起来，捡了两段葡萄根装进背包里。

路过镇上的时候，莫西在街市地摊上买了几挂大个儿的鞭炮，又买了一把带鞘的钢刀，就向通往鸣沙山的路上去了。他谨慎地在路边山崖脚下找到一个豁口躲了起来。这时候送亲的队伍还没到，莫西就把周围的环境整个观察了一遍，并告诉娟子到时候该怎么做。

当送亲队伍嘀嘀嗒嗒的唢呐声越来越近的时候，娟子突然感到一阵紧张，她问莫西："莫西大哥，你准备好了吗？"

莫西说："准备好了！"

就在新娘的轿子刚一闪过时，莫西把点燃的鞭炮一挂扔到轿夫的脚下，一挂扔到几个卫兵身上。那大个儿的鞭炮剧烈的爆炸声跟打枪一样，迎亲队伍一下子乱了，抬轿的四个轿夫和吹鼓手也惊了，心想遇上劫匪了，逃命要紧，就扔下新娘没命似的抱头跑了。爆声过后莫西从豁口跑出来，送亲的几个卫兵立即追赶过去，娟子随后跑出来把马可儿从轿内扶出来，向另一个方向跑了。

娟子拉着小姐跑到了附近庄园一个废弃的马厩里，躲在了马槽下。

可儿对娟子说："你们选的那个地方还真不错！"

娟子说："我和莫西大哥按你说的路线，就找到了那个地方！"

可儿说："莫西不知跑哪儿去啦？"

娟子说："莫西大哥故意引卫兵们去追他，让我们在这儿等。"

可儿关切地说："那他会不会有危险？"

娟子说："莫西大哥机灵着呢，他早都把地形观察好了，他会好好回来的，小姐放心。"

莫西跑到另一个庄园的葡萄林里摆脱了四个卫兵。四个卫兵没有抓住莫西，回头去找新娘，新娘和轿夫都找不见了，就回去交差了。

垂头丧气的卫兵们，一路上不知道回去该怎么交差，一个骂道："这小娘们儿等不住了吗，非要今天就嫁过来！"另一个说："反正咱们是送聘礼的，又没安排咱们来接亲！"还有一个说："唉，都怪咱们贪财贪功，想在营长大人面前表现一把，结果他妈的……"

马可儿回到家就被父亲软禁起来了，她不知道该想出什么办法才能逃脱。三天以后，警备营的营长派了四个卫兵来送聘礼，马可儿提出，要嫁警备营的营长，她今天就跟四个卫兵走，她不想在家坐牢，并以死要挟。

可儿的这一变故，把父亲搞得很为难，他知道自己这姑娘的脾气，没办法，最后心一狠，说，走就走，打发得越快越好！马东家就给送聘礼的卫兵们一人给了两块大洋，让他们把可儿带走。四个卫兵一想，这是好事啊，既得了大洋，又提前把新娘子送到营长身边，说不定回去还能领到赏钱呢，就同意了。

马东家为了面子上略微好看一些，就雇了一顶花轿，找了个吹鼓手，便打发女儿上路了。可儿倒也很配合，该怎么穿戴，就怎么穿戴，让丫鬟娟子把自己收拾得漂漂亮亮的，完全跟新娘子一样。收拾好后，马可儿对娟子说："你找个机会溜出去，告诉莫西，让他在路上劫亲。"娟子按照小姐的吩咐，乘人不注意，就跑去告诉了莫西。上轿前马可儿故意哭哭啼啼的，好像死活不忍心离开爹娘似的，又耽搁了好长时间，这为莫西和娟子做劫亲的准备工作，提供了充足的时间。

天快擦黑的时候莫西找到了可儿和娟子。

莫西说："谢谢你，娟子，你真是个天使，愿上帝保佑你，现在你该回去了！"

娟子问："那你们怎么办？"

莫西说："你别管我们，你快回去！"

娟子留恋地拉着马可儿，马可儿把怀里的一块儿金黄色的纱巾扯出来，送给了娟子。那块儿纱巾正是莫西刚到敦煌时送给马可儿的，娟子看着格外眼熟，她不想夺小姐所爱，但可儿硬系在了她的脖子上，两人抱头痛哭。莫西把两人分开，打发娟子快走。娟子哭着跑了。可儿在后面喊了一声"娟子！"不忍心再看她的背影。

可儿问莫西："我们现在去哪儿？"

莫西说："去胡杨林，我还没有向胡杨林致敬呢！"

三十一

马可儿说，莫西终于见到了胡杨林。

四个卫兵回到警备营把事情的经过给营长大人汇报了，营长心想，马可儿这么着急与他成亲，看来姑娘还真对他有情有义，虽然半路上被人劫了，让他恼羞成怒，遗憾而又愤慨，却又不能全怪那四个笨蛋卫兵，——因为他们本来就不是打发去接亲的，就给四个卫兵一人赏了一巴掌，让他们滚蛋。营长又想，既然人被马家送出门了，就是他的人了，所以一定要找到马可儿，并收拾了那劫匪。敢劫他的人，真是吃了豹子胆了，不收拾了他，他这警备营的营长就他娘的没脸干了。于是，营长连夜派了骑兵连的人马，在连长的带领下出发了。

李莫西和马可儿连夜来到胡杨林的时候，天已经亮了。

秋天的胡杨林的确很美、很壮观。李莫西忽然领悟，为什么他在春天没有找到胡杨林，老喇嘛说是结缘时机未到的奥秘了。眼前的景致，让莫西非常感叹，——在这令人扼腕捶胸的荒漠、在这饱受沙尘风暴肆虐的戈壁，在这叫人欲哭无泪的贫瘠土壤中，竟会生长出如此茂盛的生命，——撑天摩云的树冠，在天幕上写意般地勾勒出不同凡响的华丽画卷；满目尽戴黄金甲的叶片，铺天盖地谱写着极尽奢华的壮丽诗篇。生命与自然在这里演绎出的神话，绝非人之所望而能及的。奇绝壮观的生命场，千姿百态的胡杨木，挽一缕阳光，便慷慨激昂，即便经历千年暴虐而枯死，也依旧昂然屹立，坚忍寻找着生的出路，没有一点绝望、没有一点矫揉和造作，没有一点夸张和掩饰，以她最本真的姿态，坦然无愧地面对世人对生命的敬重和膜拜，这便是亡命天涯，为爱情而不顾其余的基督教徒莫西，即使在被无情的追杀中，也要来一表心中油然而生之敬意的原因了。

在表达完对胡杨林的敬意之后，马可儿和莫西来到一个峡谷，点燃一堆篝火，两人歇息下来，马可儿躺在莫西的怀中问：

“莫西，接下来我们去哪儿？”

莫西说：“我们回意大利吧。”

马可儿说：“意大利是不是很远很远？”

莫西说：“是很远很远。”

马可儿说：“哪能走到吗？”

莫西说：“能走到，只要有路就能走到。”

马可儿说：“路在哪儿？”

莫西说：“脚在哪儿，路就在哪儿。”

马可儿听了“嘻嘻”一笑。这笑很复杂，是甜蜜的，也是苦涩的；是满怀憧憬的，又是充满迷茫的。

李莫西能感觉到这笑的复杂。他说：“你后悔吗？可儿。”

可儿说：“不后悔！”

莫西说：“但，和我回意大利，的确是一段很艰难的路，而且……你再也见不到你的亲人了。”

马可儿突然一转话锋说：“莫西——”

“嗯？”

“你知不知道，在爹给我说要把我嫁给警备营营长的时候，我想到过死。”

“可儿……咱们不说死！”

“嗯，我知道，但我想我如果死了，你会很难过的，我不想让你难过。”

“嗯，所以你要好好活着。”

“你还记得你刚到敦煌，给我送丝巾的时候，你说如果我不收，你会很难过吗？”

“记得！”

“那时候我就不想让你难过，不知为什么。”

“因为你是一个美丽又善良的天使，感谢天父，让我刚到敦煌就遇见了你！”

“莫西，你说，我连死都不怕，又怎么会怕路远呢？只要有你在，我什么都不怕！”

“那我们就一块儿回我的家乡吧，只要有你在，我也什么都不怕，不怕路远，也不怕黑手党！”

“莫西，我渴。”

“那就再吃几颗葡萄吧，卫兵追我的时候，我躲到一家葡萄园摘了好多葡萄呢。”

“不，我想再喝一口咱们的莫高相思红。”

“好！”

莫西说着打开了一瓶莫高相思红，递给可儿，可儿说："你先喝！"

莫西说："我不渴，你喝吧！"

可儿说："你要不渴的话就喝到嘴里别咽下去。"

莫西马上明白了，他喝了一口相思红，吻到了可儿的嘴里。

可儿喝过酒又从莫西手中接过莫高相思红酒瓶说："可惜咱们的相思红酒上还没有贴上标志呢。"

莫西说："标志在我们心里呢！"

可儿说："莫西，把咱们的名字刻上吧，我这儿有刀子呢！"

可儿说着从衣服里面掏出一块手帕，手帕里面裹着那把嫁接葡萄的刀子，说："我本来想，万一你救不了我，我被送到警备营里去，就用这把刀子和营长拼了！结果没用上，你正好可以用它来刻字。"

莫西说："傻，这是嫁接葡萄苗的刀子，刀尖太软，刻不动，我这儿有把钢刀。"莫西说着从腰里摸出昨天买的那把带鞘的钢刀来，说："这个硬，用它刻。"

可儿说："刻在瓶底上，一个刻上莫西，一个刻上可儿。"

莫西说："我写的字不好，你来刻吧！"

可儿说："我手上没劲儿，还是你来刻吧！"

莫西就把装有莫高相思红的瓶塞塞紧，然后调过来，在瓶底上笨拙地刻字，可儿想帮他抱住瓶子，他怕刀子滑脱伤了可儿，不让她抱，就用大腿夹住刻，不一会儿工夫就刻完了。字虽说像小孩子写的，但也还能认识，可儿看了笑着说：

“这字刻得真像你！”接着又说：“莫西，这两瓶酒永远不分开好吗？”

莫西说：“永远不分开，因为这两瓶莫高相思红，一瓶是你，一瓶是我，咱们永不分开。”

可儿说：“那你抱着我，我抱着你吧！”

两人拥在一起，一人抱着一瓶莫高相思红，睡着了。

三十二

马可儿对马淳和莫妮卡说，她一辈子都想和莫西在教堂结婚。

警备营营长派出的骑兵队绕着敦煌镇转了大半夜，也没找着线索，天亮后便决定向西进发。他们穿越胡杨林进入峡谷地带时，发现了一堆还在冒烟的篝火，队长便对弟兄们说："打起精神来，给我追，他们没跑多远！"

李莫西和马可儿睡了一觉醒来后，走出峡谷，沿党河上行，在一个浅水处，莫西背着可儿渡过河，上岸之后，莫西把水囊灌满，两人看了看远处的雪山，认明方向，继续往西前行。

追兵追至党河边，又不见了他们的踪迹，渡河后团团乱转。队长作了几个手势分别指向不同方向，便分路而行。

骑兵队长正在边走边寻找痕迹，突然看到远处一颗信号弹冉冉升起，连忙向那个方向赶去，原来是营长又派的援兵。看来营长大人对马可儿真是动心了，即便时局紧张，军务繁忙，也不遗余力。

莫西挽着可儿的手臂，一直往西走，进入雅丹地貌的交界处，出现了土丘与植物。莫西问可儿：“累吗？”

可儿说：“有点。”

莫西说：“我们到那里休息一下吧。”

两人坐下，莫西给可儿喝水，顺便看了看包里的葡萄根。

莫西说：“过了那座雪山，就是丝绸之路，我们沿着它，就能回到意大利了，回到意大利，我们就结婚。”

可儿深情地问：“你们结婚怎么结？”

莫西说：“应该说咱们结婚。”

“嗯，咱们在哪儿结婚？”

“在教堂结婚。”

“在教堂结婚都有哪些讲究？”

“在教堂结婚由牧师主持，牧师问：李莫西，你是否愿意迎娶你身边这位美丽温柔冰雪聪明的姑娘做你的妻子，爱她、安慰她、尊重她、保护她，像你爱自己一样。在以后的日子里，不论她贫穷或富有，生病或健康，始终忠诚于他，相亲相爱，直到离开这个世界？”

“那你怎么回答？”可儿问。

莫西说：“我回答：愿意！”

“那牧师问我不？”

莫西说：“问，马可儿，你是否愿意嫁给你身边这位英俊、帅气、才华横溢的青年做你的丈夫，爱他、安慰他、尊重他、保护他，像你爱自己一样。在以后的日子里，不论他贫穷或富有，生病或健康，始终忠贞于他，相亲相爱，直到离开这个世界？”

“那我怎么回答？”

“你也回答愿意！”

“那，我要回答不愿意呢？”

“你个傻妞儿，不能回答不愿意！”莫西严肃地说。

可儿“噗嗤”一声笑了：“莫西，你才傻呢，我要不愿意，连命都不要地跟你跑意大利干吗去？”

莫西说：“在神面前不能开这种玩笑。”

可儿说：“好，不开了。”然后喃喃自语：“我愿意……”

两人憧憬了一番婚礼后，已是黄昏时分，起来又往前走，不知不觉走到了魔鬼城。但他们压根儿不知道这就是传说中的魔鬼城，只感到新奇，心想这里原来应该是住过人的，可不知道为什么现在连一个人影儿都没有了，他们想找个高地看看，就爬上一个烽火台，抑或古城墙，眼前的一切突然一下豁然开朗，不远处有一片绿洲，树木郁郁苍苍，青草疯长，野花狂放。两人不禁目瞪口呆。

可儿看着眼前出现的景物说：“好漂亮啊，这里真是一片世外桃源。”然后转身对莫西说，“莫西，要不，我们不去意大利了，在这里生活，不是很好吗？”

莫西说：“好，我们就把莫高种在这里，长成一片很大很大的葡萄园，我们就在这里生活。”

可儿说：“真的？”

莫西说：“真的！”

两人说着，走下烽火台，在一个小屋的残垣旁边，把两棵莫高葡萄根埋了进去。这时候，他们突然发现了追兵，便慌忙逃窜，来到西千佛洞戈壁一处院落，病急乱投医一般，闯入破旧不堪的房屋。

追兵已至，队长让下令搜屋。两人在屋里正不知所措，可儿忽然发现屋内有个地洞，她拉了拉莫西，钻入地洞。地洞与外面相通，莫西和可儿从地洞那头儿看了看，追兵也包抄进来了，就钻出地洞跑到一个转角处，莫西发现一个士兵，捡起一块城砖，拍晕了那个士兵，又跑到一个平台，平台下面，便是翻滚的党河，可儿看了看，一阵晕眩，莫西紧紧抱住可儿，再次返回，进入洞中，藏在一个角落。

有一个士兵看了看外面翻滚的党河水，举着枪慢慢向他们藏身处走来，快到莫西跟前时，莫西一把抓住他的枪，两人扭打在一起，可儿捡起一块石头砸在了士兵后脑勺上，两人跑了出去，迎接他们的，却是队长黑洞洞的枪口。

队长将枪口顶在莫西的脑袋上，来到屋外的平地，士兵们围过来对他一顿暴打。可儿哭喊着求士兵住手，却毫无用处，莫西被打得满脸是血，勉强爬起，痛苦地看着可儿，队长走上前来，又把枪顶位莫西后脑勺。

看到队长目露凶光，可儿扑过去大叫一声："等等！"然后从怀里抽出那把嫁接葡萄的刀子搁在自己的脖子上说："如果你让他死，我也死！你如果能放了他，我跟你们走，不然我现在就死给你们看！"

莫西喊了一声："可儿——，不！"

队长一愣，迅速判断了形势，看了看自己的手下，大家面面相觑。

队长举起一只手对马可儿说："好，好，好，我不杀他！但，也不允许你死，咱们成交？"

马可儿咬牙切齿地说："君子一言！"

队长冷静地说："驷马难追！"然后把手枪从莫西头上收回来，慢慢往腰里的枪套一边插一边说："我虽命令在身，但也知道一诺千金，我要是背信，在这帮兄弟面前，恐怕这辈子就抬不起头来了，你尽管放心好了！"

马可儿也收起刀，把莫西被打时甩出去的背包捡回来，用袖子为莫西擦去脸上的血污，抱着莫西放声痛哭：

"莫西，可儿今生不能与你为夫妻，只想一死，但我知道我死了你会难过的，我不让你难过，所以我不会死，你答应我，好好活下去，为爱活着，娶妻生子，我不想看到你难过，我不想让你难过，你懂吗？！"

莫西也哭得不成样子："可儿，你也要答应我，好好活着，为爱活着，我也不想让你难过，天父会保佑你的，只要你活着，我们还会相见，爱属于我们，福音属于我们！"

可儿抽噎着说："莫高相思红也属于我们！"说着松开莫西，抖抖索索从背包里拿出一瓶莫高相思红，在瓶底上看了看，"这一瓶，你的这一瓶，我带上了，我的那瓶你带上，你把莫高相思红的根也带上吧。"

莫西说："可儿，没有你，从此世上再也无莫高相思红了，莫高的根我不会带到意大利去的，两瓶莫高相思红酒和你我从此都要天各一方了，就让那两棵莫高根永远在一起吧。"

两人又抱头哭作一团，那种生离死别的悲怆，让骑兵队长和士兵们都忍不住要落泪了，队长狠狠地眨巴了一下眼睛说："好感人啊，不过天色不早了，咱们还是上路吧！"说着使了个眼色，几个士兵过来，强行把马可儿和莫西撕扯开，将马可儿架到马背上，马可儿死死地抱住莫高相思红，其中一个士兵，一跃身骑在马上，抱住马可儿，在马屁股上抽了一鞭子，扬尘而去。

莫西跟疯了一般，撕心裂肺地叫了一声“可儿——”，爬起来从后面追去，跑了几步踉跄栽倒，依旧疯狂吼叫：

“可儿——”

“可儿——”

直至载着可儿的马匹消失在尘埃中，又绝望地撕心裂肺般叫了一声：

“可儿——，我爱你至死不渝！”

风沙吹过他的身体。

夕阳，戈壁，黄沙，他孤单的身影显得格外凄惨和悲凉……

三十三

当马可儿坐在马家祖屋正房内的太师椅上，向马淳和莫妮卡讲到她与莫西爱情的凄惨结局时，时间仿佛凝滞，深夜黏稠得令人窒息。片刻的沉默过后，莫妮卡已哭得一塌糊涂，马可儿也老泪纵横。马淳拿出一包纸巾，给姑奶奶擦了擦眼泪，又递给莫妮卡一张，自己也抽了一张擤鼻涕。略微缓解了一下情绪后，在压抑凝重的气氛中马可儿又陷入了回忆。

听到莫西绝望、凄惨的吼叫声，马可儿不敢回头再看一眼，她怕一回头又动摇了与队长达成的交易，而一旦交易失败，所造成的后果可想而知……沙漠是无情的，而很多时候，人为了某种交易，会显得比沙漠更加无情。

一路之上，马可儿都在马背上抽噎着，像被割断了泪腺似的，怎么也止不住。在颠簸的马背上，就连抱着她的士兵都能感觉到，她在不停地抽搐。

追兵全部返回集中到一起的时候，队长驱马赶到前面，勒转马头说：

“你们刚才看到了什么？”

手下互相看看，不知道队长什么意思。

队长说：“刚才的事情，我相信是营长不愿意看到的，我也敢肯定他不想让任何人知道我们所看到的一切，你们懂吗？如果不懂，作为长官，他想派谁去送死，可是简单得很呐，你们知道不知道？”

手下齐声回答了一声：“知道！”接着就有一位骑兵向队长敬了一个军礼：“报告队长，劫匪被击毙，营长夫人安然无恙！”

队长冷笑一声：“好，算你们聪明，走！”

追兵一齐快马加鞭返回。

队长把“营长夫人”安然无恙送达警备营后，交给营长，立即退下。

营长看了一眼马可儿，说：“果然名不虚传，秀色可餐呀，不过这么漂亮的一双眼睛怎么哭得跟烂桃似的？”

马可儿说：“我得了红眼病，沙漠风大，风一吹就这样。”

营长说：“噢，那要不要军医给你看看呢？”

马可儿说：“不用了，只要风不吹就好了！”

营长指了把椅子说：“坐下说，别紧张。”

马可儿便坐在了营长指的那把椅子上。

营长又说：“你怀里抱的什么东西，看把你紧张的，好像我要跟你抢似的！”

马可儿差点说出了“莫高”三个字，但转眼又改口说：“我爹陪的嫁妆，本来是一对儿，劫匪来了，把一个摔碎了。”

营长说：“噢，能不能让我看看，你爹给你陪的什么古董？”

马可儿一听营长要看莫高，更紧张了，不知该说什么好了，而营长的手已经伸出来了，只好把瓶子递给了营长。营长拿在手里掂了掂说：“瓷质不错，不过看釉色没有包浆，好像也不是什么值钱的古董，这里面装的什么呀，感觉挺沉的？”

马可儿说：“酒，我家酒坊酿的葡萄酒。”

营长说：“哦，那让我尝尝你家的葡萄酒好吗？”

马可儿说：“不，不行！”

“为什么？”营长问。

马可儿低着头说：“我爹说了不行就不行，我也不知道为什么。”

营长说：“你爹把你都嫁给我了，还能不让我尝尝他陪的酒吗？”

马可儿的脸“唰”一下红了，已经完全不知道接下来该说什么好了，只能顺着前面她说的话往下说：“反正我爹说了不行，万一有毒咋办？”

马可儿连自己都不知道，怎么顺嘴就说出了一句“万一有毒怎么办”的话，这话说出来，把自己都吓了一跳。

营长一听说“有毒”两个字，脸色马上变了，说：“你给我说清楚，这到底是怎么回事？”

这一刻，马可儿脑子忽然有所清醒，好像有人点拨了一下，她“噗通”一下跪在了地上，说：“营长大哥，我爹本来不同意我们这桩亲事，可是被镇长逼得没办法了，硬把我嫁给你，我爹说，如果营长对我好，拿我当夫人看，就让我好好伺候营长；如果营长拿我不当人，就让我把这瓶酒给你喝下去！”

营长一听，手在桌子上“啪”拍了一下：

“什么？这个老东西，想害我不成？”

营长显然是气坏了，在地上团团转，他想摔了这瓶酒，可拿起来又蹾在了桌子上：

“好吧，既然如此，你把这瓶酒拿回去孝敬你爹，让你爹喝了吧，一定要让他喝了，如果不喝，三天以后，让我打听到他还活着，我就把你爹当成共产党，连你们全家……”

营长说着一咬牙，在脖子上做了个抹脖子斩尽杀绝的手势。接着喊了一声：“来人，送客！”

连长一直在外面听候调遣，这时候突然听见营长喊送客，马上跑进来：“报告营长，请指示！”

营长指着马可儿说：“把她送回去，立马送回家去！”

连长敬了一个军礼说：“是！”就对马可儿说：“请吧！”

马可儿就要往外走，营长说：“把你的酒拿好，别忘了我说的！”

马可儿就从桌子上拿了酒，揣在怀里跟连长出去了。

连长也没搞明白怎么回事儿，就打发了一个骑兵，连夜把马可儿送回了家。

马淳和莫妮卡听到这儿，两个人都兴奋得恨不得跳起来。马淳说：“姑奶奶，你太机智，太伟大了，你简直就是智多星呀！”

马可儿长出了一口气说：

“唉，也许这都是天意啊！”

马可儿接着说，骑兵把我送回家，我爹看见我又回来了，问我怎么回事，我对我爹说，我把我跟莫西好的事都给营长说了，营长不要我了，我爹就气得当场吐血而亡了！

马淳和莫妮卡听到这儿，都不禁“啊”叫了一声。

马可儿依旧平静地说，营长听说我爹死了，就以为我把“毒酒”给我爹喝了，再也没有追究什么。我愧对我爹，就一辈子再也没有嫁人，做了老马家的老姑娘。我的哥哥弟弟们都在外面干事儿，我就挑起了马家庄园的这副重担。后来解放了，我被打成了资本家和地主婆，葡萄园被没收了，酒坊也被收了，还接受无休无止的批斗，我在一次次的批斗中硬活过来了，因为我和莫西离别的时候向莫西承诺过，要好好活着，为爱活着，我不让莫西难过！就这样风风雨雨几十年，我把不该吃的苦吃了，不该受的罪受了，但我觉得值得，因为我心里有一个爱我的人和我爱的人。

莫妮卡和马淳听到这儿，互相看了一眼，都看到对方眼泪汪汪。

马可儿接着说，后来政策慢慢宽大了，又允许发展了，我就按照莫西教给我的葡萄酒酿造工艺和配方，跌死绊活地把葡萄酒坊又办起来了，我想，我得对得起老马家，对得起被我害死的爹，对得起莫西，我要对他们有个交代，就一直硬挺着，把马家酒坊发展成了莫高酒庄，直到交到淳儿手上，我想我的任务就完成了。

马淳听到这儿已感动得呜咽抽泣，但他说：“不，姑奶奶，你的任务还没完成，你还没教会我怎么酿造莫高相思红呢！”

马可儿说，我和莫西离别的时候就等于约定好了，两瓶莫高相思红和两个人一样，天各一方的时候，这世上就没有莫高了，就像两个人不在一起就生不出孩子一样，所以，在我手上就没有酿造过莫高相思红，我相信莫西在意大利也没有生产过莫高！

马淳说："但是现在两瓶莫高相思红又到了一起，就应该有莫高相思红了，对吧，姑奶奶！"

马可儿沉思了一会儿说："是啊，淳儿说的也有道理，两瓶莫高相思红历经几十年风雨，又到一起了，这也是天意啊，也该让莫高相思红延续下去了！"

"对，对，姑奶奶，应该让莫高相思红延续下去！"马淳和莫妮卡几乎异口同声地说。

"好吧，那我就告诉你们，莫高相思红的根在哪儿吧！"

三十四

马可儿讲到莫高根在哪儿的时候，已是夜深人静，可谁知屋外竟然有偷听客。

洛伦佐、鬼洋和大笨不知什么时候摸进了马家老宅，躲在屋檐下。

莫妮卡再次给姑奶奶擦拭眼泪时，马可儿忽然看到莫妮卡的戒指说：“孩子，你的戒指很特别，让我看看好吗？”

莫妮卡把戒指褪下来递给马可儿，说：“这是我们酒庄的标志，是爷爷去世时留给我的。”

马可儿戴上老花镜，凝神看了半晌：那是山崖，抑或土墙下的一枝葡萄。忽然，马可儿情绪有些失控，呼吸变得有些紧张。马淳只当是夜深了，姑奶奶过于劳累，心脏病又犯了，和莫妮卡一起凑近姑奶奶，关切地询问着，姑奶奶摇摇头，情绪慢慢地又恢复正常，一把拉住莫妮卡的手说：

“你能告诉我，莫西是你的什么人吗？”

莫妮卡说：“奶奶，我打算等你把一切都告诉我们了再给你说，现在既然你问了，我就告诉你吧，莫西是我爷爷！”说完放声大哭。

“是吗？”马可儿又猛地一下站起来抱住了莫妮卡，叫了一声“我的孙女儿！”就浑身颤抖起来了。莫妮卡赶紧把姑奶奶扶坐在椅子上，说：“奶奶，你别太激动啊！”

马可儿拉住莫妮卡的手，抖抖索索地把戒指给莫妮卡戴上，说：“莫西，我不为你难过了，我为你高兴啊，我为你高兴！”说着又泪流满面，马淳赶紧又给莫妮卡递给一张纸巾。

马淳说：“姑奶奶，我们一直没敢告诉你的原因，就是怕你太激动了，还是你老人家坚强啊。”

姑奶奶说：“好，真好，我这就把莫高相思红的秘密全部告诉你们吧，你们要是想去寻找，就去吧。”

屋外鬼洋听见“莫高相思红的秘密”几个字，耳朵马上竖了起来。

洛伦佐用英语问道：“她在说什么？”

鬼洋也用英语回答道：“她好像说莫高相思红的秘密在某个地方。”

洛伦佐：“在哪儿？”

这时候大笨感觉实在太累了，想休息一下，墙角有一张藤椅，刚坐上去，藤椅发出“咯吱”的一声倒了，大笨的后脑勺撞在墙上了，在这寂静的夜里，这声音分外刺耳，洛伦佐吃惊而愤慨地瞪了大笨一眼：FUCK！（蠢货）！

屋内的灯突然熄灭了。

洛伦佐和大笨、鬼洋都不知道发生了什么情况。过了一会儿，听不见动静，鬼洋一脚踹开门冲进屋里，接着洛伦佐和大笨也冲了进来。

听见屋外的动静，马淳和莫妮卡伏低身子一人揣着一个装有莫高的盒子，搀扶着姑奶奶，向后门慢慢摸索去。

鬼洋三人闯进屋像瞎子一样摸索着，鬼洋摸着一把椅子，椅子上什么人也没有。

洛伦佐和大笨分别摸向两个方向，大笨的头又撞到了桌子角，疼得龇牙咧嘴。

鬼洋摸到了一个人，刚揪住对方，脸上就吃了一拳，不禁闷哼一声。洛伦佐刚要挥拳，听到鬼洋的声音，不禁骂道：FUCK！鬼洋听到是洛伦佐，捂着鼻子疼得跳脚，却踩到大笨，大笨一头撞在鬼洋头上，鬼洋又捂着鼻子后退几步，洛伦佐挥拳打向大笨，大笨还击一拳，两人莫名其妙打在一处。洛伦佐和大笨扭在一起，双双摔倒，撞翻了一把椅子。

马可儿三人摸到后门，马淳打开门，背起姑奶奶就跑，莫妮卡在后面跟着，跑到后院，钻进了马淳停在后院的车里。

姑奶奶刚被扶进车里，突然感到一阵胸闷，喘息着说：

“老了，不中用了，又犯病了，莫高相思红……根，在……魔鬼城的……绿洲……”

莫妮卡说：“快去医院！”

马淳立即启动皮卡车，说了声：“把姑奶奶抱好！”就猛地将车向后一倒，再挂前进挡，向大门方向冲了过去……

听见屋外汽车发动的声音，洛伦佐、鬼样和大笨都急了，没有找到后门，就跌跌撞撞地从前门出去了。

此时马淳的车已经没了踪影。

三十五

马淳驾着皮卡车向敦煌医院疾驰而去。

洛伦佐、鬼洋、大笨三人从马家老宅出来，有些晕头转向，黑咕隆咚不知道该从哪个方向去追马淳的车。他们来的时候没敢开车，将车停在马家庄园外。还是洛伦佐反应快，说：“快走，找我们的车去！”

三人找到车，天已发亮。他们驾车进入敦煌市区时，马淳和莫妮卡已将姑奶奶送进敦煌医院。

急救医生说，如果再晚来两分钟，老人恐怕就抢救不过来了。现在虽然稳定了，但还没有脱离危险期，进入病房还需随时注意观察。

莫妮卡说：“好险呐，我们与魔鬼进行了一场赛跑。”

马淳说：“是，不过，我觉得还得感谢魔鬼，是魔鬼在屋外提醒了我们，不然……”

呼吸机的有机玻璃罩遮住了马可儿的大半个脸，只露出一双紧闭着的眼睛。莫妮卡一直盯着那双眼睛看。马淳问：“你在看什么呢？”

莫妮卡说：“我在看奶奶的那双眼睛，即使闭着，也是那么漂亮，怪不得能把我爷爷迷住！”

马淳很诡秘地笑了笑说：“不光把你爷爷迷住，还迷死过人呢？”

莫妮卡在马淳腰眼上狠狠给了一拳头：“不许再提姑奶奶的隐私。”

马淳“哎哟”一声，又嬉皮笑脸地说：“也就对你说说而已，帮你提个醒儿，别总以为自己绝世无双，前无古人！”

莫妮卡做出一副咬牙切齿的样子，压低声音说：“马淳，你等着，看我怎么收拾你！”

马淳双手举过头顶，表示投降。

洛伦佐和鬼洋、大笨开着车在敦煌市区瞎转悠了几圈儿，没有发现马淳的皮卡车，非常沮丧。大笨说：“累死我了，我的老板，我不要钱都行，求你让我回去好好睡上一觉吧！”

洛伦佐和鬼洋也感觉到又困又乏，就找了一家西餐馆，要了三斤牛排吃了，回宾馆各自睡觉去了。

临近中午时分，马可儿醒了。

由于昨晚大家一夜都没睡觉，莫妮卡当时趴在马可儿的病床边迷迷糊糊睡着了，而马淳在一把躺椅上也睡着了。蒙蒙胧胧中，莫妮卡感觉到有一只手在她头上抚摸，她惊醒后，把那只手慢慢从头上拿下来，知道是姑奶奶的手。那是一只很清瘦的手，手上虽然布满了老年斑，但手指纤细，指甲饱满，而且修剪得非常整齐，仍不失少女圆融光滑的手指本色。莫妮卡将被子掀开，轻轻把姑奶奶这只手放进去，却发现另一只手，在脸上罩着的呼吸机有机玻璃罩上抓摸。莫妮卡起身，在马淳胸前给了一胳肘，把马淳捣醒了。

马淳说：“你温柔点好不好？洋蛮子！”

莫妮卡做了个鬼脸，又指了指马可儿，压低声音说：“奶奶好像醒了。”

马淳一下站起来说：“是，是醒了！叫大夫吧。”

莫妮卡说：“你看奶奶那只手，在抓脸上的罩子呢！”

马淳说：“姑奶奶可能觉得捂得慌，我还是叫大夫吧。”说着按了按床头上的呼叫按钮。

大夫很快就进来了，先观察了一下病人，然后又观察仪器仪表上的波动曲线说：“你们对老人刚说什么了没有？”

马淳和莫妮卡都说：“没有啊！”

大夫说：“奇怪，从老人心率波动线来看，老人心里很激动，可千万再不能让激动了！”

“那怎么办，大夫？”马淳焦急地问道。

“再打一针镇静剂看看。”大夫说着出去安排护士打针。

护士打过针后，大夫进来又观察了一下，马可儿安稳了许多，就对马淳和莫妮卡说：“老人心脏病的突发，都是因为过分激动引起的，你们知道不？记住了，可千万不能让老人再受刺激了，就是有天大的事，也得等老人病情好转了再说，不然，这么大年龄的人，就难以挽回了。”

马淳点点头说：“明白，大夫，谢谢您了！”

大夫出去后，马淳和莫妮卡都长长舒了一口气。

莫妮卡说：“马淳，我想出去，给奶奶买束花！”

马淳说：“不买，我们中国人不兴给病人买花，不吉利。”

莫妮卡说：“你个白痴，我买的是红玫瑰，又不是别的花！”

马淳说：“那也不行，你买花还不如把那两瓶莫高相思红拿出来放到姑奶奶的枕边呢！”

莫妮卡说：“噢，你不说我倒忘了，这下你说到点子上去了，看来你不笨呀！”说着就从病床底下把两瓶莫高相思红拿出来，一左一右放到马可儿的枕边。

就在这时，马可儿突然一把抓去了脸上的罩子，把莫妮卡吓得差点叫出声来。

罩子揭去，莫妮卡和马淳都听见马可儿长出了一口气，然后，慢慢睁开了眼睛。

“奶奶醒了？！”莫妮卡兴奋地说着，并在马可儿额头上亲了一下。马可儿突然说话了：

“我看见你爷爷来了，他说他看不清我的脸，谁给我脸上戴了个套套？”

马淳和莫妮卡都感到一阵惊讶。

马可儿又说：“你爷爷来了，他要接我走。”

莫妮卡问：“爷爷在哪儿呢？”

马可儿说：“就在门口，他还等着我呢！”

莫妮卡不知是被奶奶的话惊吓得灵魂出窍了，还是产生了幻觉，她回头一看，果然看见爷爷莫西坐着轮椅，在病房门口安详地等待着。

这时候，马淳听见姑奶奶又在说：“莫高相思红……根……魔鬼城……绿洲……”然后喘了几口气，说：“莫西……莫西……莫西，我来了！”

当莫妮卡听到奶奶马可儿说“莫西，我来了”时，她看到一团薄雾一样的东西，从马可儿的病床上飞升起来，飞到病房门口，被等在门口的爷爷莫西展开一幅画卷接住，那幅画卷她非常眼熟，——中间血红，像西方油画颜料画上去的，周围水红，像中国水墨泼出来的……莫妮卡记得这幅画曾经就挂在他们天使酒庄，只不过爷爷去世的时候，按照他的医嘱，盖在了他的遗体上。可现在她看见，爷爷用这幅画卷来迎接奶奶马可儿。当奶奶被画卷包裹后，就与爷爷重叠在了一起，然后又幻化成一团迷雾，慢慢消失了……

当莫妮卡回过神儿时，发现奶奶马可儿已经安详地闭上了眼睛。

马淳扯开嗓子大叫了一声："姑奶奶——"

三十六

鬼样和大笨经过四处打探，在敦煌医院找到了马淳的车，电话通知了洛伦佐。洛伦佐赶到，在马淳的车上安装了GPS跟踪器，说这回马淳就是长了翅膀也飞不出他的手掌心了，只要跟上了马淳，就不愁找不到莫高的秘密，而找到了莫高的秘密，也就不愁把莫妮卡弄到手了。

马淳打电话把范林叫到医院来，给范林安顿，让他协助医院，将姑奶奶先送进医院太平室，安排人守灵，他有件重要事办完之后再来发丧，为姑奶奶举办葬礼。

马淳的车呼啸着向沙漠开去。

从悲伤中慢慢恢复的莫妮卡坐在副驾上看到大沙漠时开始有点兴奋起来了，她说："啊，真漂亮！"

马淳的车刚驶出医院，洛伦佐和鬼洋、大笨的车就跟上了。鬼洋开着车，跟得有点紧，洛伦佐说："跟远点，别急。"

坐在后座上的大笨突然说，他忘记带手机了。洛伦佐听了非常生气，对鬼样说："我真倒霉，怎么弄来这么个笨蛋。"又转身对大笨说："再出错，我就把你扔到沙漠里喂狼。"

大笨讨好地对洛伦佐说："老板，不会了不会了！肯定不会了，您放心！还是老板您英明神武料事如神啊，给马淳的车上安装追踪器也只有您才想得出来。"

"就会拍马屁！"洛伦佐得意地笑笑说。

马淳在车里还是一脸难过，莫妮卡知道他还沉浸在姑奶奶离世的悲痛中，想了想，刻意找个话题转移一下他的注意力，就说："对了，那个帮你偷酒的美女是谁啊？前女友？情人？暗恋你？还是……"

马淳说："你能别提这个好吗？提了我就生气。人家愿意为了你的莫高相思红自己往火坑里跳，你一句谢谢还没说，直接在我脸上亲一口，你说，你把人家晾在那里当什么呀！空气吗？还有，你看那个洛伦佐帅，有钱，就以为他是好人，丢了酒还找他帮忙，他说是我偷的，你就以为是我，跑我酒庄一顿乱砸，砸了我那么多好酒，然后搞得姑奶奶也……"

莫妮卡说："马淳你有病啊？这都什么跟什么呀，一大串的，所有的事情好像都是我的错？"

马淳说："您哪里会有错啊，美丽，迷人，天使面孔，魔鬼身材，一身香奈尔5号，抛个媚眼就五十万美金冠军奖到手了，我哪里敢说你有错啊！"

莫妮卡气愤地说："马淳，你这么刻薄，就不怕被沙尘暴卷起的沙子塞满你这张臭嘴，活活憋死呀！"

话音未落果然狂风大作。

马淳说："沙尘暴，我靠你个乌鸦嘴！"

莫妮卡一把抓住马淳："怎么办，怎么办呀？"

马淳说："别抓我，我开车呢！我们得往高处开！"

车开到一半，忽然打滑了，车子没法再动。

车里，两人发出惊呼。四周，黄沙滚滚扑面而来。

沙尘暴同样袭扰着鬼洋开的车。

洛伦佐看着手机上GPS的红点停止，面色阴沉。

大笨看着车外沙尘暴飞扬肆虐，对洛伦佐说："大哥，这，要是把咱埋了可咋办啊。"

鬼洋用中式英语说："It's……so crazy ……boss，can you add some money？（这太疯狂了，老板，能加点钱吗）"

洛伦佐忽然爆发了，他揪住鬼洋大吼："钱！钱！你他妈的就知道钱！现在谈个屁的钱！我告诉你，你最好祈祷我活着，也祈祷他们活着，要是死了一个，你他妈的一分钱也拿不到！"

鬼洋和大笨被吓傻了，洛伦佐愤愤地松开鬼洋，把ipad扔到驾驶台上。

鬼洋对洛伦佐说："老板，你们西方人的祈祷我不会，我用中国的祈祷方式行不？"

洛伦佐疑惑地问："什么？"

鬼洋双手合十念念有词："波若波罗蜜太上老君急急如律令阿弥陀佛善哉善哉菩萨保佑土地公显灵救苦救难南海观世音菩萨普度众生信春哥得永生原地满血复活……"

鬼洋的祷告惊讶得大笨张大嘴直愣愣看着，好像第一次认识鬼洋一样。

鬼洋念完咒语，一咬牙，将车开向高处开去。

风沙掩盖了一切，所有人都只能钻在车里，听天由命。

沙尘暴过后，大漠恢复了平静。一座沙丘上，一辆车浑身沙土，轮子被埋了半截，发动了好几次，发动机终于开始轰鸣。

这是鬼洋的车，车内，洛伦佐看着ipad说：“十点钟方向，五公里，快！”

鬼洋往左打方向盘，车子沿着光滑的沙丘开去。行过几个沙丘，洛伦佐看到GPS的两个点重合了。

洛伦佐说：“停车！”

车刚停下，洛伦佐就跳下车来，找到那个沙丘，拼命地扒着沙子喊道：“莫妮卡，莫妮卡！我来了，莫妮卡你在吗？说话啊莫妮卡！”

大笨挠挠头有点看不懂，疑惑地问鬼洋：“大哥，他这是干什么呀？”

鬼洋说：“这都看不明白？老婆带着宝贝跟人私奔了呗！”

大笨说：“那他这么紧张干吗呀？”

鬼洋说：“你傻啊，那宝贝只是其中一件，还有一个藏宝图，人要是死了，宝藏就找不到了啊！”

大笨若有所悟。

鬼洋说：“去帮着挖，人家出钱的！

大笨哦了一声。

三人挖出皮卡车的轮廓，洛伦佐拼命拉开车门。鬼洋和大笨紧张地看着他。

洛伦佐先是笑，慢慢地转过身来，变成了哭，干哭了两声说：“妈的，他们走了！”

三十七

黄昏的大漠散发出魔鬼般迷人的光彩，马淳和莫妮卡艰难地向魔鬼城前行。

莫妮卡被马淳甩在后面，马淳回头看看莫妮卡，没好气地转身过来帮莫妮卡背行李，莫妮卡气呼呼地甩开马淳，马淳揪住莫妮卡，硬把背包拽过来，莫妮卡对他翻了翻白眼，跟着继续往前走。

洛伦佐的车停下来，鬼洋下车看了看脚印。

鬼洋说："老板，这边，天色不早了，他们走不了多远，就得宿营了。"

洛伦佐说："走，不到万不得已，不要暴露自己。"

马淳和莫妮卡艰难地翻过一个沙丘，往下一看，两人展开了笑颜。马淳说："走吧，今晚就住那儿了。"

夜晚的沙漠平静而安详，洛伦佐的车慢慢开过来，三人下车，到处都是脚印。

大笨说："怎么会有这么多脚印，哪个是他们的啊？"

鬼洋用中式英语说："Boss, have a rest?（老板，歇会儿吧）"

洛伦佐哼了一声，刚一转身，忽然，听到一阵喧闹声传来，鬼洋转头听了听，确定了声音是从沙丘另一侧传来，不禁向那边望去。大笨也听到了，三人对视一眼，连忙手脚并用地爬到沙丘顶端往下看。

声音来自沙漠旅行团宿营地。这是一个规模不小的宿营地，营地周围搭着十几顶帐篷，中间生着篝火，二十几个人围着火堆唱歌跳舞，好不热闹！马淳和莫妮卡也在其中。

马淳发现了沙丘顶端的动静，但他装作没事人一样，还是和大家一起跳着唱着。

洛伦佐三人呆呆地看着宿营地，这时有人好像互相告别。马淳拉着莫妮卡走到一顶帐篷边吵了起来。

莫妮卡："五五开！"

马淳："四六是底线了，你四我六。"

莫妮卡："凭什么？"

马淳拍拍脚上的靴子说："凭什么？就凭这个地图。"

莫妮卡说："但是，莫高相思红是你姑奶奶和我爷爷一起培育出来的呀。"

马淳说："所以给你四啊，要不然我一分都不给你。"

莫妮卡说："马淳，你不怕下地狱吗？那莫高相思红生产出来，产值你很清楚有多大，别说欧洲市场，全球市场都不是问题，你要那么多钱是想躺在钱上睡觉吗？"

马淳说："对啊，那是我的梦想，你管得着吗？"

莫妮卡说："你……"

两人的争吵被洛伦佐三人听到了。洛伦佐说："地图？还有地图吗？”

鬼洋用中式英语说：“Boss，I get it to you（老板，我给你弄过来）”

洛伦佐说：“这次，不加钱了？”

鬼洋说了句蹩脚的英语：“OH My Boss！……”又感觉英语说不明白，就用汉语接着说：“钱我是给大笨要的，他家里欠了一屁股债，再不还，妹妹就被卖到妓院去了。”

大笨说：“你妹才被卖给妓院了呢！”

莫妮卡和马淳还在争，莫妮卡说：“五五分，我让你睡帐篷，少一分，睡外面，自己看着办吧。”

马淳看了看天，抱着胳膊故意装作冷得发抖，说：“好吧好吧，平分就平分，不过你得让我抱着你睡。”

莫妮卡说：“讨厌！”

洛伦佐牙关紧咬青筋暴起，鬼洋看看洛伦佐，摇摇头。

大笨说：“大哥，嫉妒了？”

鬼洋说：“你还打趣呢，老板不开心，你悠着点行吗？”大笨就故意装出难过的样子。

营地里马淳拿出张图对着天空看。

洛伦佐对鬼洋说：“把图搞来，钱好说，我去睡了。”

洛伦佐进车里睡觉去了。

鬼洋说：“大笨你也去睡，这也没啥好看的，我盯会儿。”

大笨一瞬间就没影了，他去了车里的副驾位子，鬼洋看着帐篷冷笑了一声。

马淳也钻进帐篷去了，刚脱了一只鞋，就散发出一股刺鼻的味道。莫妮卡捂着鼻子说：“你的脚好臭啊！”

马淳说："天生的，没办法。"

莫妮卡说："你爸爸的脚也这么臭吗？"

马淳说："我打来到这个世上就没见过我爸爸长什么样儿！"

莫妮卡说："和莫高相思红有关吗？"

马淳说："我尊贵的小姐，除了莫高相思红，你心里就再没点别的什么吗？"

莫妮卡说："别的，你想要别的什么？做梦去吧！"

马淳说："好，睡吧，做梦就做梦，可你千万别出现在我的梦里，因为在梦里我会变得很粗暴！"

莫妮卡踹了一脚马淳。

马淳仰面躺下，莫妮卡也仰面躺着。两人都感觉到很累，但又都没有睡意。

马淳翻了个身朝外躺着，莫妮卡尴尬地翻向里面。马淳又别扭地仰面躺下。但毕竟还是累了，谁也不知什么时候睡着了。

帐篷外，鬼洋溜了过来，刺破帐篷，插进一根管子，冒进一缕烟雾。

三十八

洛伦佐和大笨醒了，两人睁眼一看，都莫名其妙，自己居然躺在地上，身边只有两个背包。两人摇摇头，头闷重得跟石头似的。洛伦佐突然吼道："我们的车呢？鬼洋呢？"

大笨捡起地上的一根管子闻了闻说："这个狗日的，把我们也迷翻了！"

两人对视一眼，匆忙往沙丘顶上跑去，沙丘背面空空荡荡，一个人也没有了。洛伦佐抓狂地破口大骂："鬼洋你不得好死，你会遭报应的！"

鬼洋开着车在戈壁狂奔，他一边开车一边看着地图，得意地狂笑——嘿嘿，钱好说，你他妈能给我多少钱？哼，当我傻啊，狗日的洛伦佐！

烈日下的戈壁，鬼洋开着车一边憧憬着美好未来，一边哼着小曲儿奔向前方。

莫妮卡空手走着，马淳背着两个包走在前面。

莫妮卡说："你说，那能管用吗？"

马淳说："我也不知道啊，没办法的办法啦。"

莫妮卡又突然追到马淳前面去："对了，臭流氓，我醒来的时候你是抱着我的，还摸我！"

马淳说："我？摸你？那是你自己爬过来送上门的好不好？"

莫妮卡从马淳的屁股上给了一脚："去你个臭流氓！"

洛伦佐空着手，大笨背着两个包屁颠屁颠地跟着。他们重新找到了脚印。

马淳从沙漠里挖出几根植物根茎咀嚼着，把水给莫妮卡喝，莫妮卡喝了几口，问："你怎么不喝？"

马淳说："水哪儿有这个解渴，这个又甜又好吃，还解渴！"

莫妮卡很好奇地问："真的吗？"就跑过来从马淳手里夺过一根，张嘴就咬了一口，结果苦涩得脸都变形了，呸呸直啐。马淳正在偷笑，看见莫妮卡恨恨地盯着他，然后吐吐舌头，背起包就走，走着走着却"呜呜"地哭了。马淳问："你怎么了？"

莫妮卡说："马淳，你混蛋，你骗我，我得咬你一口才解恨！"说着就扑到马淳怀里，咬住马淳的嘴唇不放……

洛伦佐大口大口地喝着水，大笨看得直咽口水。洛伦佐喝了几口，晃了晃，听听声音，不情愿地递给大笨说："省着点。"

大笨本来想美美地喝一口，听到这话，抿了一口就停住了，很不情愿地把水壶又还给了洛伦佐。洛伦佐赞许地点点头说："走吧！"

莫妮卡拿起水壶喝水，却没水了，轻轻地叹了口气，问马淳："你还有水吗？"

马淳摇摇头。莫妮卡一屁股坐在一个沙丘旁边说："再没水，莫高找不到我们就先渴死了。"

马淳说："你等等。"就绕到沙丘后去，又转身对莫妮卡喊："喂，你会吹口哨吗。"

莫妮卡无精打采地说："干吗呀？我都快渴死了，还吹口哨呢！"

马淳就自己吹起了口哨，这是一首流行整个中国的《欧巴江南斯达》——嘘！嘘！嘘！嘘！嘘！

戈壁上，响起一首苍凉的歌谣。歌谣停止后，马淳绕过来，拿着水壶，一脸坏笑。

莫妮卡说："你……你不会吧？"

马淳正色道："这里离魔鬼城还很远，不喝就得渴死，你是喝自己的，还是喝我的，选吧！"

莫妮卡一脸的惊恐！马淳叹口气无奈地说："那就等死吧！"

经过一番剧烈的心理斗争，莫妮卡终于捏着鼻子皱着眉头，抱着赴死的决心喝了一口，却忽然觉得没有什么怪味儿，又咂巴一下嘴品了品，也没品出什么来，就叫了一声："是水！"

马淳此时已经笑得捂着肚子在地上打滚儿。

莫妮卡又气又恼，又羞又臊，跑过来踢马淳："混蛋！你个混蛋，明明是水，你还装腔作势，混蛋！"马淳故意躲着，乘机把她拉倒在地，两人滚作一团，马淳把莫妮卡压在了身下，两人眼神迷离闪烁，莫妮卡轻轻闭上了眼睛，马淳忍不住了，嘴巴就要贴到莫妮卡的双唇上去，莫妮卡捏了一小撮沙子，迅速塞到马淳嘴里，马淳爬起来呸呸乱吐，莫妮卡笑个不停，拉开马淳的包，拿出水壶美美喝了一口："叫你耍我！"然后又摇了摇水壶说，"哎，你怎么还有小半壶水啊？"

马淳说："给你留的。"

莫妮卡看了看马淳干裂的嘴唇，有些不忍，把水壶递给马淳，像个犯了错误的孩子似的："你也喝一口吧！"马淳接过来，只是润了下嘴唇，就盖上盖子，把水壶放进包里，背起两个包，向前走去。莫妮卡眼泪汪汪地看了看马淳，赶快追了上去，抢过一个包背在自己身上。

洛伦佐和大笨有气无力地走着，洛伦佐的水壶里也没水了，双唇干裂，大笨也是。洛伦佐拍拍大笨，指指水壶，大笨晃了晃水壶，摇摇头。洛伦佐没好气地冲大笨踢了脚沙子，但没走两步，就一头栽倒在地上。

炎热的地表，蒸腾起的空气让眼前景色扭曲、变形，海市蜃楼一般。

莫妮卡和马淳两人相互搀扶，在漫无边际的沙漠里前行。

马淳看看太阳辨别方向，继续走着，走着，突然一阵眩晕，一个跟头栽倒在地上。莫妮卡扑过来，摇晃，呼喊，马淳却一点反应也没有了，莫妮卡感到了一种恐慌，伤心不已。

洛伦佐和大笨都昏昏沉沉的，突然听到了一阵驼铃声，但又都不敢相信自己的耳朵，互相问，听到什么声音了没有？都说像驼铃声，就不再产生怀疑，远处果真就出现了一队驼队正穿过沙漠。

莫妮卡抱着马淳哭："对不起，马淳，一切都是因为我，我不该偷爸爸的莫高，不该砸你的酒，不该跑到中国来找你和姑奶奶，我不该把水都喝了，我知道你都是为了我……"

无助中的莫妮卡突然就吹起了口哨，那是一首西班牙斗牛曲，斗牛曲在沙漠里悠扬地回响时，她就产生了一阵尿意，她打开包，掏出了自己的水壶……

马淳慢慢地睁开了眼睛……

忽然间，他们也听到远处传来一阵驼铃声，不一会儿，一个偌大的阴影挡住了他们模糊的视线。这是一个旅游驼队。驼队领队从骆驼上跳下来，接着又有人从骆驼上跳下来，围在了他俩的身边，给他们喂水喝。当他们都恢复意识的时候，出现了一阵欢呼声。

莫妮卡清醒后，看到马淳，不禁焦急地要喊马淳的名字，喉咙却是哑的，怎么也喊不出来，她又急又伤心，抱着马淳号啕大哭……马淳舔了舔嘴唇，莫妮卡就不顾一切地亲了上去。

驼队又一次发出了欢呼声……

马淳和莫妮卡被扶上骆驼，驼队继续前行，在驼队最后面，有两个人用帽子和墨镜把自己遮得严严实实，那两个人正是洛伦佐和大笨。

三十九

当马淳和莫妮卡都恢复了神志时，驼队到达了荒漠中的一个驿站，驿站虽然简陋，房屋都是黄沙和成的泥巴垒成的，但与沙漠的景观非常协调，游客也不少，驼队将在这里歇息。

马淳和莫妮卡从骆驼上下来准备和领队告别时，一辆越野车停在两人面前。车上下来的人是阿尤，一身劲装，性感十足，如同沙漠盛开的一朵玫瑰。马淳和莫妮卡同时感到惊喜，如同久别的亲人迎上前去拥抱。

马淳说："谢谢你，阿尤，你来得太及时了！"

阿尤说："出来玩儿，怎么不带上我呢？"

马淳说："你看我们这副狼狈样儿，像出来玩儿吗？"

莫妮卡直言不讳地问："你是他的旧情人，对吗？"

阿尤笑着摇摇头，也不知道是否认还是无奈，转身头也没回地离开车，边走边说："我欠他的，知道他急着用车，这不，专门送车来了。"

马淳尴尬地挠挠头，对莫妮卡说；"就你多嘴，上车吧！”

洛伦佐和大笨在驿站角落里露出头来，他们忽然发现自己的车居然也停在驿站，洛伦佐兴奋地又往远处看了看，鬼洋正在一棵树下撒尿，就给了大笨一个手势，和大笨狞笑着上了车。鬼洋听见发动车的声音转身跑了过来，连裤子都没提好，车已经飙出了驿站。

马淳和莫妮卡的车已进入魔鬼城，在各种山丘一般的城垣中穿行。魔鬼城怪像林立，阴气森森，鬼哭狼嚎一般的风声不知从哪里传来，让人心生莫名恐惧。马淳和莫妮卡偶尔下车，每看见一片绿色都要去查看，他们在一个个石壁上敲凿听声，寻找每一个可能的缝隙，而浑然不觉不远处有人正在窥视着他们的一举一动。

马淳和莫妮卡找了半天，似乎有些泄气，找了个阴凉的地方坐下，一股不知从哪个方向吹来的风撩起两人的头发，让他们感觉到一丝清凉。马淳喝了一小口水，把水壶递给莫妮卡。莫妮卡这次也学聪明了，也只喝了一小口，和马淳对视一笑，显得极为默契。

“这么大个魔鬼城，这样瞎找可不是个办法呀。”马淳说。

莫妮卡说：“我们一定可以找到线索的，奶奶说，那个入口，有微风从里面吹出来，而且有湿润的感觉。”

马淳说：“是啊，现在就有微风吹来，就有湿润感。”

莫妮卡一边冥思苦想，一边手搭凉棚向各个方向看着说：“所以呢，我们要找的，是一个大石头，不，是两个大石头中间的缝隙，我们只要开上车观察哪个地方有黑缝隙就行了，不需要一次次地下来敲啊听啊，哎你说……”莫妮卡说着一转身，马淳不见了，吓了一跳。她刚要准备喊，马淳就在她身后的一个缝隙处向她招手。

两人侧身进入缝隙，往前走了几步，眼前的一切变得豁然开朗，一切都和马可儿描述的一样，看地形，这里和魔鬼城有一定的关联，似乎是魔鬼城某个隐秘峡谷角落的一片绿洲，这里有郁郁苍苍的树木、青草和野花，而高处则是黄土，背后山体的局部在阴影里，一部分洒入阳光。在一个小屋的残垣旁边，匍匐着一片葡萄藤，两根粗壮结实的主藤紧紧地缠绕在一起，像一对纠缠不休的情侣，枝蔓铺展开来，上面密密麻麻，结着晶莹的葡萄，白里透红，红里透白，上浅下深，由白变红，渐为紫红，红如玛瑙，白似碧玉……

莫妮卡和马淳看着眼前这些像野生一样疯长的葡萄惊呆了。

"天呐，这就是莫高相思红！"莫妮卡惊叹道。

"对，莫高相思红，这就是，莫高相思红，我们找到了，找到了！"莫妮卡和马淳激动地拥抱在一起。

"是啊，这就是，莫高，这就是莫高相思红！我们找到了！"

马淳和莫妮卡一惊，转身看到洛伦佐和大笨像幽灵一样也出现在了葡萄藤前。

马淳立刻做出反应，他把莫妮卡推到身后，扎出了架势。

洛伦佐也做出了拳击手的动作！

马淳扎出的是中国太极的架势！

这时候大笨则跑到两个人中间，做出一副和事的姿势，他把两条胳膊伸开，两只手像老鹰的翅膀一样扇动着说："等等，等等，慢慢慢，可以商量解决，商量解决！"

马淳说："怎么商量，你们立马滚蛋？"

大笨看了一眼洛伦佐，洛伦佐点了点头。大笨说："可以分享，一人一半！"

马淳冷笑了一声："不可能，莫高相思红既然长在了中国的土地上，就不可能让你们带出国门！"

洛伦佐一听马淳的口气没有丝毫商量的余地，就推开大笨，向着马淳的面目直接就来了一拳，马淳迅速躲过这一拳，从洛伦佐腋下给了一掌。两人的搏击正式拉开，你一拳我一掌，打得难解难分。洛伦佐身上全是掌印，马淳也吃了洛伦佐好几拳，额头上还留了一个鞋印。马淳嘲笑洛伦佐，洛伦佐指指马淳额头，两人一咬牙，又打在一处。马淳逐渐占了上风。正在这时，听到大笨大吼一声：

"住……住手！别打了！"

马淳抬头一看，大笨把一把刀子架在莫妮卡脖子上，不禁一愣，洛伦佐从地上爬起来，乘机给了马淳一记重拳，马淳倒在了地上。他拍拍身上的土，晃到大笨身前，拍拍大笨的脑袋说："干得不错，奖励两万！"

马淳和莫妮卡被登山绳捆得像粽子一样，绑在了枯死的树桩上。

洛伦佐走向葡萄藤，把葡萄树连根拔起，马淳和莫妮卡大叫："不！不！"但毫无用处。

洛伦佐把两棵葡萄树树根拔出弄断，塞进背包里扔给大笨，狞笑着说："从此，世界上只有我拥有莫高相思红了，哈哈哈！"转身又对马淳和莫妮卡笑道："再见了二位，今天我心情不错，求财不想害命，祝你们好运吧！"

四十

马淳和莫妮卡绝望地对视了一眼，看见洛伦佐拉过大笨，敲了下他的脑袋说：“蠢货，今天干得不错，哈哈，你真聪明，走。”

马淳和莫妮卡眼巴巴看着两人一前一后走向那条缝隙的通道……

忽然，大笨举起手里的背包，用里面的树根向洛伦佐脑后砸去，洛伦佐被这突如其来的袭击给砸蒙了，他转身不敢相信地看着大笨。大笨则像被激怒了的一头狮子，变了个人似的，一脸凶相，平日里那种憨态可掬的样子突然不见了，他看到洛伦佐看他，继续用背包一边砸一边喊：“你一会儿说我聪明，一会儿说我笨，我到底是聪明还是笨？你搞得我好烦啊！”

马淳和莫妮卡目瞪口呆。洛伦佐中了一记闷棍后，反应就有点跟不上了，只顾抱着头护住要害，被曾做过职业拳击手的大笨接连几拳打倒在地上了。

马淳和莫妮卡在悲哀和绝望中突然看到这反戈一击，心中暗喜，可没想到击倒洛伦佐后，大笨回头目露凶光地又看着他们，莫妮卡不禁闭上眼睛，脑袋往后一缩。

马淳对大笨说："只要莫高不被带到国外去，这世界上唯一的莫高相思红已经在你手里了，快走吧。"

大笨冷笑一声，转身要走。刚一抬脚，却被洛伦佐扯住了腿，大笨摔倒在地上，背包也甩了出去。他怒吼一声，和洛伦佐又打在一处。洛伦佐被揍得有点晕，再也没有那种犀利的拳脚了。就在两人还在搏斗中，马淳挣扎着从裤兜里摸出一把水果刀，割断了捆绑自己的绳索，又割断了莫妮卡身上的绳索，一边还偷看着洛伦佐和大本的缠打和搏斗。洛伦佐和大笨各中数拳，鼻青脸肿，两人都后退半步喘气，大笨对洛伦佐竖了个中指，洛伦佐无奈地转头，突然看到树旁只剩下两团绳子，地上的背包也没了，他大喊了一声：

"笨蛋，跑了！"

大笨也住手了！

洛伦佐转身吃力地向远处追去。

马淳和莫妮卡上车，莫妮卡怀抱着装有葡萄根的背包，马淳驱车呼啸而去。后面洛伦佐也驱车紧追不舍。两辆车左右交错，马淳凭借娴熟的驾驶技术躲过洛伦佐多次撞击，莫妮卡咬紧牙关抓着扶手，马淳聚精会神。洛伦佐凶相毕露。

两辆车先后冲下土坡，车轮卷起烟尘翻滚。马淳把洛伦佐逼出了峡谷，他索性在峡谷上方开着，寻找机会。马淳的车冲过浅滩，溅起一片水花。洛伦佐又看到下一个出口，他也冲下峡谷，要在前面截住马淳。马淳看到他要冲在前面，一个刹车，停在浅滩当中。

洛伦佐冲下峡谷，一把甩尾掉头，和马淳车头对车头，对峙而立。马淳和莫妮卡的目光，都显得无比紧张，而洛伦佐盯着他们的目光几乎要喷出火来。

洛伦佐猛加油门，车轮空转数圈后，如离弦之箭向马淳冲去。

马淳挂了倒挡，单手开车向后倒车而行。

洛伦佐猛加油门，就要撞上马淳的车，马淳向一边急打方向，车屁股划出一个弧线，洛伦佐疯狂地也往这边打方向，追着马淳的车撞，马淳倒车角度很小，划出一个圆圈，洛伦佐的角度偏大，一头冲向一座土崖，车身栽了几个跟头，四轮朝天躺下了。

马淳紧急刹车，一股尘土冒起。

马淳和莫妮卡走下车，向洛伦佐的车跑去。

马淳和莫妮卡使劲儿将洛伦佐从破碎的玻璃窗中拽出，洛伦佐头上血流不止，莫妮卡扯开自己的衣袖，将洛伦佐的头包住，对马淳说："快，送医院！"

马淳驾着车驶出魔鬼城，进入通往敦煌的公路上时，已是夕阳西下。

大漠与云天交汇处是一片晚霞，被夕阳渲染得格外凄美壮丽。

坐在副驾上的莫妮卡，看到这片晚霞，突然又想起挂在托斯卡纳天使酒庄里的那幅被爷爷格外珍惜、又按照爷爷的遗嘱临终时盖在爷爷遗体上，最终又被爷爷裹在马可儿身上，接走马可儿的那幅画卷。不知是被迎面而来的夕阳耀花了眼睛，还是因这联想使莫妮卡又产生了幻觉，透过挡风玻璃，莫妮卡看到前面的公路边上，有位长得像阿尤的女孩，推着一把轮椅，轮椅上坐着爷爷，爷爷怀里抱着姑奶奶马可儿，马可儿的身上正裹着那幅画卷，——中间血红一片，像西方油画颜料画上去的；周围水红晕染，像中国水墨泼出来的……

尾　声

三天后为马可儿出殡。马淳哭得脱了相，莫妮卡哭得跟个泪人儿似的，而阿尤哭得比两人更伤心。

洛伦佐被马淳和莫妮卡及时送往医院，捡回了一条命。死里逃生的他突然对得到莫高相思红的欲望不再强烈了，但最终他跟马淳和莫妮卡达成合作协议，由他全权代理，将莫高酒庄生产的莫高相思红酒，通过一带一路和丝绸之路推向全世界。

有人看见鬼洋和大笨在洛伦佐疗伤其间去医院看望洛伦佐，但洛伦佐在敦煌国际机场登上飞机回国的时候，只有马淳和莫妮卡来送行，并没有看见鬼洋和大笨的身影……